U0469870

我 的 动 物 朋 友

人猿之间
黑猩猩尤里乌斯传

〔挪〕阿尔弗莱德·费德斯蒂尔 著

梁友平 译

NESTEN MENNESKE

BIOGRAFIEN OM JULIUS

AV

ALFRED FIDJESTØL

6
前言

9
第一章
先天遗传与后天养育

21
第二章
快乐的日子

47
第三章
自己的房间

65
第四章
回家欢度圣诞节

81
第五章
猴子交易

97
第六章
一个跨越自己足迹的
逃亡者

119
第七章
犯罪与惩罚

135
第八章
四次婚礼
和一次葬礼

159
第九章
小黑猩猩

179
第十章
首领

199
第十一章
最后一幕

215
第十二章
这双眼睛

220
后记

222
照片来源

223
注释

237
参考文献

FORORD

黑猩猩尤里乌斯在挪威是一只家喻户晓的动物。虽然他的辉煌时期已经成为历史，但是整整一代挪威儿童伴随着他一起长大。尤里乌斯在挪威文化和媒体传播等领域所起的历史作用可与挪威王室成员相比。他有着神奇的、跌宕起伏的生活经历。刚刚出生便被母亲抛弃，尤里乌斯小时候是在人类的悉心照顾下成长。在人类社会，他成为了明星——通过动物园的宣传运作，尤里乌斯成为电视明星，是媒体争相报道的对象。虽然他试图回归之前的黑猩猩社群，但是双重身份令他十分困扰。在很长一段时间里，尤里乌斯显得既不属于黑猩猩世界，又不属于人类世界。他多次从黑猩猩岛出逃，变得十分危险，富有攻击性。他不能与其他黑猩猩和睦相处，只能被单独关在笼子里。他的人生轨迹看起来就像一出经典悲剧。一直到二〇〇五年，他才成功地融入了当时的黑猩猩社群，成为首领，成为父亲，直至今日。

和同龄人一样，作为个人，我和尤里乌斯并没有多深的联系。然而他却是所有动物中和我最相似的。在基因方面我和尤里乌斯有98.6%的相同之处。从进化角度看，我们分成两个物种的时间其实非常短暂，大约六百万年前，我们共同的祖先就在大地上行走。我身体里为血液输氧并使血液显现红色的血红蛋白分子，与尤里乌斯血液中的血红蛋白的功能亦类似。我们俩的具体生活轨迹

前 言

也相似：小时候都生活在人类家庭里，都于上世纪七十年代出生在一个小小的社会民主制度国家——挪威，都有两个比我们大的哥哥姐姐。我们吃的食物几乎一样。如今我们都已长大成人，都是三个孩子的父亲，孩子们都出生在同一个国家。

这种相似性——以及我们之间实际存在的身份界限——使我对尤里乌斯产生了极大的好奇心，我决心以他为主人公撰写一本传记。不仅仅是记录他具体的生活轨迹，更要进一步发掘他的内心世界。我充分利用国际上对野生黑猩猩和圈养黑猩猩的研究成果，试图最大限度地挖掘隐藏在他那双漆黑的眼睛后面所发生的一切。

从前我撰写的传记，是以艺术家和文化机构为题的传记。关于黑猩猩的传记，与撰写现代人物传记所采用的方式完全一样。以黑猩猩为传主，原则上同以人为传主很相似。本人无法直接讲述，必须依靠留存下来的书面和口头资料，而作家如何诠释这些资料也起着关键作用。而且尤里乌斯很适合写传记。有大量的书面文字、媒体报道和影像资料记录了尤里乌斯的人生轨迹。因此就有了这本传记，只比标准的人物传记稍有不同，因为传主如今不是人类，之前也不是人类——尤里乌斯几乎是人类。

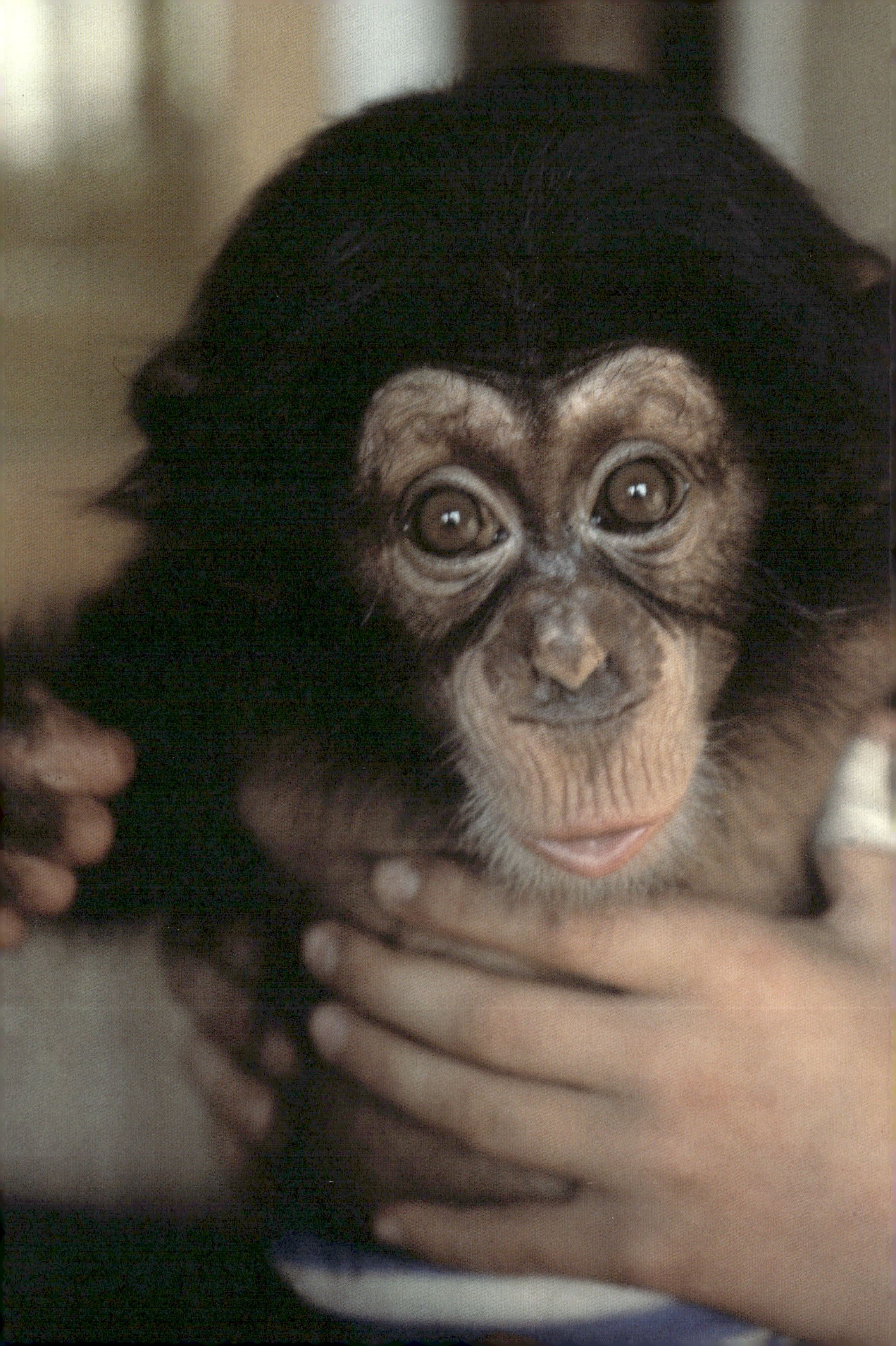

第一章

先天遗传
与
后天养育

事态会如何发展,我们静观其变。但绝不能看着黑猩猩宝宝在我们眼前死去。[1]

——比利·格拉德

尤里乌斯抱在人的手中

心脏是由一种神奇的肌肉构成，某一天它开始跳动，终将有一天会停止跳动。当一个有机体还是在母亲子宫里的胚胎时，心脏怎么会突然开始跳动呢？为什么心房里最早的电子脉冲传递出了一个信号，心脏就开始收缩，并挤压血液进入细小的动脉血管里呢？没有人知晓确切的原因。一个黑猩猩胎儿一般要在母亲的肚子里生存九个月，大约在六周时才开始出现第一次心跳。本书所讲的这只黑猩猩有生以来最早的一次心脏跳动发生在一九七九年五月的某一天，也许正是一九七九年五月十七日，奥拉夫国王在初春的蒙蒙细雨中站在王宫的阳台上，向儿童游行队伍频频招手的那个时候[译注1]。[2] 从那一天开始，四十年过去了，这只生活在克里斯蒂安桑动物园里的黑猩猩已经成长为壮年，他的心脏一直日日夜夜强有力、有节律地跳动着。

当这颗小心脏第一次跳动的时候，没有人注意到。饲养员的记录是母黑猩猩桑娜在这个月并没有排卵。通过观察母黑猩猩红肿的外阴很容易知晓母黑猩猩是否排过卵。几个月后，动物园里的工作人员才确定这只黑猩猩于一九七九年春天怀上胎儿。母黑猩猩临产时，并不需要兽医或饲养员提供什么特殊护理。黑猩猩分娩要比人类妇女分娩简单许多，分娩时母黑猩猩死亡的现象极为罕见。在自然界，母黑猩猩感觉快要分娩的时候就会爬到树上去，整个生产过程独自完成。在圣诞节当天深夜，桑娜生下一个体重达一千五百克的小宝宝。没有人观察到母黑猩猩的分娩过程，她必须依靠自己使劲将婴儿产出，并用身边的干草将小宝宝全身擦拭干净、安放好，小黑猩猩身上还连着脐带。

第二天早晨，饲养员奥瑟·古恩·莫斯沃尔德前来值班。正值圣诞节假期，动物园显得十分冷清，没有什么游客，前来值班的工作人员也很少。她像往常一样，在巡视黑猩猩的状况之前先来到厨房，并将煮粥的锅里添满水。冬天，黑猩猩被饲养在被称为"热带温室"的建筑里，外面有可以集体活动的场所，

译注1　1814年5月17日，挪威签署宪法，脱离丹麦统治。同年8月，挪威在与瑞典的战争中战败，又与瑞典结为联盟，直到1905年才正式独立，独立后将每年5月17日定为宪法日，即国庆节。这天以国王检阅儿童游行队伍为主要庆祝活动。

尤里乌斯和母亲桑娜在热带温室里

有许多长满绿苔的石头垒建起的小山，陡峭的石墙被水沟、绿色的攀爬绳索、竖立的木桩所环绕。游客在外面可以观察到里面的黑猩猩。黑猩猩睡觉的地方与饲养员工作的厨房相邻。这天清晨，所有黑猩猩还都躺在地板上睡觉，一切都显得那么平和。饲养员莫斯沃尔德突然发现桑娜躺在那里，将一个刚出生不久的小宝宝紧紧地抱在怀里，旁边的干草堆上有脱落的脐带。整个黑猩猩社群看起来都接受了这个新出生的小东西，没有谁特别注意到他，都懒洋洋地继续打着瞌睡。饲养员莫斯沃尔德在一九七九年十二月二十六日的观察日记中写道："今天夜里桑娜分娩了！现在是中午十二点半，看起来一切都很顺利，桑娜躺在山石上，小黑猩猩趴在她的肚子上，这是个很好的迹象。"[3] 小黑猩猩找到了妈妈的乳房，躺在她的怀里平生第一次吸吮妈妈的乳汁。

小黑猩猩目前还不需要什么特殊的护理，他只需天天趴在妈妈的怀里。一般情况下，小黑猩猩在几年之内都会一刻不离地依附在母亲身边。我们人类婴儿也具有同样的特征，这是进化过程中遗传下来的。当你将手指伸向新生儿的手掌或脚掌时，他会立刻抓住你的手指，脚趾也会立刻向脚心弯曲，这就是进化过程适应新环境的反应。我们天生形成了对自己母亲的依附。

一个新组建的黑猩猩群体

饲养员奥瑟·古恩·莫斯沃尔德有幸为新出生的小黑猩猩起名字。因为小黑猩猩出生在圣诞节,她猜想可能是雌性,就准备叫尤里安娜。后来发现小猩猩是雄性,于是改名为尤里乌斯[译注2]。⁴

小尤里乌斯出生在一个组建不久的黑猩猩群体。克里斯蒂安桑动物园几年前才刚刚从外国引进几只黑猩猩。动物园于一九六五年开门迎客。在欧洲18号公路边一块不毛之地上修建了这座动物园,而且距离最近的居民住户也有十公里之遥,真是个比较冒险的项目。动物园开张初期最吸引游客的动物是山羊、天鹅、狒狒、矮马和棕熊。性格有些偏执的、喜爱动物的花匠爱德华·莫赛德自一九六七年开始担任首任园长,他心中有着庞大的发展计划。莫赛德肩披长发,蓄着胡子,嘴角经常叼着烟,看起来像个嬉皮士,但他对待动物非常有耐心,而且他的商业头脑很快就发挥作用。他于一九六九年从莫斯科动物园引进了二十匹骆驼,计划开始大规模繁殖,然后出售给美国。由于当时处于冷战时期,美国人不愿直接从苏联进口骆驼,而通过克里斯蒂安桑动物园进口第二代骆驼则是可行的。十年间的骆驼交易成为动物园很大一笔收入来源。动物园一年一年地扩建升级,新种类动物不断地被引进。一九七六年,莫赛德终于引进了第一批黑猩猩,当时世界各地的动物园都以能饲养黑猩猩而感到自豪。那年一月十三日,挪威农业部通过决议,允许克里斯蒂安桑动物园从丹麦海宁市耶兰迷你动物园进口四只黑猩猩。⁵ 八天后,即一九七六年一月二十一日,动物园园长莫赛德亲自驾车,将四只黑猩猩分别装在养狗的笼子里,乘渡轮从丹麦希茨海尔斯港启程运回克里斯蒂安桑,四只黑猩猩中就有尤里乌斯的妈妈桑娜。莫赛德将装着猩猩的四个笼子搬进船舱的房间里,那天是夜航,海面上风大浪高,黑猩猩全都晕船,呕吐不止,但是总算安全地抵达动物园。根

译注2　挪威语的圣诞节一词是 Jul,因此尤里乌斯的名字 Julius 与圣诞节有关联。

据农业部的要求，黑猩猩被安置在一个曾放养骆驼的圈里进行隔离检疫。其中一只黑猩猩表现出病态，不适合展出，于是被运回丹麦。另一只被怀疑患有肺结核，不得不结束他的生命。因此只剩下两只，桑娜和一只名叫波利的雄性小黑猩猩。一九七七年三月，动物园又向农业部提出申请，想从瑞典布罗斯动物园引进两只成年黑猩猩，雄性叫丹尼斯，十岁，雌性叫罗塔，九岁。他们乘汽车，经过瑞挪边境城市斯温纳逊运到了克里斯蒂安桑市。丹尼斯日后会成为黑猩猩社群首领。在同一年的下半年，又从丹麦法旺动物园引进两只年幼的黑猩猩，一只叫希尼，另一只叫博拉。据丹麦法旺动物园的饲养员讲，两只黑猩猩都不满两岁，但说不出他们确切的出生日期，换句话说，这两只黑猩猩是在野外森林中捕获的。[6]

在尤里乌斯出生之前，希尼和博拉就已夭折。早在几个月前，母猩猩罗塔生了一只雄性小黑猩猩，取名叫比利。黑猩猩社群首领丹尼斯在不长的时间内就骄傲地成了两个孩子的父亲。在最初阶段，桑娜和尤里乌斯看起来母子关系非常和睦，桑娜显得十分温柔、有耐心。她和丹尼斯能够长时间地坐在那里照看孩子，不时将孩子抱起来送到对方面前。[7]正值隆冬季节，在屋子里没有什么事可做，他们依偎在一起，相互梳毛、瘙痒，这种活动对黑猩猩来说十分重要，通过梳毛能捉到身上的虱子并将虱子弄死。

动物园里的黑猩猩会有更多的时间从事相互梳理皮毛的活动，而野生成年黑猩猩几乎要花一半时间吃食物或四处寻觅食物。[8]他们成群结队地到处寻觅食物，一般情况下，在他们最后找到食物的地方就地过夜。他们会在高高的树杈上搭建一个简单的窝棚，在里面睡觉。动物园里的黑猩猩没有地方也用不着搭建窝棚，因为他们无需四处觅食，他们的食物都是饲养员给准备好的。挪威国家广播公司电视台在挪威人极受欢迎的《祖国各地》节目中，着重介绍了这两只首次在挪威出生的黑猩猩，尤里乌斯和比利。动物园兽医比利·格拉德被请到电视台接受采访，小猩猩比利就是随着他的名字起的。比利·格拉德告诉观众，桑娜是一个好妈妈。罗塔传授给桑娜如何照料新生儿的技巧，她的传授

确实起到很好的作用。⁹

　　几周以后，也就是一九八〇年一月下旬，饲养员发现桑娜对小尤里乌斯的态度突然变得很糟糕。她经常将尤里乌斯放在一边不予理睬，任其四处爬行，而自己干着其他事情。如果这种情况发生在原始森林，孤独的小黑猩猩很快就变成食肉野兽甚至其他大黑猩猩的美食。尤里乌斯的父亲，即黑猩猩群的首领看到这种情况十分生气，他时不时地推推呜咽着的小黑猩猩，这可能是给桑娜一个警示，提醒她应该照看孩子。这时候年轻的母黑猩猩博拉过来了，承担起孩子继母的角色，但是她没有乳汁喂给小黑猩猩。饲养员不得不介入，将博拉麻醉后，把小黑猩猩从她怀里抱走，送回桑娜身边，可桑娜再次表现出不负责任的态度。桑娜的行为非常怪异，疑似患有产后抑郁症。饲养员在日记中写道："桑娜时常将孩子置于一旁不予理睬，有时可长达四十五分钟。"¹⁰

年轻的母亲

　　桑娜是一位年轻的母亲，她只有八岁。对于第一次怀孕生子的年轻妈妈来说，对新生儿表现出冷漠的态度也不是没有出现过。猫科动物和鸟类对自己的幼崽悉心呵护都是天性使然，黑猩猩和人类则必须学习类似技能。因此年轻的黑猩猩首次怀孕产崽出现异常情况也是常事，或流产、婴儿夭折，或不会照顾婴儿，漠不关心。¹¹ 某些物种遵循这样的有利于发展的机制，即直到雌性具备了抚养幼儿的技能后，才会去怀孕产崽，便可避免浪费时间和精力。而在黑猩猩社群中，年轻的母黑猩猩通常会向年龄较大、经验丰富的母黑猩猩学习育儿技能。一般情况下，母黑猩猩会接受另一只年轻的或尚未生育的母黑猩猩帮助照看小黑猩猩。母黑猩猩会守候在小黑猩猩附近，防止年轻的黑猩猩对小黑猩猩表现出粗暴的举动，要留心她抱着小黑猩猩的动作是否轻柔，提醒她不能背着他爬到过高的地方，也不能任由他孤零零地躺在一边。经过这样的训练，年轻的母黑猩猩才能获得信任去照看孩子。罗塔在瑞典动物园时就经历过这样的培训，因此她能够很好地照看比利；然而桑娜在丹麦动物园时不曾接受过同样的训练。在此期间，桑娜已经观察罗塔几个月，很明显，她其实没有学到应学的知识，因此不能很好地照看小尤里乌斯。

更糟糕的是，桑娜的行为举止难以预测。饲养员花费很长时间教她如何做个合格的母亲，启发她发挥做母亲的职能。这期间，饲养员经常冒险进入猩猩的房舍，与他们进行近距离接触。一般情况下进行得比较顺利，他们对每只黑猩猩都进行了仔细观察，掌握了什么时候与他们在一起是安全的，什么时候可能会出现危险。丹尼斯是一只非常聪明、有责任心的黑猩猩，他的理解力也很强。相反，桑娜不容易接近，喜怒无常，脾气暴躁，容易发火。[12]

现在在桑娜养育着幼儿，人们很难接近她，也很难改变她的行为举止。人们只能站在旁边注视着尤里乌斯，束手无策。饲养员试图将桑娜和尤里乌斯从黑猩猩群里隔离开来，单独饲养，以便加强母子之间的感情，但无济于事。她仍然无视小尤里乌斯，将他置于一旁不予理睬。有时她很粗暴，将尤里乌斯长时间放在冰凉的水泥地上，这样的话小黑猩猩很快就会生病。一九八〇年二月十二日，情况急转直下。那天下午，小尤里乌斯的一根手指被狠狠咬掉，可是没人看到这一恶性事件的过程，不知道是谁做的孽。饲养员中有人认为是桑娜，也有人认为显然是丹尼斯所为。当然也有可能是罗塔或博拉，只有小比利被排除在外，因为他太小，不可能做出这样的事。推测丹尼斯所为的理由是他想以此来唤起桑娜或其他母黑猩猩的母性。

晚上七点，人们发现尤里乌斯躺在血泊中，痛苦地哭泣着。一名饲养员立刻打电话给兽医比利·格拉德和园长爱德华·莫赛德。七点半，俩人火速赶到，此时尤里乌斯仰躺在地上。园长爱德华·莫赛德试图走进去救出尤里乌斯，但被桑娜发现，不允许他靠近。桑娜抱起了尤里乌斯，却又漫不经心地把他放下，

右图：小袋鼠藏在动物园园长爱德华·莫赛德的衬衫里

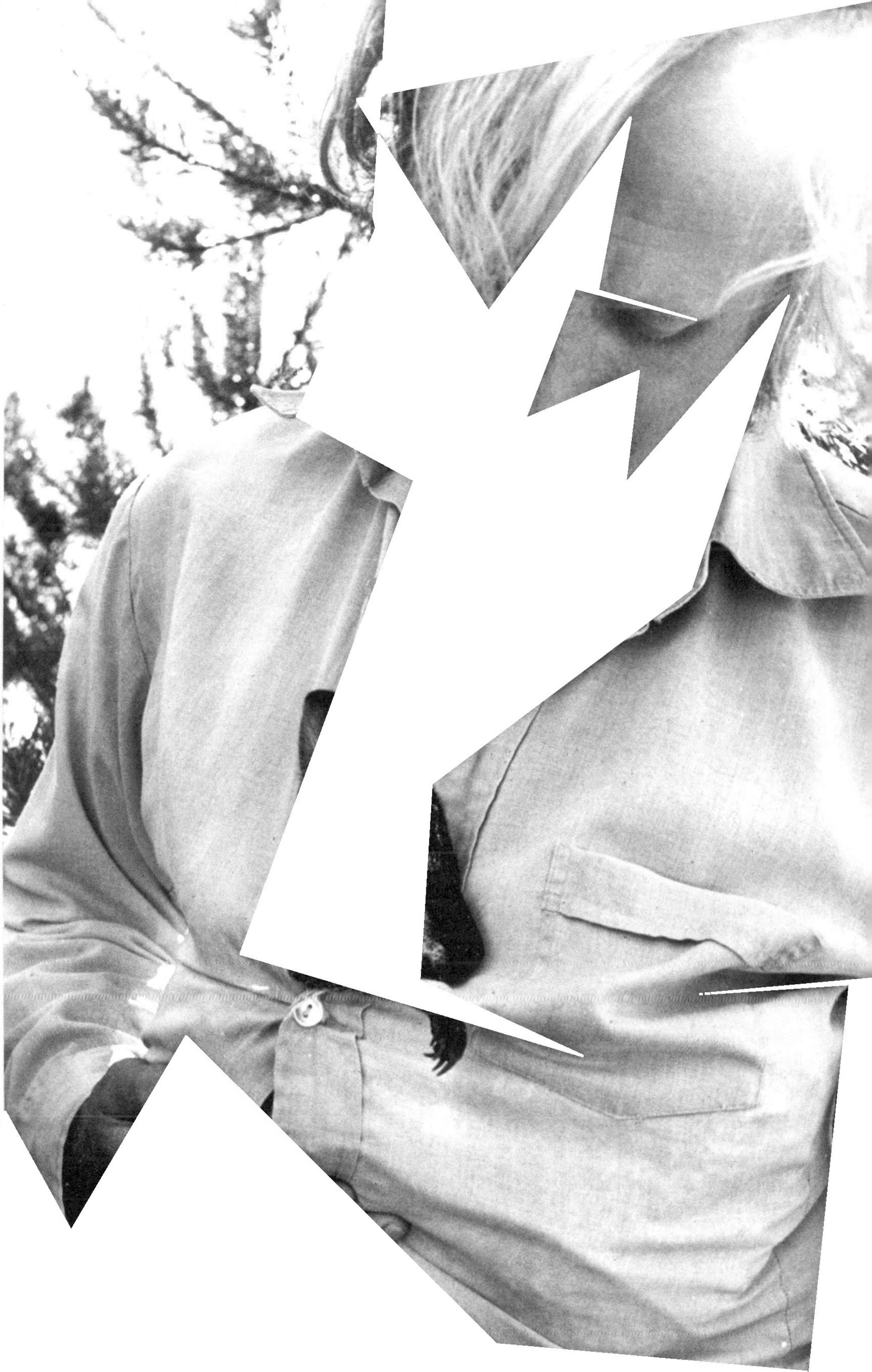

惊慌失措的尤里乌斯

放在自己伸手可及的地方。过了一会儿,她又把他翻过来,让他肚皮贴着干草。尤里乌斯看起来非常疲惫,静静地躺着,好像快要死了。桑娜警觉地注视着兽医等三人,并不在意身边小黑猩猩的命运。如果爱德华·莫赛德和比利·格拉德不及时救援的话,他很快就会死去。他们别无选择,必须进去将他救出来。比利·格拉德在日记中写道:"事态会如何发展,我们静观其变。但绝不能看着黑猩猩宝宝在我们眼前死去。"[13]

桑娜不允许他们进入。一旦靠近，她就暴跳如雷，表现出极强的敌意。在这一点上倒是表现出护犊的本性。虽然忽视了对孩子的照看，但是为了保护孩子，桑娜绝不允许外人靠近他们。爱德华·莫赛德试图用一个塑料耙子将尤里乌斯拽出来，却遭到桑娜的强烈反抗。他们还用其他方法试图将桑娜引诱到一个独立的笼子里，再将尤里乌斯抢救出来，但都没成功。他们还试图用香蕉、葡萄和汽水诱惑桑娜，然而她不为所动。无论如何要将受伤的小猩猩救出来，否则就来不及了。唯一的办法就是启用消防栓水龙头，比利·格拉德用强大的水柱喷向桑娜，将她逼到后面的墙角，与此同时，爱德华·莫赛德打开送食窗口拿着塑料耙子弯腰进去，将小猩猩拽过来，从栅栏的缝隙送了出来。[14]

时钟指向八点十五分，兽医比利·格拉德第一次将小猩猩抱在怀里。尤里乌斯身上很脏，散发着臭味。左手食指尖被咬掉，指骨尖已暴露出来。比利·格拉德用一件蓝色毛衣和一件厚夹克将尤里乌斯裹起来，与此同时，爱德华·莫赛德迅速跑回办公室，给比利·格拉德的妻子雷顿·格拉德打电话，告诉她比利很快会带着一只受伤的小黑猩猩回到位于克里斯蒂安桑市伯里克斯海亚小区的家中。雷顿回答说："没有问题。"[15] 比利·格拉德在去停车场之前，给尤里乌斯喂了些糖水，然后将他放在副驾驶的座位上，才开车回家。尤里乌斯将在这个家住几天，直到他的手指有所恢复。以后怎么办，他们尚且没有具体计划。这只是临时起意的行动。

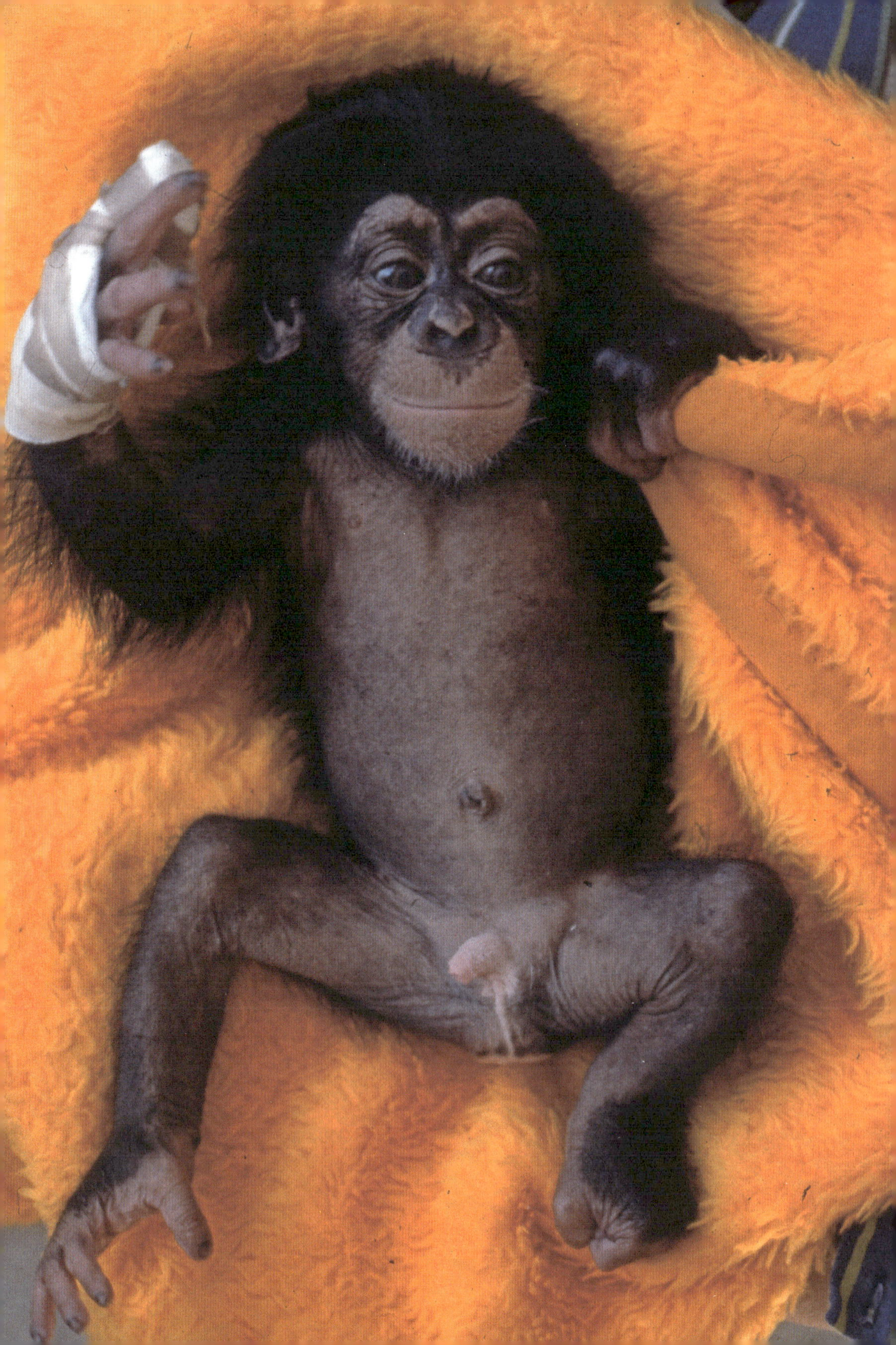

第二章

快乐的
日子

如果我们深深凝视黑猩猩的眼睛，一双聪慧、自信的眼睛就会回望着我们。假如他们是动物，那么我们是什么呢？[16]

——弗朗斯·德·瓦尔

尤里乌斯手指被绷带包扎，服用止痛药后在卫生间休息

比利和雷顿·格拉德夫妇有两个儿子，大儿子十二岁，名叫卡尔·克里斯蒂安，小儿子十岁，名叫厄斯滕。当他们的父亲与爱德华·莫赛德在屋外停车的时候，他俩还没睡觉。父亲与爱德华二人抱着一只小猩猩快速跑进客厅，门外又黑又冷，风雪交加。小尤里乌斯用恐惧的眼神望着眼前的这些陌生人。爱德华·莫赛德将尤里乌斯放在厨房的桌子上，比利·格拉德用剪刀将他手指尖被咬断的尚未完全脱落的筋剪掉，清洗伤口，用纱布将伤口盖好，最后用绷带包扎好，并给他服用了止痛药。然后用软布将小尤里乌斯浑身上下清洗干净，再把他裹进毛毯里。雷顿·格拉德去地下室找到了儿子小时候用的奶瓶，将牛奶加温，用水将其稀释，每次喂尤里乌斯一点。雷顿·格拉德抱着尤里乌斯，给他喂奶，尤里乌斯终于平静了下来。[17] 晚些时候，又给尤里乌斯喂些牛奶，这次在奶里添加了一点儿盘尼西林。他们把尤里乌斯放进一个盛香蕉的纸箱里，将纸箱放在房子里最暖和的卫生间，因为那里有地热。尤里乌斯发出几声微弱的啜泣声后便睡着了。几小时前他还是黑猩猩群体里的一员，虽然母亲不照顾他，但是身旁终究都是他的同类，然而现在他却睡在人类温暖的卫生间里了。

爱德华·莫赛德不久前刚搬入位于温纳斯拉的新家，他有两个小女儿，分别为两岁和四岁。他们同意最初几周让尤里乌斯住在格拉德家。他们家的孩子都比较大，雷顿目前没有工作，在家操持家务，从前她学的是护士专业。比利·格拉德从医学院毕业，是给人看病的医生，但最近两年受聘到动物园负责黑猩猩医疗保健工作，他认为这是一项具有挑战性的工作。

格拉德一家不愿尤里乌斯在新家的第一夜独自睡觉，雷顿便拖出一张床垫，铺在卫生间的地板上，陪他过夜。她一夜没合眼，惊讶地发现小尤里乌斯睡得非常安稳香甜。他夜间醒来一次，又给他喂了一瓶牛奶，吃饱喝足后就睡着了。他睡觉时喜欢嘬吮自己左手的大拇指。[18]

第二天清晨尤里乌斯醒来后，身体有些发热。比利·格拉德怀疑他发烧

尤里乌斯依偎在像母亲一样的雷顿·格拉德怀里

了，后来发现是卫生间地热烧得太热所致。尤里乌斯显得精神状态很好。他喝了很多奶，小便也正常，觉得很有安全感，而且很快就把雷顿当成了自己的母亲。他愿意一直依偎在她怀里，雷顿会轻轻地拍他，慢慢地梳理他的皮毛。

小黑猩猩以及其他灵长类幼崽都有进行身体接触的强烈渴望。美国心理学家哈里·哈尔洛（Harry Harlow）曾在二十世纪五十年代做过这方面的心理实验，并证实了这一点。哈尔洛将刚出生的小罗猴抱离他们的母亲，将他们放在用铁丝编织的替代妈妈模型旁边。他在每个笼子里放两个替代妈妈模型，一个纯粹用铁丝编织而成，安装了装有牛奶的奶瓶；另一个在铁丝外面用柔软的绒布缠裹，看起来很像个猴娃娃。他将论证小猴子是否优先选择能给奶喝的"玩具"，也就是说只为取得营养，不为了玩耍。最后得出的结论是，所有的小猴子都选择了那个除了柔软的外表不能给予其他任何东西的"绒布猴娃娃"。后来哈尔洛试图改变这个测试方法，他将铁丝编织的妈妈模型安装了电灯泡，使铁丝妈妈与柔软"猴娃娃"一样温暖，可是小罗猴仍旧选择那个柔软的妈妈。小猴子从硬"妈妈"那里喝过奶，然后大部分时间与柔软的"妈妈"待在一起。[19] 小猴子寻求感情上的联系至少与寻求喝奶是一样多的。他们对抚爱的渴望与食欲同等强烈。现在雷顿·格拉德就成了尤里乌斯的替代妈妈——养母。尤里乌斯从养母那里得到了在黑猩猩社群里没能得到的奶水、抚爱、关怀和关注。

"他是一只动物"

格拉德全家很快地适应了家中增添成员以后给他们带来的变化。比利·格拉德没有想到两个儿子的适应能力如此强。首先，他们能够保守秘密，不向外人吐露家里养着小黑猩猩这一事实，哪怕因为守口如瓶而时常紧张得心跳加速。其次，他们接纳了这只陌生的小动物。父母反复提醒他们，尤里乌斯只是动物，他不可能一直待在格拉德家里，如他们的小弟弟一样。[20] 第三，他们对尤里乌斯非常友好，经常趴在地上，试图与其进行交流，这也是格拉德对他们提出的要求。兄弟俩会发出"呜呜"声，会换来尤里乌斯短促尖叫声。像人类婴儿一样，小黑猩猩通过玩耍学习如何交流。成年黑猩猩和小黑猩猩轮流发出声音，让对方听，这样小黑猩猩就逐渐掌握了交流技能。[21]

雷顿·格拉德为尤里乌斯买了婴儿吃的母乳替代奶粉，这样他就不用再喝用水稀释的牛奶了。他们还决定给他用上纸尿裤，这样就可以省去许多为他清理尿迹的时间。总而言之，他们想将他尽可能地培养成一只真正的黑猩猩，但在使用纸尿裤这个问题上妥协了。尤里乌斯经常趴在他的纸箱里安静地睡觉，他喜欢趴着睡，两条腿蜷缩在腹下，头侧向一面。几天以后，他的元气恢复许多，更较容易与其进行交流。尤里乌斯开始弄出更多响动，不时张开尚未长牙的嘴巴。他能在纸箱里半坐起来，目光可追随听到的声音。黑猩猩的视觉器官与我们人类非常相近，他们对光线的敏感程度与我们相似，区分不同波长的能力亦是如此。黑猩猩能够分辨色彩，相比之下，人类对黄色和红色更加敏感。总体而言，黑猩猩听觉更敏锐，更能分辨高频声音，而且嗅觉也比人类强许多。[22] 尤里乌斯能够看见周围的人，能够听见他们说话，也能够感知四周强烈而陌生的各种气味，如人的气味，衣服和家具、牛奶和人类食物的气味。

尽管尤里乌斯的身体状况在好转，但是透过绷带可闻到受伤手指发炎的气味。比利·格拉德每天都给他更换绷带，清洗伤口，在他的腿上注射抗生素，但伤口不见好转。二月二十一日，在比利·格拉德家度过九天后，西阿格德尔郡中心医院主任医生海尔格·斯文森带着手术器械来到格拉德家。将厨房的桌子当手术台，雷顿·格拉德作为助手，在牛奶里添加了两毫克的氟硝安使尤里乌斯麻醉，然后对他实施手术。[23]

手术十分成功，可是术后的尤里乌斯完全松弛了下来，一直在昏睡，唤不醒他，也无法喂他吃奶。四天后他才恢复精神，能够吃东西，开始制造响动，人们逗他玩时也能做出反应。尤里乌斯现在的体重是三千两百克，躯干变得强壮许多，自己能抓住纸箱边缘坐起来了。他生长得飞快。如果扶着他的手，他

右图：兽医比利·格拉德为尤里乌斯做体检

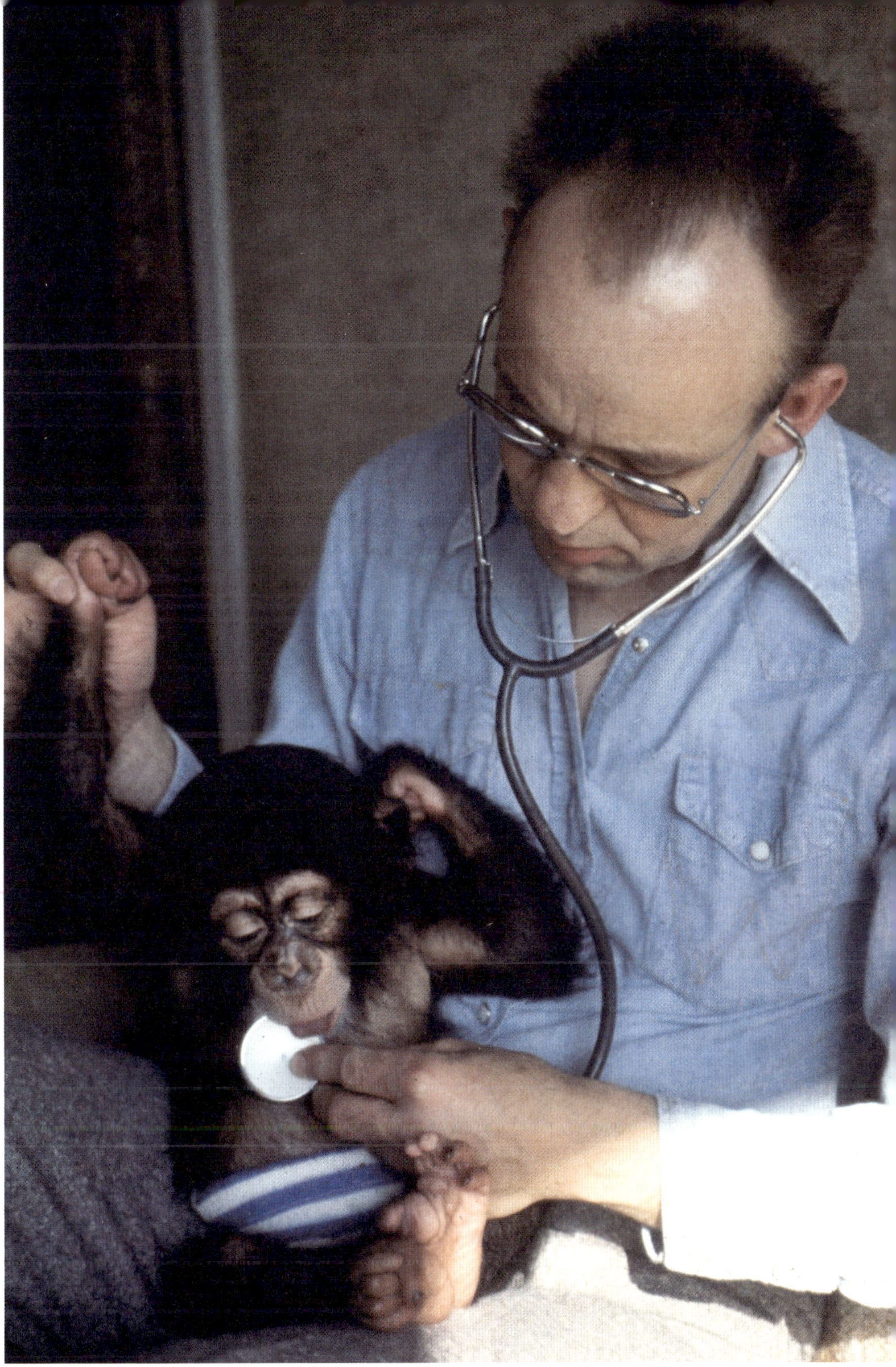

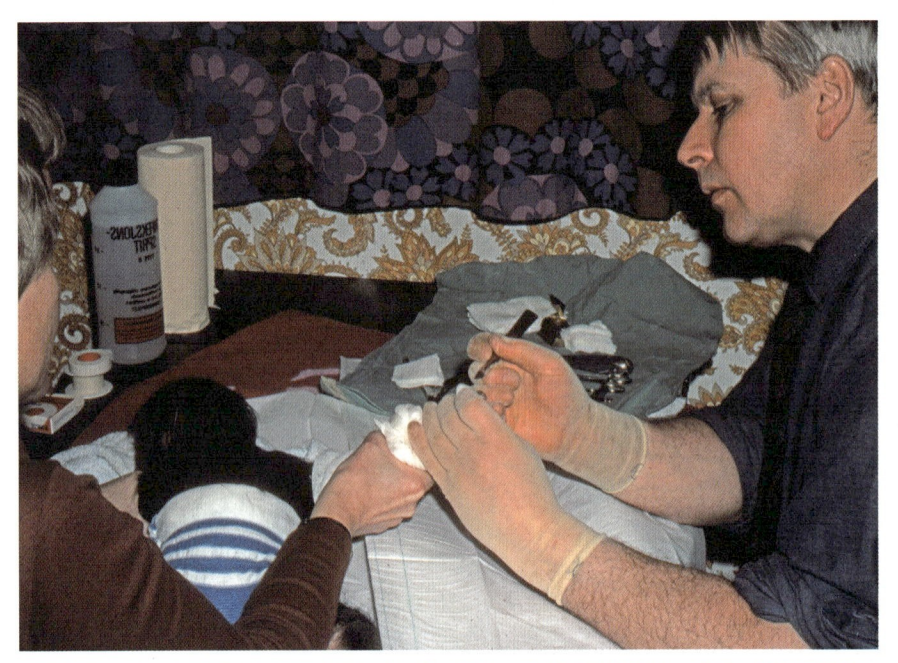

西阿格德尔郡中心医院的主任医生海尔格·斯文森为尤里乌斯实施手术，雷顿·格拉德做他的助手

自己就能用两腿支撑站立起来。

当然，格拉德一家对尤里乌斯的喜爱到达了危险的程度。雷顿·格拉德是家庭主妇，平时白天只有她独自在家，其他人都去上班或上学。现在家里的状况使她回忆起当初抚养两个儿子的情景。她对待尤里乌斯的方式如同当年对待自己的儿子，用奶瓶喂奶，为他换纸尿裤，她的呵护与关爱他体会得到。之前她都是以母亲的身份来做这些事。然而她时刻提醒自己，抱在怀里的只是动物。比利·格拉德也有同样的想法："他只是动物，与我们相处的时间是有限的。"他不断地提醒自己。[24]

二月二十八日，动物园园长爱德华·莫赛德前来接尤里乌斯去自己位于温纳斯拉的家小住几天，为的是看一看换了新环境以后尤里乌斯如何反应，也想避免他对同一个家庭过于依赖。爱德华·莫赛德将他抱进汽车，从克里斯蒂安桑市到温纳斯拉一路上他兴奋不已，不停地呼叫。在爱德华家的第一天，他表现得比较冷漠，此后他逐渐感觉到，同眼前这些人在一起，与同格拉德一家人在一起同样有安全感，他适应了新的环境。

莫赛德全家人对于动物有着异乎寻常的喜爱。爱德华和夫人玛丽特·莫赛德以及两个小女儿安娜和丝芙在搬来温纳斯拉新家之前，住在利勒桑德镇一个小庄园里，这个小庄园与动物检疫机关签有一份合同，从外国进口的动物需在这里进行隔离检疫，合格后方可送到动物园进行饲养。因此这家人曾临时饲养过蛇、鳄鱼、河马、鹰和一只名叫巴特玛尔的成年海狮等动物。[25] 然而尤里乌斯与以前曾饲养过的动物性质完全不同，目前他还像一个婴儿，父母告诫两个女儿对待他要加倍小心谨慎。在接近他的时候要小声说话，要轻轻地抚摸他的皮毛，就像对待婴儿一样。他喜欢人们轻轻抚摸他的胸口，在他的腋下和脖子下呵痒。小黑猩猩对呵痒的反应与人类反应一样，当轻轻抚摸腋下时，会张开嘴笑。同时也像婴儿一样表现出似笑似不笑的矛盾心理，在同一时刻会显露喜欢和不喜欢的两种表情。当他最敏感的部位被呵痒时，他会大笑不停。[26]

尤里乌斯很快就与承担起母亲角色的玛丽特·莫赛德夫人建立起深厚感情。一周以后，当他被送还给雷顿·格拉德时，又表现出烦躁和冷漠。当他回到格拉德家一天以后，就重新找回原来的感觉。兽医比利·格拉德曾对尤里乌斯能否适应新环境持怀疑态度，现在看到他对两个家庭的反应，消除了原来的担忧。现在莫赛德和格拉德考虑让饲养员格莱特·斯文森逐渐介入，因为今后一旦尤里乌斯返回动物园，她将负责日常饲养和照看工作。

希尼被杀害

最大的问题是将来如何让尤里乌斯重新回归黑猩猩社群。在这个问题上，爱德华·莫赛德和比利·格拉德认为需要帮助。之前有过一只黑猩猩在融入黑猩猩社群时出现了意外。希尼与博拉于一九七七年一同来自丹麦,但是到了克里斯蒂安桑动物园,希尼被其他黑猩猩杀害了。希尼与博拉是丹麦那家动物园中仅有的两只黑猩猩,他们从来没有学过如何与其他黑猩猩进行交往。[27] 最关键的是希尼在野外被捕获,在她来到动物园之前,和人类生活过一段时间。她没有学过黑猩猩的语言和行为,却从与人的接触中不经意地学到一些手势和动作。在克里斯蒂安桑动物园里,黑猩猩认为她表现出挑衅行为。特别是罗塔,对此极为气愤,有一天,她咬断了希尼的两个脚趾。这两个脚趾没完全掉下来,就那样挂在脚上。兽医古布朗德·瓦尔和比利·格拉德决定为她做手术。他们将希尼带到莫赛德家,用毛巾蘸上三氯乙烯捂在嘴上将其麻醉。从动物园看守处借来了钳子,放进水里煮过,并用酒精消毒后,比利·格拉德为其实施了非常成功的手术。为了保护希尼不被其他黑猩猩伤害,特意为她建了一个独立笼子,栅栏上开了一个很小的门,一旦希尼受到威胁、感到害怕就可钻进自己的笼子躲避。可是一天傍晚,饲养员忘记将回到笼子的小门打开,第二天,也就是一九七八年六月三十日早晨,发现希尼已经死了。在向农业部呈送的年度报告中写道:"可能是被其他黑猩猩杀害。"[28] 其实就是丹尼斯抓起她把她猛地甩到水泥墙上,解剖报告揭示了希尼头骨骨折,颅内大量出血。

尤里乌斯重回黑猩猩社群时,很可能会遭遇同样的命运。如果他们对尤里乌斯的培养稍有差错,尤里乌斯就可能小命难保。于是格拉德和莫赛德查阅了国际上黑猩猩研究论文,并与欧洲其他动物园取得联系,寻求帮助。一九八〇年三月,他们到瑞士、荷兰学习考察,向从事黑猩猩研究的知名专家请教。他们参观了瑞士苏黎世和巴塞尔两家动物园,以及荷兰位于阿恩海姆的博格什动物园。巴塞尔动物园里饲养着二十多只黑猩猩,而且不久前有被格拉德和莫赛德称之为"人工养育"黑猩猩个体成功回归黑猩猩群的案例。荷兰的阿恩海姆动物园饲养了多达四十只黑猩猩,他们在使被排斥的小黑猩猩重新返回黑猩猩群的实践中有着丰富的经验。阿恩海姆动物园里的科学设施完备,如体检室、手术室、病房、检疫室、化验室,还有两名全职生物学家在那里工作。

两名挪威人看到这些真是感到自愧不如。此外，年仅三十一岁弗朗斯·德·瓦尔（Frans de Waal）每天都会来到动物园工作，他日后会成为世界知名的动物学家。

在格拉德和莫赛德访问荷兰期间，德·瓦尔正在撰写一本关于黑猩猩的书《黑猩猩的政治》（*Chimpanzee Politics*）。[29] 弗朗斯·德·瓦尔坐在椅子上观察阿恩海姆动物园的黑猩猩社群，总共观察了上千小时，并做了笔记，研究出这一黑猩猩社群的社会结构。他受意大利文艺复兴时期哲学家尼科洛·马基雅维利的政治理论启发，分析了黑猩猩社群中错综复杂的权利之争，这便是书名的由来。该书中描述了一场发生在一九七六年夏天的争斗，起因是雄性黑猩猩鲁伊特未经首领耶鲁恩的同意，公开与一只雌性黑猩猩交配，以此向首领发起挑战。此后，鲁伊特以十分阴险的方式挑衅耶鲁恩，例如避免直接发生打斗，而是通过多种策略争取耶鲁恩的盟友站到自己一边。鲁伊特突然花费大量时间与曾支持耶鲁恩的母黑猩猩混在一起，与她们一起玩耍，为她们梳理皮毛、瘙痒、捉虱子，还与她们的孩子一起玩，就像美国总统候选人在选战期间亲吻选民的幼儿一样。他还爬上了更高的树，爬到其他黑猩猩难以达到的高度，摘取令黑猩猩垂涎三尺的新鲜叶子，然后将这些叶子分送给他"心爱的"黑猩猩。决定性战略转折点发生在举足轻重的副首领或者叫副总统的雄性成年黑猩猩尼基态度的转变，尼基归顺了他。在距他首次发起挑衅的七十二天后，被他挑战的耶鲁恩终于俯首称臣，拥戴他成为黑猩猩社群的新领袖。[30]

莫赛德和格拉德以极大的兴趣聆听德·瓦尔和阿恩海姆动物园的介绍，尤其对讲述被排斥的黑猩猩如何成功回归黑猩猩社群的内容极为感兴趣。阿恩海姆动物园黑猩猩社群中有一只经常怀孕产崽的黑猩猩，却无法照顾自己的孩子，因为她失去了听觉。小黑猩猩从出生起就会发出轻微的、近似耳语的声音和母亲沟通。这只母黑猩猩完全听不到小黑猩猩发出的声音。[31] 动物园并没及时采取措施，任其多次怀孕，可是每次生产后，小黑猩猩在几周内就会夭折。后来，一旦她生了小猩猩，饲养员就将小猩猩抱离。养育一段时间后，再尝试运用各种方法帮助小黑猩猩回归黑猩猩社群。一九七九年，也就是尤里乌斯出生的那年，他们成功培训了另一只母黑猩猩照顾新生的小黑猩猩，并能用奶瓶给小黑猩猩喂奶。训练是在她自己的笼子里进行的，训练她如何使用带奶嘴的奶瓶，如果做得正确就给予奖励。当小黑猩猩出生两周以后，养母就接手负责抚养，而且表现得十分耐心。她小心翼翼地用奶瓶给小黑猩猩喂奶，甚至能够应对突发情况，例如小黑猩猩喝奶不顺畅时，她会让他坐直，促使他打嗝，而人类并没有教她这些。用奶瓶喂奶一周以后，养母自己也产出了奶水，而且她的奶水可满足小黑猩猩半天食量的需求。还有一次，饲养员不得不将一只刚出生的小黑猩猩交给人类养育数周，不久后有一只母黑猩猩的宝宝在出生不久就死了，饲养员赶紧抓住机会，将小黑猩猩交给这只母黑猩猩抱着，她马上就开始担负起母亲的职责了。[32]

然而，在克里斯蒂安桑市动物园却没有这种可能性，这里没有训练有素的成年母黑猩猩知道如何使用奶瓶喂奶，也没有刚刚失去自己孩子的母亲。罗塔忙于照顾自己的儿子比利，尤里乌斯的母亲桑娜对自己的儿子根本不闻不问，博拉还太年轻。看来尤里乌斯只能生活在人类当中，直到他成长到足够强大，才能回到黑猩猩社群里并且在同类中间立足。因此，接下来需要率先确保的是安全。一九八〇年春天，确定了经常与尤里乌斯接触的是三伙人：格拉德一家、莫赛德一家，以及动物园以斯文森为首的相关饲养员。尤里乌斯需要多和斯文森接触，目的是促使他最终回到动物园居住，并且可以看到、听到其他黑猩猩的活动。他必须通过自己的观察学会黑猩猩的各种动作和行为。与其他黑猩猩进行眼神交流、声音交流，这对尤里乌斯十分重要。从第一次进行眼神交流到最终能够与另一只黑猩猩进行身体接触，需要足够的时间。这一过程到底需要多久不得而知。格拉德和莫赛德曾得到两项矛盾的建议：巴塞尔动物园建议，第一次交流需赶在小黑猩猩六个月大的时候，而阿恩海姆动物园则建议，应长到两岁的时候为宜。[33]

回访动物园

当格拉德从阿恩海姆回到位于伯里克斯海亚的家时，尤里乌斯见到他的第一反应是将他看成了陌生人。格拉德离开家只有短短几天，然而尤里乌斯显然表现出对他的恐惧，并使劲往雷顿的怀里钻。尤里乌斯慢慢明白了他是谁，变得像之前一样自在、安心。尤里乌斯在身体和智力方面发育良好。当他长到两个月大的时候，开始尝试第一次爬行，学着四肢着地保持平衡。长到三个月大的时候，就能在卫生间光滑的瓷砖上四处爬行了。他也刚刚学着用两条腿走路。他嘴里也长出了几颗牙，很喜欢用牙啃书本、家具、门框和柜子门等，而且对格拉德家中保管的公益活动账册尤其感兴趣。[34] 从三月开始就给他喂食一些较粘稠的食物了，向对待人类的孩子一样，喂他一些米粥。他十分厌烦吃这种食物。这需要耐心，需要忍受弄脏衣物带来的烦恼，逐渐让尤里乌斯适应这种饮食。

目前尤里乌斯大部分时间住在莫赛德的家里，爱德华·莫赛德经常带他回到动物园，让他单独与饲养员格莱特·斯文森相处。她用奶瓶给他喂食，他并不抗拒。尤里乌斯似乎接受了一切他们希望他接受的事物。看起来"三伙人"制度执行得不错。唯一的问题是尤里乌斯长时间只接受到人类的关怀。当他吃完饭以后，不愿躺下睡觉，他需要娱乐和玩耍，使周围的人累得够呛。爱德华·莫赛德是两个孩子的父亲，又要负责管理动物园，有太多事情要做。如今，他的动物园每年有二十万游客前来参观，动物种类从棕熊到袋鼠应有尽有。动物园不仅进口各类动物所需的食物，也建立了生产、加工各类饲料的工厂，同时要为雇员和饲养员提供完善的后勤保障，更要考虑动物园的市场营销策略和长远的发展规划。莫赛德总能想出新点子。他又想围绕动物园建立酒店，配备游泳池和日光浴室。[35] 而且，他的一个堂兄刚刚离世。一九八〇年三月二十七日，挪威北海石油钻井平台"阿莱克桑德·谢耶兰"号在埃科菲斯克钻油区因暴风雨倾覆，一百二十三名在平台上的工作人员坠海身亡，堂兄是其中之一。如此繁忙的莫赛德还得日夜照顾住在他家中的尤里乌斯。

雷顿·格拉德也逐渐感到照顾尤里乌斯的任务越来越繁重。尤里乌斯住在她家的几个星期里，她不能离开他的视线。他睡醒以后，如果她打算干点别的事，他会大声哭闹。一九八〇年四月十四日，比利·格拉德在日记中写道："现在该是尤里乌斯搬离这儿的时候了。"[36]

四月末，格拉德一家、莫赛德一家和格莱特·斯文森一起来到动物园；将尤里乌斯首次介绍给黑猩猩社群。此时尤里乌斯已经长到四个月大，脱离黑猩猩社群已有两个半月。在安置尤里乌斯的小隔间靠窗边的地方，放了有些高度的木块，其他黑猩猩可以透过窗户看到尤里乌斯。这是漫漫回归之路的第一步。他们把尤里乌斯放在木块上，打开小隔间与公共活动区之间的门，等待看会发生什么。尤里乌斯的母亲桑娜首先走了过来，尤里乌斯见到她哭泣起来，桑娜鼓起腮帮发出响声，以前从来没有听见过她发出这样的声音。看起来她对他没有太大兴趣，但也没表现出烦躁和不安。其他黑猩猩也陆续走过来，他们站在窗户旁，睁大眼睛凝视着这个以前被排斥的成员。他们都簇拥在窗前，只有丹尼斯在远处，像黑猩猩群首领应该表现的那样，来回踱步。尤里乌斯看起来并没有感觉到恐惧，他盯着窗户外面的黑猩猩，有二十分钟之久。这一切比格拉德和莫赛德事前预想的要好得多。[37]

会说话的黑猩猩

回到莫赛德家，尤里乌斯常常是两个女孩的忠实玩伴。他仍然睡在纸箱里，有时在爱德华与玛丽特·莫赛德的卧室里，有时在卫生间里过夜。只要他醒来，就会穿着湿漉漉的纸尿裤径直来到姑娘们的房间，与她们玩耍。从身高上来看，他比"姐姐们"矮，可是他的运动神经要发达得多。他能顺着窗帘往上攀爬，莫赛德和玛丽特试图禁止他攀爬窗帘，但严格来说，回归黑猩猩社群之前他需要进行各种形式的攀爬训练。他喜欢将房间搞得乱糟糟，愿与安娜和丝芙玩捉迷藏。如果进行赛跑，尤里乌斯就会非常在意遵守规矩，讨厌别人抢跑。他会站在起跑线上，前后摇摆着身体，等待发令声下达。他和安娜（仅仅是和安娜）发明了一个游戏：一方坐着，嘴里衔着一根小木棍或草秆，另一方要试图抢夺。如果小木棍掉落在地或者他输掉了比赛，尤里乌斯会显得十分沮丧。姑娘们还教他画画。他还可以躺在姑娘们的床上，一连几个小时，尽管原则上不该允许他这样做，也包括坐在桌旁吃饭。对安娜和丝芙来说，吃饭的时候最让人难受，她们认为尤里乌斯是家中无可争议的中心，唯独吃饭的时候要将他排除在之外。当然，甜点也不允许尤里乌斯吃，而他很快就学会了如何讨好姑娘们。当姑娘们坐在沙发上，一边吃着零食一边观看儿童节目时，他会偷偷走过来，用胳膊搂住她们，并使劲亲吻她们的脸颊。她们不禁心软了，不再顾忌父母的规定。一块糖果"不小心"落到地板上，汽水瓶里恰好插着第三根吸管。[38]

这是很难避免的事情，因为他每天与人相处，学到不少人类的行为动作。他还学会用肢体语言表达一些信息。他们向他喊"现在吃饭了"或"现在该出去散步了"时，他在理解这些话的意思上不存在任何问题，对这些话的反应与一般小孩没有什么两样。但他没有表现出任何试图说人类语言的迹象，从来没有从他的嘴里说出一个字来。

一九四七年，人们曾进行过一次关键的实验，看看到底能否教会黑猩猩说话。心理学家凯斯·海耶斯（Keith Hayes）和夫人凯茜·海耶斯（Cathy Hayes），收养了一只一个月大的雌性小黑猩猩，取名叫维基，像抚养人类小孩一样，加强对她进行语言方面的训练。维基长到六岁时死掉了，之前她只学会说四个词，"爸爸"、"妈妈"、"杯子"和"上面"。此后的研究表明，因为舌头的运动机能不同，导致黑猩猩无法发出人类语言中的许多声音。直到一九六六年，研究员阿兰·加德纳（Allen Gardner）和比阿特丽丝·加德纳（Beatrice Gardner）成功教会与他们一起生活的黑猩猩瓦舒使用一系列的手语动作，这些手语动作便是美国手语协会为失聪者设计的手语。一九七〇年，瓦舒离开了研究员夫妇的家，成为俄克拉荷马灵长类动物研究所研究员罗杰·傅茨（Roger Fouts）的研究对象，此时瓦舒已经掌握了一百三十个不同的手语表达方式。[39] 这是一个具有划时代意义的实验，忽然间，人与黑猩猩之间可以进行相对比较高级的交流了。瓦舒甚至可以教她代为抚养的小黑猩猩如何打手语。在接下来的一年里，受加德纳夫妇这一突破性的研究成果的鼓舞，又有几只黑猩猩学习了手语。手语训练表明，黑猩猩可以区分同一概念下的不同的个体，比如在"狗"的概念下，能够用不同的手势表示不同的狗，在"昆虫"的概念下，能够用不同的手势表示不同的昆虫。他们还能够将在这一情境下学习的手势应用于新的情境。比如，瓦舒学习"打开"这一手势，是在教她打开"门"的情境下，而当她希望打开柜子时，她同样能够打出"打开"的手势。黑猩猩能够连续打出不同的手势，表达一个连贯的意思。当瓦舒第一次看见天鹅的时候，她便打出了"水"和"鸟"的手势。另外一只黑猩猩想表达什么是洋葱时，打出了"眼泪"和"蔬菜"的手势。[40]

尽管在尤里乌斯出生时，上述实验已非常知名，而且尤里乌斯也有能力领会人类教给他的东西，但是莫赛德等人并没有想教他手语的意愿。相反，为尤里乌斯设定的目标是，他要懂得自己是黑猩猩，而不是人。当然，从心理学研究角度或实现商业价值角度而言，往相反方向培育尤里乌斯更好，看看尤里乌斯到底能够多像人类。这样的实验曾进行过很多次。早在一九三一年，美国著名心理学家温瑟鲁普·尼尔斯·克鲁格（Winthrop Niles Kellogg）收养了一只七个月大的雄性黑猩猩果阿，让他与十个月大的儿子唐纳德生活在一起，其原则就是对待果阿就像对待唐纳德一样。但九个月以后这项实验就流产了，原因之一是，克鲁格对黑猩猩缺少肢体语言能力感到失望，并且认识到这样的实验再进行下去的话，对他的儿子是很危险的。一对更加执着的夫妇，简·特莫林和莫瑞斯·特莫林（Jane and Maurice Temerlin），毫不动摇地继续这样的实验。从一九六四年到一九七六年，他们收养了一只雌性小黑猩猩露希，她从出生后的第一天到十二岁一直与他们生活在一起。她在夫妇卧室内带护栏的婴儿床上睡觉，吃的是奶瓶装的给人类婴儿喝的奶粉，受到了无微不至的照顾。长到一岁时，她就能使用刀叉，坐在桌旁与大人们一同进餐并且会用杯子喝水。母亲带她像带自己的孩子一样去上班。可是夫妇二人从来没能教会她习惯使用厕所里的座便器，而且她对自己的粪便也不像人类那样忌讳。当她长到三岁时，他们再也无法容忍她住在卧室里了，于是给她单独建造了一个屋子，这样她就不能在没人监管的情况下毁坏家什了。然而对她的养成教育并没有停止，她学会了自己穿衣服，而且更喜欢穿别人的衣服。她掌握了使用一系列小工具，从钥匙、铅笔到吸尘器和打火机。他们也对她进行了俄克拉荷马灵长类动物研究

尤里乌斯向安娜·莫赛德学习绘画

所实施的手语训练，他们能与她进行富含内容的交流。露希喜欢翻阅报纸和杂志。每天早晨与父母一样要喝一杯咖啡，但她杯中的咖啡会加许多热牛奶，为了颜色好看，只加一勺速溶咖啡粉。一次，夫妇二人在家宴请客人，三岁的露希偶然闻到酒精的香味，于是她从一个客人手中抢过酒杯喝了起来。后来发现她经常在院子果树下捡食腐烂发酵的苹果，将它当成使其成瘾的麻醉剂。这对暖心的养父母情愿让她喝一点酒，在晚餐前，习惯性地也给她斟上一小杯。夏天来临时，喝点加苏打水的金酒；冬天来临时，喝点加七喜的威士忌酸酒或杰克·丹尼威士忌。[41] 露希十分享受晚餐前与父母一起坐在沙发上的时光，喜欢一边品着酒一边翻看杂志。当她发育到青春期时，他们为她购买了色情杂志《花花女郎》，很明显，她十分喜欢翻看这本杂志。她会毫无羞耻感地进行手淫，并创造性地将家里的吸尘器充当性玩具。

十二年来露希就是这样度过的，可是现在无法控制她了，她再也不能继续住在这个家里了。黑猩猩是动物中在基因方面最接近人类的，但他们还是没能将其驯养成人。尽管一只黑猩猩从小就与人相处，在人类的陪伴下长大，却不能与居住在一起的人建立起可靠的、情感上的关系。或许有一天她会背离驯养，成为一只对人有生命危险的动物。若要驯养一只动物，就逐渐地、系统地消除其特有的本性。现代化动物园建立之前，使圈养的黑猩猩繁衍后代是十分困难的，而且也不曾尝试驯化他们。大多数被驯化成功的动物，如狗、羊、猪、牛和马早在六千年前人们就开始对它们进行了驯化。[42]

特莫林夫妇看到他们与露希的关系已经处于非常困难的境地。莫瑞斯·特莫林是心理学教授，收养动物是在心理学家比尔·雷蒙（Bill Lemmon）领导下实施的一个庞大实验项目的一部分，涉及不同种类的动物与人生活在一起。联想到露希目前的状况，可以看出对于这项实验的实施考虑不周全，计划性不强，伦理道德上受人质疑。[43] 夫妇二人不忍心将露希杀死，也不愿送她去动物园或其他科研机构，最后将十二岁的露希送到位于冈比亚的一家黑猩猩康复中心。这家康复中心是由研究员珍妮斯·卡特（Janis Carter）负责管理，卡特

珍妮·特莫林同黑猩猩露希一起阅读《花花女郎》

努力培养她逐渐适应野外生活环境的能力，可是露希不能与其他黑猩猩和平相处，而且还时常试图与人发生性关系。她表现出许多抑郁症的症状，长时间拒绝进食，还经常打出表示"疼痛"的手势。经过多年的适应性训练，最终将她放回大自然中。两年后，她的遗骨被发现，手臂没有了，而且在现场发现她尸首分离。[44]

绝不能让尤里乌斯遭遇同样的命运。绝不能让他坐在沙发上喝着加苏打水的金酒、翻看着杂志。要让他始终明白他是一只黑猩猩，他最终仍然要回归黑猩猩社群之中。

对莫赛德的惩罚

一九八〇年夏天，格拉德一家人带尤里乌斯到蒙代尔市郊外的谢内亚岛度假。在小岛上，他可以自由活动了，但无论如何他不敢跑出雷顿的视野之外。他会坐在雷顿的折叠椅旁边，当她在土豆地里蹲下来干农活时，他会紧紧靠在她身旁，寸步不离。尤里乌斯在草坪上与男孩们一起玩耍，看到邻居赶着羊群经过也会打招呼。他们带着尤里乌斯去瑞文根看灯塔，乘船到南方群岛游览。人们看到船上有只黑猩猩，都感到十分惊奇。毕竟，谁也没见过一只穿着衣服的黑猩猩，而且他还要去钓鱼。本地报纸《祖国之友》便报道了尤里乌斯出游的故事。这个故事刊登在一九八〇年八月九日的报纸上，由记者特里格沃·比扬·克林斯海姆（Trygve Bj. Klingsheim）和摄影师阿瑞尔德·雅克布森（Arild Jakobsen）采写。当然，他们不会料到，日后尤里乌斯在媒体上会引起多大的轰动。克林斯海姆采访了两对"养父母"，即莫赛德夫妇和格拉德夫妇，尤其追问当尤里乌斯最终回归黑猩猩社群时，他们会有什么感受。男人显得坚强，而女人则很坦诚。"对于我来说，这将是一个了不起的胜利。"爱德华·莫赛德说。"我有信心，相信自己足够坚强，能够面对尤里乌斯的离开。"比利·格拉德说。"我不愿意去想他离开的事。不，我不相信我在情感上能够疏远他。"雷顿·格拉德坦言。[45]

爱德华·莫赛德与挪威国家广播公司的电视节目制作人伊丽莎白·尼高尔德（Elisabeth Nergaard）关系很好，她做过好几个在动物园拍摄的儿童节目。莫赛德意识到尤里乌斯的经历所具有的媒体报道潜力，便将尤里乌斯讲给伊丽莎白听。她对此深感兴趣，决定围绕尤里乌斯制作一期电视节目。电视台派出了摄制组，南下跟拍尤里乌斯这只独一无二的黑猩猩的日常生活。他们拍摄尤里乌斯在爱德华·莫赛德家干家务，结果拍到他吊在吸尘器的长柄上，玩耍间

右图：尤里乌斯乘船从谢内亚岛出发旅游

打翻了一桶泛着肥皂沫的水。尽管这些不能如实呈现他在爱德华·莫赛德家的日常生活,但这将是一部非常好看的电视节目。

　　玛丽特·莫赛德白天要去上课,两个女儿没有去幼儿园,而是和尤里乌斯一起每天去动物园。对两个小姑娘来说,去动物园待着不比去幼儿园差,而对尤里乌斯来说,这是一种重要的提醒,帮助他记得他来自哪里,终将回到哪里。尤里乌斯喜欢从莫赛德家驶向动物园这一路的行程。他尤其喜欢手握方向盘,甚至用右手去拨动挂挡手杆,意识到汽车的开动与那有关。莫赛德在办公室里为尤里乌斯安装了吊床,但他也可以随处跑动。安娜和丝芙常常带着他在动物园里四处游览,爱德华也常常抽出时间带他去看其他动物。尤里乌斯身穿家人手工织的毛衣,里面套着纸尿裤,外面穿着短裤,站在黑猩猩岛外瞭望他的父母和他的同类。尤里乌斯在动物园的黑猩猩社群只生活过极短的一段时间,而

尤里乌斯在谢内亚岛别墅，从来不敢远离雷顿·格拉德

尤里乌斯敢于远离雷顿·格拉德几米远了

且是在热带室室内。到了夏天，黑猩猩们可通过高高架起的用木条连接起来的索桥，爬向宽阔的贴近大自然的黑猩猩岛，那里种植着松树，长满越橘灌木丛。莫赛德注意到，每当尤里乌斯靠近那里时，都表现出十分恐惧的样子，会紧紧搂住莫赛德的脖子。[46] 尤里乌斯的反应可不大妙。一天，一名饲养员带着尤里乌斯划小船通过护城河，驶向黑猩猩岛，当时其他黑猩猩都被关在室内。尤里乌斯害怕极了，不肯下船上岛玩耍，死命拉住饲养员不让他走。

这种与其他黑猩猩远距离的会面有两个目的，不仅要唤起尤里乌斯对黑猩猩群的记忆，同时也要提醒其他黑猩猩记住他是他们中的一员。此外，莫赛德还经常将尤里乌斯用过的纸尿裤带到动物园，让黑猩猩闻闻尤里乌斯的气味。莫赛德将纸尿裤通过护栏递给丹尼斯，丹尼斯坐在那里，认真地闻自己儿子排泄物的气味，然后转身递给那些好奇的黑猩猩。

一九八〇年八月十七日是星期天，爱德华·莫赛德带着尤里乌斯来到黑猩猩馆内，让其他黑猩猩可以看看他，闻闻他的纸尿裤的气味。莫赛德并不想停留很久，因为女儿们就在车上等着，她们叫他到为黑猩猩准备餐食的厨房拿点水果。他便想趁着拿水果的机会，让尤里乌斯和其他黑猩猩见一面。

爱德华来到后面不对游客开放的供黑猩猩睡觉的地方。笼子门纷纷开着，莫赛德蹲下来，把尤里乌斯举向栅栏，好让黑猩猩可以看看他、闻闻他。此时，饲养员奥瑟·古恩·莫斯沃尔德就在旁边的厨房里。几只黑猩猩凑了过来，对尤里乌斯格外好奇。首领丹尼斯还在公共活动区，他突然奔过来，谁都看得出来他怒火冲天。他径直冲向莫赛德，透过栅栏抓住了尤里乌斯，把他使劲拉向自己。可是栅栏空隙较窄，尤里乌斯挤不过去，活活地卡在栅栏之间。这样下去丹尼斯会杀死自己的儿子。莫赛德伸进胳膊，用尽力气朝丹尼斯的头部打去。丹尼斯松开了尤里乌斯，尤里乌斯瘫坐在地上。然而紧接着丹尼斯抓住了莫赛德的胳膊，抓得死死的。"快抱走尤里乌斯！快抱走尤里乌斯！"莫赛德大声呼喊。听到呼叫声，莫斯沃尔德赶紧跑了过来，救起受到惊吓的小黑猩猩。尤里乌斯安全了，可是丹尼斯抓着莫赛德胳膊不肯放开，莫斯沃尔德竭尽全力帮助莫赛德脱离危险，她使劲踢栅栏和丹尼斯的手。与此同时，莫赛德试着用另一只手打丹尼斯，可是丹尼斯仍然不松手。莫赛德担心丹尼斯会将他的胳膊扭断，就身体力量来看，他完全有能力这样做，而丹尼斯看起来对他的手更感兴趣。爱德华·莫赛德使劲攥紧拳头，丹尼斯却可以将他的手指一根根地掰开。丹尼斯并不着急，是他在折磨莫赛德，他知道比起实际经受的疼痛，等待、焦虑等精神折磨才更让人受不了。安娜和丝芙还在车里等着，不知为什么取点水果会用那么长时间。丹尼斯终于将莫赛德的食指掰开，他注视着莫赛德的食指，一口叼住，用锋利的牙齿咬断了这根手指。莫赛德疼得大叫，虽然丹尼斯终于放开了他。莫赛德和莫斯沃尔德都瘫倒在地板上。[47]

稍早前，丹尼斯或其他某只黑猩猩咬了尤里乌斯的一根手指，如今丹尼斯以黑猩猩的方式惩罚了莫赛德。奥瑟·古恩·莫斯沃尔德眼见莫赛德被咬断的地方骨头都暴露出来。莫赛德赶忙四处寻找可以用来包扎的纸。莫斯沃尔德认为应该立刻送他去医院，莫赛德拒绝了，还想先把女儿送到祖父母家。然而一坐进汽车里，莫赛德便因失血而面色苍白，头晕无力。最终他放弃了先送女儿

的想法，请人开车把他送到西阿格德尔郡中心医院。

尤里乌斯和爱德华各自都失去了一个手指头。这是米开朗基罗的"上帝与亚当"故事中用断指相互指认、带有讽刺意义的翻版。这给生命留下了印记，也使他和尤里乌斯永远联系了在一起。

左图：尤里乌斯与卡尔·克里斯蒂安·格拉德一起玩耍

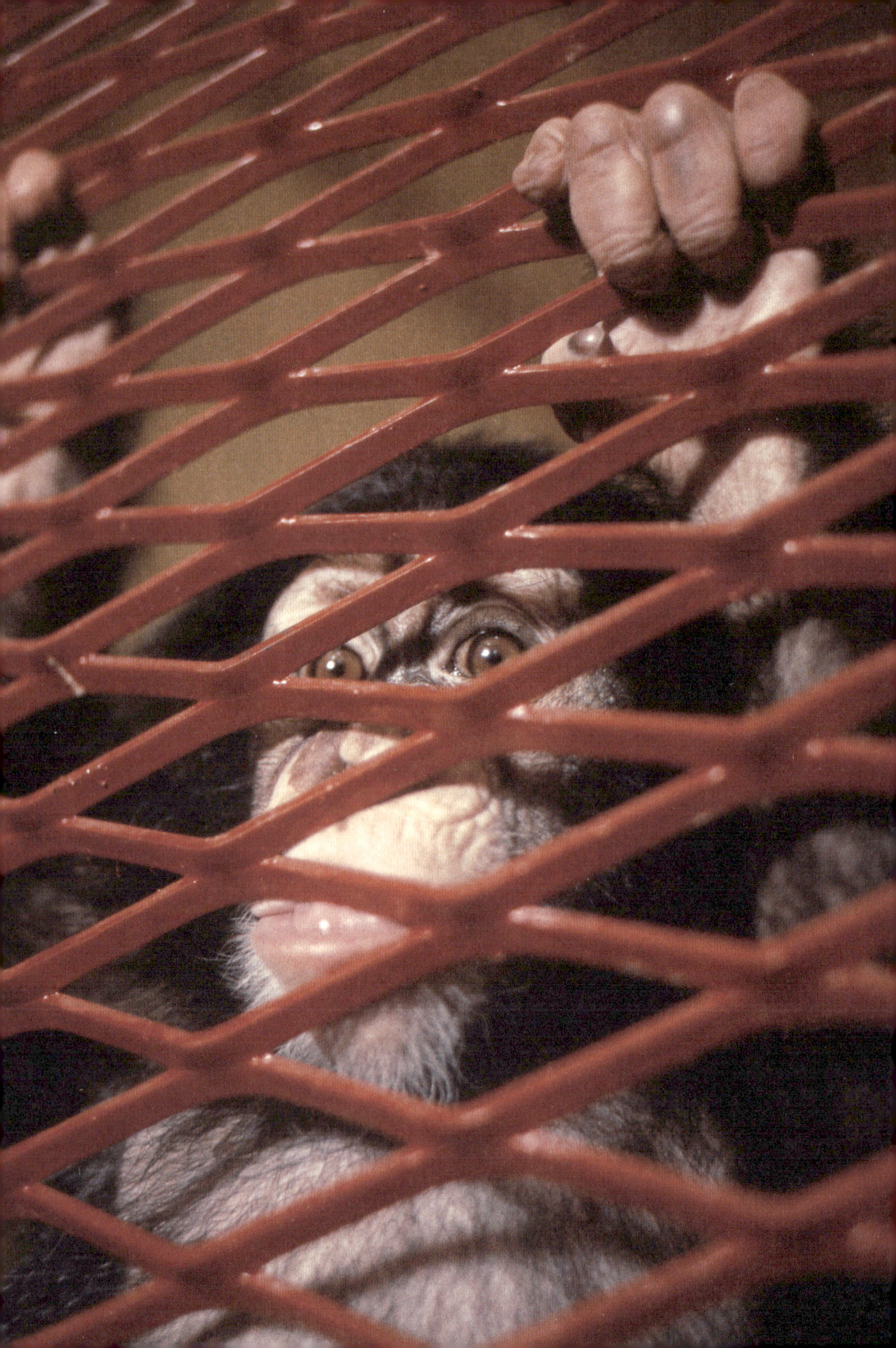

第三章

自己的
房间

一只被孤立的黑猩猩,不是一只真正的黑猩猩。[48]

——沃尔夫冈·柯勒

笼子里的的尤里乌斯

在尤里乌斯年幼的时候，我们对于在野外生活的黑猩猩所了解的大部分知识都来自一个人：英国研究员珍·古道尔（Jane Goodall）。古道尔儿时最大的梦想就是到非洲去，生活在野生黑猩猩中间。在她长大成人以后，一个偶然的机会使其梦想成真。从前在学校的好友移居肯尼亚，她向珍·古道尔发出邀请。古道尔来到肯尼亚以后，在内罗毕谋到一个当秘书的工作，可是对研究黑猩猩的兴趣驱使她与国家博物馆的古人类学家、人类学家路易斯·李基（Louis Leakey）取得联系。李基非常钦佩珍·古道尔的自学能力，立刻请她担任自己的秘书。李基带她到野外进行考古工作，发掘早期人类的化石，同时也在锻炼她在野外工作的能力。受眼前所见的启发，他建议珍·古道尔到坦桑尼亚西部坦噶尼喀湖附近的贡贝自然保护区工作，长期跟踪观察那里的野生黑猩猩，之前还没有人这样做过。这将是人类首次尝试观察野外黑猩猩的日常生活，具有很高的研究价值。李基相信，珍·古道尔没有受过专业教育，这恰恰是她的优势。他会为她提供资金支持，但是首先她必须找到帮手。一九六〇年七月十六日，珍·古道尔在母亲温妮·古道尔（Vanne Goodall）和一名当地的厨师多米尼克的陪伴下，开始了长达四个月野外实地考察黑猩猩的研究项目。[49]

这项野外考察是个十分冒险的项目。珍·古道尔时年二十六岁，没有什么经验，但她活泼、漂亮、满头飘逸金发。她携带笔记本和望远镜，在没有任何保护措施的情况下进入了黑猩猩活动区域，当然那里也有豹子、蟒蛇和野牛等猛兽。她用了几个星期才观察到一点踪迹。她和母亲都染上了严重的疟疾。经过三个月的艰苦努力，她终于获得具有划时代意义的重大发现，她是第一个观察到黑猩猩能够使用工具的人。李基做过这种预测，曾事先对她解释说，一旦有了观察成果，将会使整个考察项目合法化。珍·古道尔第一次观察到并记录下，黑猩猩如何选择树枝，摘去树叶和分叉后，将其插入蚁巢中钓取白蚁，也就是说，黑猩猩可以制造工具和使用工具，这一观察具有深远的意义。这不仅仅关系到如何看待黑猩猩，而且也关系到对人类的定义。"现在我们必须重新定义'工具'和'人类'的相关概念，或者把黑猩猩接纳为人类的一员。"

当他获悉这一重大发现后,给珍·古道尔发去的电报这样写道。[50] 当时,对人类的定义就是"唯一会使用工具的动物",肯尼斯·奥克利(Kenneth Oakley)一九四九年出版的《人,工具制造者》(Man the Tool-Maker)就是此类经典著作。有了古道尔的观察,人类需要重新加以定义了。这一重大突破也为古道尔带来了更多研究经费,考察期限也得以延长。

黑猩猩们发现这个手持望远镜、白皮肤的"黑猩猩"对他们没有构成任何威胁,珍·古道尔便渐渐走近他们。她能辨认出每一只黑猩猩,并给他们各自都起了名字。她学会了解读黑猩猩之间不同形式的肢体语言,有许多明显与人类使用的相同,例如接吻、拥抱、握手或相互轻拍肩膀给予鼓励等。她还发现他们能使用不同形式的工具,例如摘取树叶,用嘴将树叶嚼烂以后再将它们打结连在一起,像海绵一样具有吸水作用,可以将树洞深处的水吸出来;她还看到黑猩猩用不同的工具将坚果砸开;他们能用树叶清洗弄脏的身体,特别是雄性黑猩猩在交配后,能用树叶清除残留的精液。又过了一段时间,他们甚至允许她为他们梳理皮毛、抚摸他们的身体,用手给他们喂食。当然,这是危险性极大的举动,对黑猩猩也是如此,他们可能有染上自身不具有免疫力的疾病的危险。而古道尔坚信上天会眷顾自己。在她之前从没有任何人能够如此接近野生黑猩猩,并与他们相处。一九六三年,她在她的营地附近为黑猩猩建立了食品供应站,黑猩猩可以到那儿取食香蕉。这个做法受到不少批评,因为为野生黑猩猩提供食物将会对他们产生不利影响,改变他们的活动行为和生活习惯。但这样做能使她获得更多机会进行观察,其中包括观察他们是如何诡计多端地为自己抓到更多的香蕉。有一只黑猩猩,她给他取名叫弗冈,弗冈多次假装嗅到森林中新的食物来源,并成功将黑猩猩群吸引过去,可是他在半路偷偷开了小差,跑回珍·古道尔的营地,那些本应大家分享的香蕉被他独自占有。[51] 珍·古道尔还做过一个试验,她将香蕉放入木箱里,只要将一只螺栓上的螺丝帽拧下来就能将箱盖打开。黑猩猩知道箱子里有香蕉,但只有个别几只黑猩猩知晓开箱的机关。其中一只黑猩猩掌握了这项技能,他很快学会向其

1974年，珍·古道尔和摄影师丈夫胡格·冯·拉维克在工作现场

他黑猩猩隐藏这项技能。他用眼睛盯着其他方向看，与此同时偷偷将箱了打开，长时间坐在箱子旁边，用手捂住盖子，装作箱子尚未打开的样子，一直等其他猩猩放弃并离开后，他才不受干扰地独自享用这些香蕉。

尤里乌斯与厄斯滕、卡尔·格拉德一起玩耍

美国《国家地理》杂志派遣摄影师胡格·冯·拉维克（Hugo Van Lawick）到那里拍摄记录这位勇敢的女研究员，录制她如何与野生黑猩猩相处。故事的发展顺利，他们俩相爱、结婚并生了一个孩子。有时候他们将孩子放在森林中一个笼子里，这样黑猩猩就无法触及到他。通过一系列杂志的报道，珍·古道尔成为家喻户晓的人物，她的考察项目成立了永久性研究中心，自一九七六年起正式以她的名字命名，叫"珍·古道尔研究所"。在她的研究所，有很多研究人员连续跟踪、观察和记录黑猩猩社群的生活。几十年来，一直持续跟踪观察他们的后代，对这个黑猩猩社群积累了大量的观察记录。这些研究员跟踪记录了十三只小黑猩猩，他们与尤里乌斯的命运相同，从小就失去与母亲的联系。研究人员逐个跟踪这些小黑猩猩直到他们长到成年，看看他们到底经历了些什么。这些黑猩猩大部分都罹患被珍·古道尔称之为"临床型抑郁症"，他们表现得明显与众不同，郁郁寡欢，玩耍欲望不强。几只小黑猩猩由于得不到母亲的呵护而夭折，另外几只则永久地改变了自己的行为模式，还有几只经过一段时间恢复了黑猩猩的正常活动行为。

爱德华·莫赛德和比利·格拉德二人阅读了珍·古道尔所撰写的所有文章，希望尤里乌斯属于最后那种类型的黑猩猩。直到目前为止，尤里乌斯尚未表现出任何形式的抑郁症状。说正经的，有时真不知道以后如何让尤里乌斯回归黑猩猩群体。动物园里很多工作人员都认为那是完全不现实的。他们认为爱德华·莫赛德和比利·格拉德拒绝认清现实是因为他们对尤里乌斯怀有感情。当然，持怀疑态度的人可能是正确的。

回归步骤

丹尼斯的残暴攻击导致爱德华·莫赛德手指受伤，伤势并未好转。一九八〇年八月二十九日，他再次被送进西阿格德尔郡中心医院，与此同时，尤里乌斯不得不被送回格拉德家暂住几天。尤里乌斯逐渐长大，能与格拉德的两个儿子卡尔·克里斯蒂安和厄斯滕玩一些比较高级的游戏了。他们有一套牛仔主题的百乐宝玩具，里面有探长、酒吧、马匹和普通人，可以在地上搭建起整套模型，让人物在其中移动、交谈。尤里乌斯四处攀爬，将房屋模型搞得天翻地覆，孩子们称他是"金刚"。[52]

比利·格拉德担心尤里乌斯受两个儿子的影响，像他们一样时不时用双脚直立行走。他认为尤里乌斯接受的教育比动物园中的小黑猩猩要散漫得多，例如小黑猩猩比利，在没有得到母亲罗塔的许可前，从来不敢首先拿香蕉或苹果吃。很难想象，尤里乌斯有一天重返黑猩猩群体后，会像比利一样遵守这样的规矩。平时很难看到黑猩猩妈妈是如何将小黑猩猩训练得如此守规矩。为此玛丽特·莫赛德在动物园待上几个小时，只为观察黑猩猩妈妈罗塔与儿子之间如

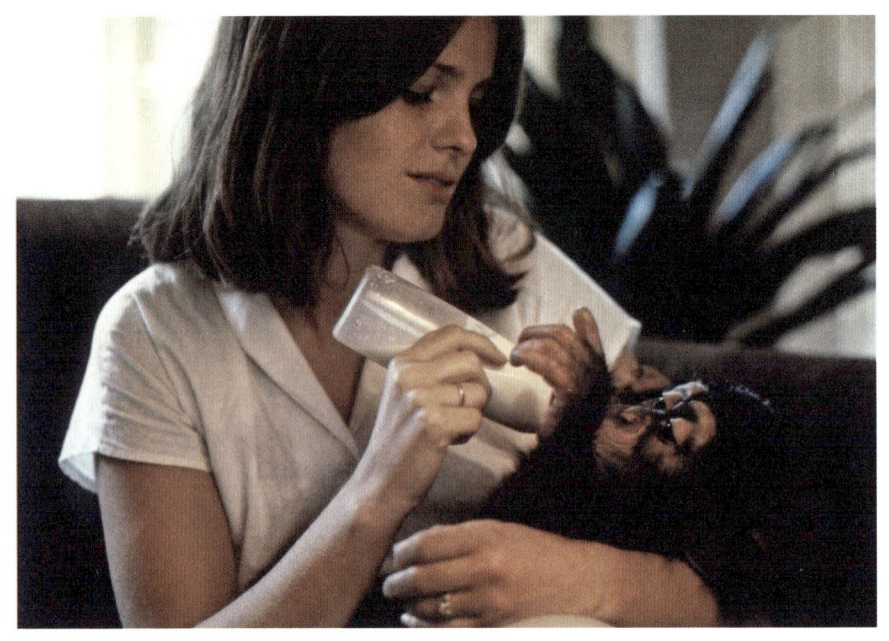

玛丽特·莫赛德为尤里乌斯喂奶

何相处，以便在调教尤里乌斯时用上类似的方法，但是她始终没能解开这个秘密。[53]

爱德华·莫赛德和比利·格拉德二人一致同意，要对尤里乌斯实施更加严格的管教，要求他必须以四肢着地行走、跑跳。他们试图为尤里乌斯立下些规矩，一旦越界，则通过咬他的后背或胳膊予以警告。他们曾用力咬过他，使他习惯这种咬的力度，因为当他回到黑猩猩群体后，他必须承受比这更厉害的。有一次比利·格拉德用力咬了尤里乌斯一口，如果换作他的儿子被这样咬的话，一定会疼痛得大声喊叫，尤里乌斯却只是用一个微笑回应他。[54]

从身体状况来看，尤里乌斯发育得很好。九个月大时体重已达 7.5 公斤，他的皮毛光亮、整洁，身上没有异味，牙齿长得也好，运动技能高超，至少是

右图：爱德华·莫赛德带着尤里乌斯观看其他黑猩猩

自己的房间

同人类幼儿相比。[55] 事实上，他的运动能力发展得令他难以在人类的房屋里继续住下去。他在两个家庭之间被送来送去，八月的大部分时间和整个九月，他住在爱德华·莫赛德家，十月上旬住在比利·格拉德家。每次尤里乌斯离开时，两家都要对房屋进行整修。因为他到处攀爬，任意打开衣柜门；他能将厨房里盆锅碗灶弄得天翻地覆；他将莫赛德家地下室里的油漆桶掀翻，楼梯上到处是溢出的油漆。比利和雷顿·格拉德每当尤里乌斯来家住的时候，为减少破坏的范围，他们就将不希望尤里乌斯进入的房间全都锁上，允许他在里面活动的房间，也尽量将盆栽植物和一些家什搬离出去。

一九八〇年十月下旬，动物园终于要为尤里乌斯修建一幢独居房舍，也就

尤里乌斯在房间里显得越来越淘气

是说整个黑猩猩圈舍都要重新改建，要将原来的圈舍，改建成三个固定的圈舍，其中一间留给尤里乌斯备用。这几个房舍在最里面，游客是看不到的。到了晚上，黑猩猩会通过抬高的卷帘门，进入圈舍。因为尤里乌斯有单独的隔间，他看不到待在其他两间圈舍的黑猩猩，只能听见、闻到他们。他们的计划是让尤里乌斯待在单独隔间的时间尽可能久些。这样尤里乌斯和其他黑猩猩能够逐渐相互适应。这间圈舍面积只有几平方米，内设红色格栅，地上铺些草，一根绳子从屋顶垂下，供他玩耍。尤里乌斯一进入隔间，就要脱下纸尿裤和人类的衣服，同时又放了一件莫赛德的外套，使他能够回忆起人类世界。

尤里乌斯首先要学会在这个圈舍里独自生活。再过些时间，他必须在里面睡觉过夜。比利·格拉德认为这是帮助尤里乌斯回归黑猩猩社群的具有里程碑意义的事件。他写道："如果尤里乌斯（还有我们）进展顺利的话，那么前途就会比较光明；如果他不能迈出这一步，那么我们将面临巨大的挑战，除了结束他的生命以外几乎找不到任何其他解决办法。"[56] 但从情感上来说，这将是极为困难的选择。两个家庭不得不放手，逐渐失去与尤里乌斯的联系。如果重新安置尤里乌斯获得了成功，他们当然会感到高兴。动物园成立了一个所谓的"康复小组"，成员包括爱德华·莫赛德、比利·格拉德、两名饲养员格莱特·斯文森及雅克布·库恩布莱克。第一次把尤里乌斯带入圈舍时，他只能在里面待很短的时间，需要用喂食的方法把他留住。为了不让丹尼斯有过于激烈的反应，他们决定事先给丹尼斯服用镇静剂，再让尤里乌斯到圈舍里来。他们最担心的就是丹尼斯的反应。不要因为尤里乌斯是丹尼斯的儿子，就期待能得到丹尼斯对他的特殊保护。在黑猩猩世界里，父子关系并不重要。作为黑猩猩群体首领，最基本的职责是维护群体的安宁与秩序。如果尤里乌斯突然回归或做错什么事，丹尼斯很可能变得非常残暴。

一九八〇年十月二十九日，在爱德华·莫赛德的陪同下，尤里乌斯第一次来到自己的圈舍。他对这个新环境出奇地有好感。丹尼斯在镇静剂的作用下没有对尤里乌斯表现出烦躁的情绪，其他黑猩猩则对尤里乌斯的到来感到好奇。随后几天，爱德华·莫赛德的两个女儿陪尤里乌斯在圈舍里玩。可是在十月三十一日那天，尤里乌斯攀爬绳子的时候发生意外，从绳子上摔落，头部磕在格栅上，导致一颗门牙摔断，伤得比较严重，这颗牙不得不被拔掉。十一月六日，牙医厄努尔夫·南德鲁普和比利·格拉德在爱德华·莫赛德的办公室建起一个临时手术室，为尤里乌斯实施了麻醉，南德鲁普用时七分钟将那颗牙齿拔掉，这颗牙的根比人类的乳牙根长许多。手术后一刻钟，尤里乌斯逐渐清醒过来；半小时后，格拉德便开车送他回家休息。[57] 他在汽车里无精打采，感觉有点奇怪，但是到家以后，在雷顿的怀抱里很快就安静了下来，一整夜都睡得很安稳。

第二天，尤里乌斯表现得仍然比较奇怪，看起来十分疲惫，走路也不稳，不得不给他吃点镇静剂，此后雷顿陪着他在卫生间的地板上睡了一个很长的午觉。十一月八日，他仍然没有恢复过来，又给他打了一针镇静剂。重新安置他的进程不得不中断一阵，尤里乌斯又回到人们的呵护中。这也许可以解释，为什么再度开启回归进程比较困难。只要身边有人陪着他，他就表现得正常；一旦发现独自待在圈舍里，便马上大声呼叫。有一天，尤里乌斯独自在圈舍里待了六小时，其中五个小时都在不停呼喊和哭泣。格莱特·斯文森在这样的坏境下工作感到非常疲惫和烦躁，为了让尤里乌斯安静下来，决定在此后若干天内每天为他注射两次每次五毫克的镇静剂，为了减轻由于尤里乌斯住在父亲丹尼斯旁边给他到来的压力，也为丹尼斯注射两倍剂量的镇静剂。[58] 父亲和儿子被铁丝网隔离开，不得不使用镇静剂，为的是使他们能够相互容忍。

在圈舍里度过的第一夜

回归的过程对尤里乌斯来说是难以理解的。在此阶段，尤里乌斯晚上在莫赛德家度过，睡觉也是在莫赛德家，而白天则是在动物园里度过。他晚上是人，白天是黑猩猩。五岁的安娜和三岁的丝芙始终不明白，为什么要强迫尤里乌斯整个白天都待在笼子里，孤零零地，又感到害怕，可是尤里乌斯显然更愿意与她们待在一起。十一月十八日，当他又被带进圈舍里时，尤里乌斯终于爆发了。他冲爱德华·莫赛德龇牙，并且不停地呼喊，一把他带出圈舍，他便安静下来。这个帮他回归的方法显得不管用了。康复小组却没有退缩，大家一致认为要继续下去，即使尤里乌斯不配合。为了他的安全，决定留一个人每天陪他在圈舍里待一两个小时。[59] 一九八〇年十二月三日这一天，确切地说这一夜，尤里乌斯要第一次在圈舍过夜。尤里乌斯意识到莫赛德要把他独自留下，便默默地盯着莫赛德，神情无比忧伤。莫赛德关灯离开，只听到尤里乌斯在黑暗的圈舍里轻轻啜泣。[60]

这一夜，莫赛德一家人辗转反侧。安娜和丝芙就是将尤里乌斯当作小弟弟一般，她们想不到其他定位尤里乌斯的方式。那么你不能将你的弟弟关进笼子里！姐妹俩对爸爸的做法感到十分气愤。他怎么能对她们如此喜欢的小弟弟做出如此无情无义的伤害呢？玛丽特·莫赛德对重新安置的做法与女儿一样感到失望。她是日常对尤里乌斯照看最多的人。尤里乌斯与她的感情最深，她把他看成这个家庭的第三个孩子。她像对待两个女儿一样，给尤里乌斯换纸尿裤、洗澡、准备晚饭、刷牙、哄着睡觉。忽然间，她最小的孩子被关进笼子里过夜。玛丽特很难从专业角度去思考这种做法。而对爱德华·莫赛德来说，虽然他每天都要应对动物园运营的各种难题，做出艰难的决定，但是同样觉得这并非容易的选择。

尤里乌斯这一夜过得怎么样，什么时候安静了下来，什么时候入睡的，无人知晓。第二天清晨，饲养员发现他的另一颗门牙也在夜间受伤了，原因可能是他张着嘴啜泣，撞到地面或格栅。不得不请牙医南德鲁普再次给他做手术，手术做得很成功，但是尤里乌斯继续伤害自己。饲养员斯文森观察到，他的嘴每天都在出血。他是在故意伤害自己吗？康复小组的成员聚在一起，讨论这种可能性有多大。[61] 他们感到沮丧。重新安置的工作进行得如此不顺利，他们商量是否放弃这一步骤，直接进入下一个步骤：将他引荐给黑猩猩群体？直接引荐给黑猩猩群体当然是非常冒险的举动。丹尼斯是最大的威胁，其他黑猩猩也可能会对隔壁整天呼喊、啜泣的尤里乌斯失去耐心。

康复小组通过开会讨论，决定挑选一只黑猩猩与尤里乌斯做亲密接触。最后选中五岁的雌性黑猩猩博拉，无论年龄还是性别都非常合适。当初尤里乌斯被母亲桑娜遗弃的那几天，正是博拉照顾过他。他们将在最初几天给尤里乌斯服用镇静药酒石酸异丁嗪，并且计划给博拉服用镇静催眠药氟硝西泮，这样可使她昏昏入睡，此时再将尤里乌斯送到她的身旁。

一九八〇年十二月十五日，他们把博拉从黑猩猩社群中分离出来，但是事

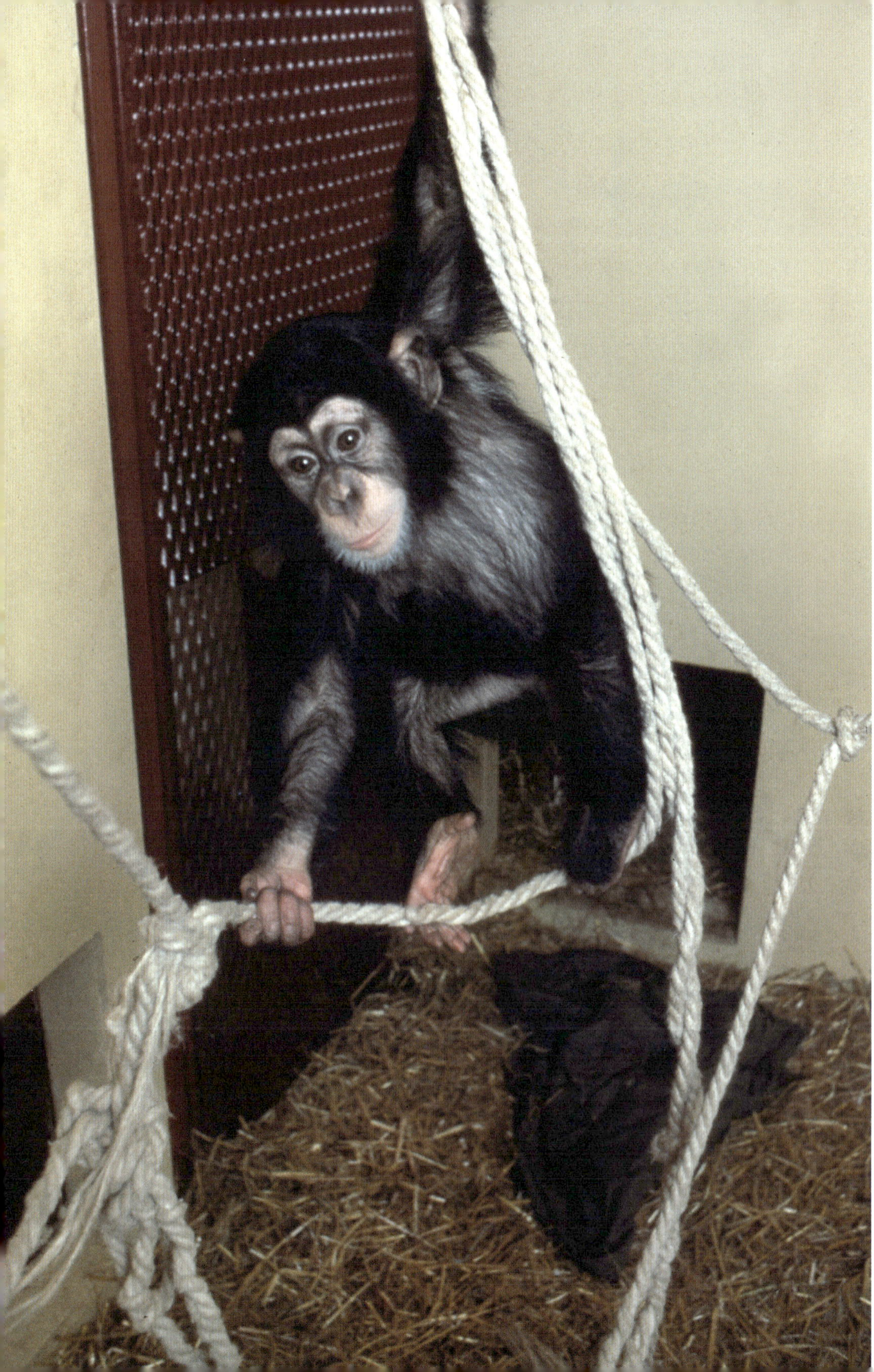

情并未按照设想的方向发展。本来打算在食物中添加镇静剂，可是与其他黑猩猩分离令博拉烦躁不安，她拒绝进食。与此同时，尤里乌斯在自己的圈舍里大发脾气，不停地大声呼号，暴露了他缺少了两颗门牙。他往格栅上撞，而莫赛德早已用塑料把格栅包裹好，防止他伤到自己。博拉拒绝进食，也就无法喂她吃镇静剂，他们不得不把清醒的博拉领到尤里乌斯隔壁的圈舍里。兽医古布朗德·瓦尔取来另一副镇静剂，可以通过吹管注射。博拉注意到尤里乌斯就在附近时，她突然变得无比平静，莫赛德和格拉德想到一块去了：在不使用镇静剂的情况下，能不能让他们直接待在一起呢？如果他们打开门，让尤里乌斯和博拉见面，会发生什么事情？

他们决定做一次尝试，将通道门打开。博拉可以进入尤里乌斯的圈舍，尤里乌斯也可以去到博拉那里去。爱德华·莫赛德和比利·格拉德警惕地注视着他们的每一个举动。还是博拉首先采取行动，走进尤里乌斯的圈舍。尤里乌斯哭叫起来，但远不如爱德华·莫赛德和比利·格拉德预料的那么强烈。他们对博拉的举动感到很惊讶，她小心翼翼，显得十分好奇，不再烦躁不安。她慢慢接近尤里乌斯，他平静了许多。过了一会儿，他又开始嚎叫起来，博拉严厉起来，使劲摇晃他的床，直到尤里乌斯停止嚎叫。尤里乌斯摆出打斗的姿势向博拉挑衅，而博拉只当他在玩耍，"战火"因此消散。比利·格拉德相信，如果尤里乌斯做出类似的姿势挑衅丹尼斯，丹尼斯会立刻杀死他。

下午两点二十五分，他们俩拥抱在一起。这是近一年来尤里乌斯第一次与同类有了身体的接触。到了三点钟的时候，他们玩儿得很开心，莫赛德和格拉德觉得是时候把他们分离开了。这不难做到。尤里乌斯和博拉回到各自的圈舍，门关上。博拉回到黑猩猩群体中，幸运的是，也没有因为单独和尤里乌斯待在一起而受到惩罚。后来，尤里乌斯同莫赛德一起回了家。

第二天，仍让博拉和尤里乌斯在一起相处，这次他们俩待了一个半小时。

左图：尤里乌斯在笼子里练习攀爬

傍晚，比利·格拉德来探望尤里乌斯，此时他已安全地回到自己的圈舍。尤里乌斯又出了圈舍，与格拉德和其他的饲养员玩耍半天，才又回去。这一次，尤里乌斯坐在地上，吮吸着拇指，若有所思。"也许他坐在那里，琢磨着一切，渐渐明白自己并不是人。"格拉德推测道。[62]

也许格拉德的猜测是正确的？可能尤里乌斯的确在思考自己到底是谁？黑猩猩是动物界中极少数具有一定自我认知能力的动物。实验证明绝大多数哺乳动物，黑猩猩、大猩猩和人类除外——对镜子原理的认知存在问题。其他哺乳动物总试图抓住镜子里看到的影像，或者走到镜子背后去寻找那个影像，或者被镜子中那"另一只"陌生的动物吓跑。七十年代，美国心理学家戈登·加勒普（Gordon Gallop）进行了一项有趣的实验，他用颜料在不同种类动物的前额画上记号，然后让他们面对镜子，只有黑猩猩、大猩猩和人类十八个月以上大的幼儿注意到镜子照出额头上的记号，会用手抚摸额头，并试图擦去额头上的记号。换句话说，他们明白镜子里的影像就是他们自己。其他哺乳动物和更小的婴儿就看不到这之间的关系。这三种动物智力发达，在动物世界中是少有的，这意味着他们具有自我认知能力。[63]

因此黑猩猩能够认出镜子里的影像就是自己，并不让人惊讶。黑猩猩群体中的整个社会活动都建立在自我认知的基础上。每只黑猩猩都知道自己的行为会如何被其他黑猩猩所理解，为了达到理想的效果，也知道如何去表现。黑猩猩表示害怕时，会将上排牙齿和下排牙齿都会暴露出来，而在发生冲突时，最好表现出无所畏惧的样子。研究人员发现，黑猩猩在这种情况下会用手捂住嘴，不让牙齿暴露出来，却没能掩饰住自己恐惧的心理。弗朗斯·德·瓦尔就曾这样描述过阿恩海姆动物园里的雄性黑猩猩鲁伊特，面对挑战者时，他用手将嘴唇拉拢，努力不让牙齿暴露。起初他没有成功，牙齿还是暴露了出来，他再次试图将嘴唇拉拢。第三次他终于控制住面部表情，来到筑有山石的开阔地，大摇大摆地从挑战者面前走过。[64] 较高的自我认知能力也是黑猩猩生存下去的必要条件。黑猩猩瓦舒学会了手语，她是世界上第一只将自我认知用语言表达出来的黑猩猩。当她看到镜子中自己的影像时，她会用手语比划出"那是谁"的问题，然后立刻用手语回答"那是我，瓦舒"。[65] 在另一项实验里，请受过人类训练的黑猩猩维基给面前的一摞照片分类。照片中有不同种类的动物和人物，她做得准确无误，将动物的照片放在一摞，人物的照片放在另一摞。她只犯了一个错误，可能从她的角度看并不是错误——她将自己的照片放在了人物照片那一摞中。[66]

尤里乌斯会把自己的照片放在哪一摞照片中呢？谁也不知道。对尤里乌斯来说，他是人，还是动物，这个问题并不简单。到目前为止，他两者兼而有之，既像黑猩猩，又像人。

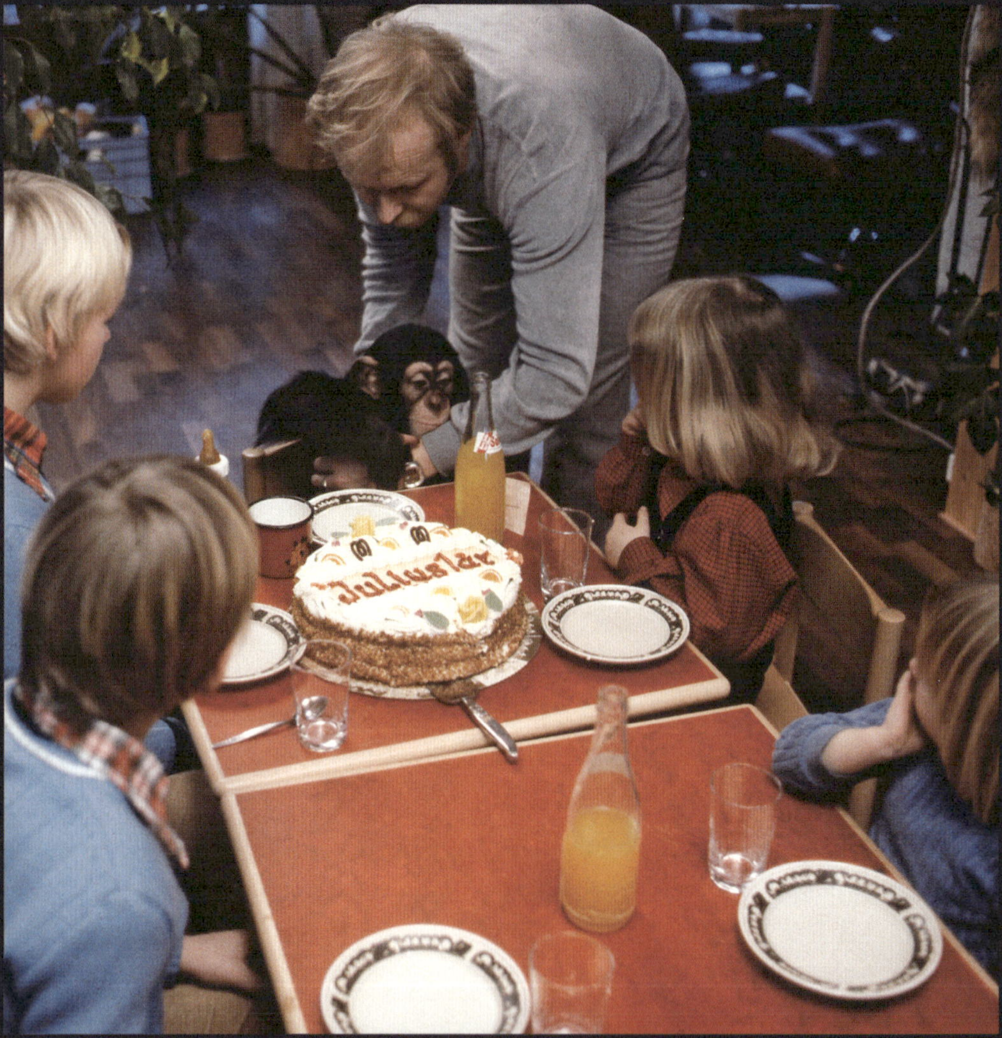
Julius 1år

第四章

回家
欢度
圣诞节

尤里乌斯与同类一起欢度圣诞节。[67]
——《祖国之友报》

在莫赛德家庆祝一岁生日

在重新安置尤里乌斯的曲折过程中，一九八〇年十二月一日，挪威国家广播公司电视台播放了伊丽莎白·尼高尔德录制的关于尤里乌斯的电视节目，影片长达二十二分钟。这个电视片首先在儿童节目中播出，而后又在日间的学校专题节目中多次重复播放。在一九八〇年那个时候，绝大多数挪威人只能看到这一个频道的电视节目，所以可以说在短时间内，许多挪威儿童都关注到了那只迷人的黑猩猩。作为儿童节目，尤里乌斯特别出彩。孩子们一下子就喜欢上穿着纸尿裤四处爬行、与他的"兄弟姐妹"一起玩耍的小黑猩猩。全挪威的观众观看正在做家务的尤里乌斯，他用下巴夹着蘸着肥皂水的海绵块擦洗地板、同莫赛德的两个女儿一起画画、同格拉德两个儿子一起搭建"百乐宝"建模玩具、攀爬窗帘等等。

毫无疑问，孩子们愿意看到更多有关尤里乌斯的电视节目。一夜间，尤里乌斯变成一只家喻户晓的动物。伊丽莎白·尼高尔德赶紧录制了新一期节目。这一期的内容是一九八〇年十二月二十六日为尤里乌斯庆祝一周岁举行生日聚会。庆生活动在莫赛德家进行，还邀请了卡尔·克里斯蒂安·格拉德和厄斯滕·格拉德兄弟俩参加。这一期内容有些表演的成分，是在生日过后补拍的。那个时候尤里乌斯正处于重新安置的过程中，是在圈舍里过夜的。可是挪威国家广播公司拍摄出来的影像依然是他穿着衣服四处攀爬，仍然像莫赛德家的一个成员般。无论如何，这是一期引人入胜的电视节目。

生日聚会现场装饰着圣诞节饰品，餐桌铺上台布，摆好餐具，尤里乌斯唯一一次被允许坐在桌子旁边同大家一起用餐。尤里乌斯面前摆着汽水和有"尤里乌斯一周岁"字样的蛋糕。他穿着短裤，里面还套着纸尿裤，上身穿着T恤。当然商家的利益也要照顾到，T恤上印着动物园的广告，纸尿裤是一家纸尿裤生产厂家的赞助。[68] 格拉德兄弟俩当然带来了礼物，他们刚走到台阶上，尤里乌斯就兴奋地迎了上去，直接扑进厄斯滕的怀里。卡尔·克里斯蒂安帮他打开礼物盒，礼物是一只绒布小猴子，尤里乌斯对此一点都不感兴趣。姑娘们送

安娜·莫赛德与尤里乌斯在一起逗着玩

给他的礼物是一只小鼓和鼓槌，他立刻就喜欢上这件礼物。

    大家用英语唱了《祝你生日快乐》，尤里乌斯坐在桌旁，等着分到第一块蛋糕。"让我们看看尤里乌斯以后能不能结婚。"爱德华·莫赛德一边切蛋糕一边说。他指的是挪威的风俗，如果一块蛋糕稳稳地立在碟子上，就预示着美满的婚姻，如果倒在碟子上，则会孤独一生。"哦不！怎么倒了！"莫赛德已经非常小心，放蛋糕时却还是没能让它立在碟子上。尤里乌斯对蛋糕并不感兴趣，他只青睐蛋糕上装饰的巧克力，糟蹋的比吃的多。他静静地坐在桌旁，有些不知所措，用手指挑起蛋糕上的奶油。孩子们失望地看着大部分被糟蹋的蛋糕，看着尤里乌斯把奶油抹得到处都是，他们都不想吃蛋糕了。[69]

    首次撰写关于尤里乌斯的新闻报道的记者特里格沃·比扬·克林斯海姆计划出版一本以尤里乌斯为主人公的儿童读物，书中再配上摄影师阿瑞尔德·雅

右图：为儿童读物拍摄的尤里乌斯照片

克布森拍摄的照片。一九八一年三月八日,雷顿和比利·格拉德夫妇来到爱德华和玛丽特·莫赛德家,同尤里乌斯一起为这本即将出版的书拍摄了一些照片。[70] 其中包括尤里乌斯在雪地里玩雪的照片,他坐在雪橇板上,戴着淡蓝色的帽子,裹着羊毛睡袋,这个羊毛睡袋是莫赛德姐妹俩小时候用的。这次拍照恰恰反映了当时尤里乌斯处于分裂的状态。他已经在圈舍里过夜,白天大部分时间也与母黑猩猩博拉待在一起,可是突然间又会给他套上人类幼儿的衣服。比利·格拉德注意到,他身上已经有了动物园圈舍的气味,虽然他仍然表现得驯服,仍然同过去一样记得待过的人类的家。[71] 从身体发育和卫生习惯上说,他更接近动物;但是从情感交流上看,他更接近人。

　　动物园的立场有些摇摆不定。一方面,核心目标就是让尤里乌斯重新融入黑猩猩群体,一步一个脚印;另一方面,到了一九八一年夏天,尤里乌斯成为

动物园里最吸引游客的动物。电视节目大获成功改变了一切。说到底，动物园是需要营利的机构，尤里乌斯目前还小，足够温顺，游客可以与他互动。爱德华·莫赛德也不可避免地要稍微利用他一下。尤里乌斯被任命为动物园"导游"，游客可以跟随尤里乌斯四处游览。在看过各种动物后，游客还能得到有尤里乌斯亲自"签名"的图片作为留念，这趟不同寻常的游览之旅才算结束。《世界之路报》记者跟随尤里乌斯游览动物园后在报上刊登文章称："当导游本身比他带领大家看到的任何动物都更吸引人的时候，那就成问题了。"[72]

在此期间，促使尤里乌斯与其他黑猩猩多加接触的过程还在继续。尤里乌斯在圈舍里已与博拉十分熟悉，这里是游客看不到的区域，饲养员就坐在栅栏边，一旦发生什么紧急情况可以马上进行解救。一九八一年秋天，园长等人决定将尤里乌斯领进黑猩猩进行活动的热带大厅，让他与其他黑猩猩见面。这筹备了很长时间，尤里乌斯能否成功回归黑猩猩社群，就看这次见面了。热带大厅是人造自然景观，有用石头堆积起来的假山，山上竖有很多圆木和供攀爬的绳索，一道水渠将这个活动区与游客隔离开来。此前，尤里乌斯曾在这里与安娜、丝芙多次玩耍，他非常熟悉这里的设施，并且知道远离水渠，以防落水。一九八一年十一月，他将在这里与博拉、罗塔和比利相会。

挪威国家广播公司摄影组再次赶来，拍摄关于尤里乌斯的电视节目的最后一期——尤里乌斯会安全地回归黑猩猩世界。事实上，回归的过程远远称不上是安全、顺利。爱德华·莫赛德没有拿出备用方案，也就是说没人手持消防栓站在旁边，一旦尤里乌斯被他们撕咬，可立即喷水将他们分离。爱德华·莫赛德说服自己，一切会进行顺利。[73] 电视台承诺，一旦尤里乌斯像希尼一样被其他黑猩猩杀害，所拍摄的片子将永远不会公开播放。

首先安排尤里乌斯与博拉见面，博拉被领进来后，爱德华·莫赛德领着尤里乌斯再走入黑猩猩馆。爱德华·莫赛德很有可能受到攻击，因为博拉是接近成年的雌性黑猩猩。当爱德华·莫赛德带着尤里乌斯走进黑猩猩馆时，博拉立刻爬到了最高处。她警惕地俯视下面，使劲抓住绳索，显露出准备攻击的姿态。尤里乌斯紧紧抓住爱德华的胳膊不放，同时大声嚎叫、哭泣。

尽管早前博拉和尤里乌斯在圈舍里多次近距离接触，此时的形势却异常紧张。爱德华·莫赛德松开手，希望尤里乌斯能走近博拉，可是尤里乌斯只是尖叫着跑回莫赛德身边。莫赛德再次尝试，尤里乌斯则攀爬到莫赛德的腿上。突然间，莫赛德意识到博拉要攻击的不是尤里乌斯，而是他自己。于是他将尤里乌斯放下，赶紧跑出黑猩猩馆，关上门并上了锁。

尤里乌斯一定感觉自己又一次被抛弃了。仅仅六个星期大的时候，他被母亲抛弃；现在爱德华·莫赛德做出同样的举动。尤里乌斯试图跟着他跑出来，门已锁上，只能坐在门旁哭泣。爱德华·莫赛德与玛丽特·莫赛德一起跑到水渠对面去，站在游客的位置观察接下来会如何发展。他们看到小尤里乌斯独自与一只成年的、具有攻击力的黑猩猩在一起，没有人类可以依靠。起初，尤里乌斯哭得声嘶力竭，继而发出刺耳的尖叫。在人类听起来，就像受到惊吓而发出的叫喊。博拉一直与他保持着距离。莫赛德夫妇真想跑进去将尤里乌斯解救出来。

博拉变得越来越平静，尤里乌斯渐渐停止尖叫。看起来博拉已经收起攻击姿态，准备接纳尤里乌斯。她想接近尤里乌斯，可是每次尤里乌斯都会挪远一些。她表现得很有耐心，不断地变换动作。尤里乌斯对此越来越感兴趣，也慢慢地向她靠拢。她坐在那里张开双臂，尤里乌斯一步一步地走向她。博拉用她长长的双臂将尤里乌斯搂在怀里，温柔地为他梳理皮毛。

爱德华和玛丽特终于松了一口气。博拉没有伤害他，反而拥抱了他。尤里乌斯需要安慰，他寻到了唯一能够寻得的怀抱。尤里乌斯的反应是正确的，他表现出恐惧和服从，并没有挑衅博拉，因此他被接受了。博拉和尤里乌斯在一起玩得很开心，彼此靠得更近。尤里乌斯多次爬到博拉的怀里，他非常需要这样的安慰。

接下来，他们将也住在热带馆里的两头小河马带了进来。莫赛德夫妇清楚地知道尤里乌斯害怕河马这样的动物，想测试当他感到害怕时，是否会到博拉

尤里乌斯回到黑猩猩群体中

那里寻求慰藉。这是一次成功的实验，待在博拉身旁，尤里乌斯也不那么害怕河马了。

最后，他们决定将罗塔和小比利放进来。在人类看来，尤里乌斯和小比利应该是同父异母的兄弟，他们俩的父亲都是丹尼斯。然而在黑猩猩的世界里，同母所生才算兄弟姐妹，尤里乌斯和比利不过是有基因上的相似。比利比尤里乌斯年纪稍大一点，但是个头小许多。人们还觉得尤里乌斯更聪明，毕竟他从人类那里学到许多人类的行为和动作，我们更容易懂得他的行为模式，所以显得尤里乌斯比较聪明。事实上，比利的运动能力远强于尤里乌斯。尤里乌斯是一只笨拙的黑猩猩，攀爬能力不强，而且恐高。

罗塔和比利进来时，尤里乌斯显得很镇静，但博拉表现出明显的恐惧。博拉论等级排在罗塔之下，因此必须表现出谨慎和服从。两只母猩猩带着各自的孩子，慢慢爬行，关注着对方。他们逐渐消除了警戒心，小黑猩猩也开始接近。突然，兄弟俩坐了下来，并拥抱在一起。尤里乌斯和比利一起坐在那里，坐了很长时间，才起身四处走动。比利走在前面，好像在为尤里乌斯介绍这个新世界，尤里乌斯一只手搭在哥哥后背上紧随其后。此后罗塔也走过来，张开胳膊搂住尤里乌斯。[74] 看起来大家都欢迎尤里乌斯归来，希望给予他安慰和抚爱。

黑猩猩营地发生火灾

回归进程顺利得出人意料。尤里乌斯回到了黑猩猩群体之中，黑猩猩也都接受了他。白天他与大家一起在大厅里活动，但是为了保险起见，晚间仍然让他回到自己的圈舍独自睡觉。他的生母桑娜仍然对他漠不关心，好像她从来不知道他是她的儿子。看起来尤里乌斯在没有母亲的呵护下也能适应在黑猩猩群体里生活。唯有尤里乌斯的父亲，即黑猩猩群体首领丹尼斯，目前还处于隔离状态。

尤里乌斯已经融入黑猩猩群体，但他仍然表现得与众不同。他的行为动作明显带有与人类相处过的痕迹。比如，他睡觉时会拽一些稻草过来，当被子一样盖在身上。他不时地把塑料水桶倒过来，滚动水桶像开着玩具汽车一样到处跑。很明显，他仍然留恋另一个世界，有时他会靠在通往外面的门旁边呼喊，他想出去，走到人当中去。没有一只其他黑猩猩会想做出这样的举动。

直到一九八一年深秋，才将丹尼斯放回来，这个黑猩猩群体终于完整了。起初，一切都算顺利。丹尼斯是出色的首领，他行事严厉，同时持公正的态度。在他看来，尤里乌斯不是他的竞争对手，对自己不构成任何威胁。丹尼斯决定接纳这个失去母爱的小东西。尽管如此，当丹尼斯与尤里乌斯在一起的时候，动物园的饲养员依然保持着高度警惕。[75]

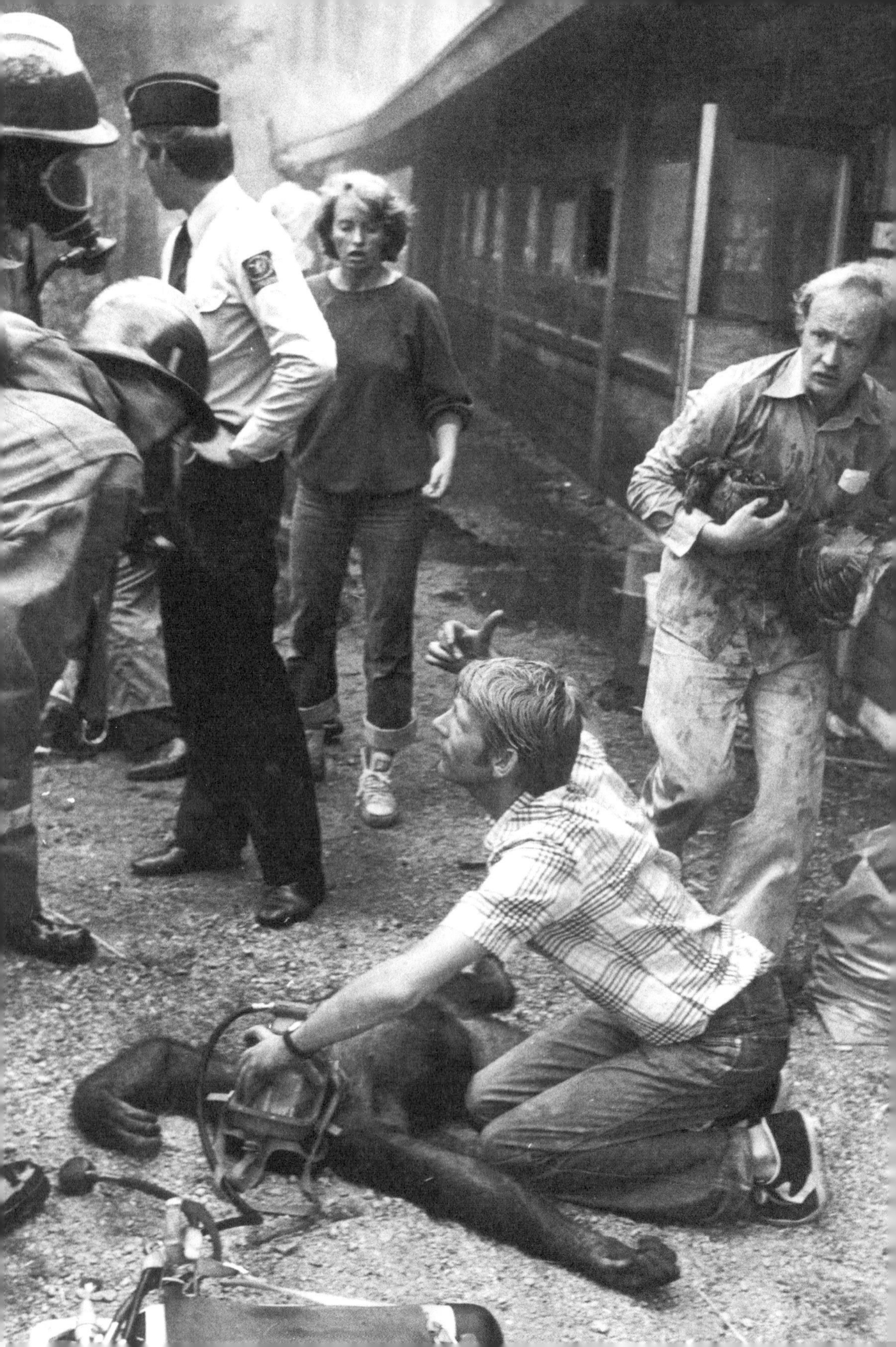

虽然丹尼斯是无可争议的首领，但是他的体格不够健壮。当他为了彰显自己的权威，进行一番惯常的呼号后，常常显得气喘吁吁。他的心脏功能有些衰竭，在动物园发生火灾后，更是元气大伤。一九七八年八月二日，令动物园引以为豪、新建成不久的黑猩猩馆发生了火灾。一名飞行员在驾驶飞机飞往谢维克机场的途中向塔台报告，他发现动物园里的建筑冒出浓烟。塔台立刻与消防队联系，但是在两辆消防车和七名消防员赶到之前，黑猩猩馆已经燃烧起来。消防员在五分钟内控制了火势，大量的烟雾却四处弥漫，动物可能会因此中毒而死亡。爱德华·莫赛德、兽医古布朗德·瓦尔、比利·格拉德和其他动物园的工作人员都参与了救援行动，此外法尔肯拖车救援公司和警察局也派人前来救援。爱德华·莫赛德要决定哪些动物优先实施抢救和转移，此时大部分的蛇和猫头鹰看起来已经死了，所以决定优先抢救黑猩猩和鳄鱼。在火情蔓延的情况下，鳄鱼本能地钻入水下。为了将鳄鱼救出，必须将水池中的水抽出，由消防员负责这项任务。一名动物园的工作人员自告奋勇地伸手去拽鳄鱼粗壮的躯体，其他人则用木棒驱赶，避免鳄鱼伤人。水很快被抽干，鳄鱼被捆绑好后抬离火场。当时动物园有五只黑猩猩，博拉在发生火灾的前一天晚上，竟然逗留在室外的黑猩猩岛上，从而避开了火灾。雄性猩猩波利在发生火灾时不幸坠落水渠，溺水而亡。其他三只黑猩猩，丹尼斯、桑娜和罗塔躺在地上，失去了知觉。消防员将他们抬出，给予救治。三只黑猩猩呈侧卧姿势，进行心肺复苏按摩，并且戴上了特质头盔，可以输送氧气和强心剂。消防员事后回忆，黑猩猩似乎明白这些人是来救助他们的。当氧气管从丹尼斯嘴里滑出来时，他立刻用手抓住管了，重新放入嘴中。经过一个多小时的抢救，他们才逐渐苏醒过来。当天晚些时候，三只黑猩猩被放回黑猩猩岛，博拉这只免遭火灾的黑猩猩对他们好一番安慰。他们坐在灌木丛中，用手捂住脸，对博拉的安慰举动没有太多反应，很明显他们仍然感到恶心和头晕。当人一氧化碳中毒时，会感到极

左图：1978年8月2日，热带黑猩猩馆发生火灾，动物园园长爱德华·莫赛德从右面奔跑过来

度恶心和严重的头疼，黑猩猩明显表现出同样的症状。随后几天，这三只黑猩猩喝了掺有盘尼西林、泻药和强心剂的苹果汁。当时正值八月，夜间也很暖和，因此他们就暂时在黑猩猩岛上过夜。岛上迅速建起一幢临时圈舍。经过这次火灾的摧残，丹尼斯变得更加虚弱，只能勉强爬上临时圈舍的台阶。[76]

这次火灾发生后的医疗救治促使原本为动物园员工看病的比利·格拉德正式负责黑猩猩的保健工作。从身体构造来看，黑猩猩与人类极为相似，因此请一名为人看病的医生要比全科兽医更适合。三只黑猩猩都存活下来，丹尼斯身体却每况愈下。距离火灾已过去三年，人们可以清楚看到，他伤了元气。丹尼斯的心脏功能衰竭，变得非常容易疲劳。

"与同类一起欢度圣诞节"

一九八一年秋天，可以明显看出尤里乌斯的母亲桑娜又怀孕了。莫赛德和格拉德这才明白，她为什么之前对回归的尤里乌斯不感兴趣，那时她肯定已怀孕。桑娜的注意力想必完全集中在肚子里的宝宝上。[77] 一般情况下，母猩猩要经过四年才能再次怀孕生子，可是因为桑娜早早便抛弃了儿子尤里乌斯，乳汁停止分泌，她可以再次怀孕的时间也提前了不少。一九八一年十二月十二日，桑娜顺利分娩，生了一只雄性小黑猩猩。看护桑娜的饲养员叫谢尔，于是给小黑猩猩起名也叫谢尔。谢尔很特殊，患有先天性骨骼疾病，永远长不大。[78] 他时时刻刻都要依赖母亲，与尤里乌斯可不一样。桑娜再一次表现出对子女缺少爱护，可是小谢尔拒绝被母亲抛下，顽强地抓住母亲不放手，不仅攀在桑娜的背上、肚子上，甚至在桑娜行走时也死死抱住她的一条胳膊。

丹尼斯又做了一次父亲，这恐怕是最后一次了。这个秋天，他的身体越来越虚弱，他需要服用镇静剂。一九八一年十二月二十一日，丹尼斯在黑猩猩馆跑了一圈，以显示自己的权威。他的嘴唇变得更蓝，跑着跑着就要停下来休息，

比利和谢尔分别与自己的母亲罗塔和桑娜在一起，尤里乌斯独自在一边坐着

喘着粗气。兽医古布朗德·瓦尔和比利·格拉德被召集到一起，他们诱使丹尼斯回到自己的圈舍，并给他服用治疗心脏的药物。另外，他们诊断丹尼斯有肺部感染。医生的救治可以让丹尼斯减轻疼痛，缓解部分症状，但是丹尼斯需要进行心脏手术，医生担心他恐怕过不了手术麻醉这一关。第二天，丹尼斯的状况突然变糟，下午两点，这名黑猩猩首领咽气了。[79]

那天，见过黑猩猩的人都感觉到，黑猩猩很快便明白丹尼斯死了，尽管丹尼斯死在一间单独的圈舍里。[80] 丹尼斯领导着所有黑猩猩，现在他死了，永远离开了他们。

很明显，黑猩猩懂得生与死的区别。在自然界，黑猩猩母亲会一直抱着死去的幼崽，到处游荡，不肯松手。但是，她们抱着小黑猩猩的姿势表明她们懂得自己的孩子已经没有了生命。可以看出，黑猩猩知道终究有一天会死去，而且明白严重疾病会导致死亡。英国研究员詹姆斯·安德森（James Anderson）在英国一个野生动物园目睹过一只年迈的母黑猩猩去世的过程。在她去世前几天，病得非常厉害，和她属同一群体的黑猩猩照顾她，安慰她，探查她是否还活着。她一咽气，所有黑猩猩都站了起来，各自走开，好像他们明白已经结束了。[81]

动物也会悲伤，更确切地说，动物做出的一些动作，人们只能解释为他们在表达哀思，很难想象除此之外会是别的意思。有数项各自独立的研究观察到表现出悲痛感情的黑猩猩。比如研究员格扎·泰勒基（Geza Teleki）有一次在野外观察到，一群黑猩猩围在一只从树上坠落的黑猩猩周围——摔断了脖子，当场死亡。他们显得十分紧张，互相安慰着。他们时常跑回去查看尸体，摸一摸，闻一闻。一只雌性黑猩猩独自走过来，静静坐在死去的黑猩猩身旁，足足有一个小时。[82] 爱是使我们关爱彼此的最自然的方式，而悲伤就是爱的代价。

现在是克里斯蒂安桑动物园的黑猩猩群体感到悲伤的时刻。这是一个宁静而又不同寻常的圣诞节。"国王"去世了，黑猩猩群体尚且没有继位者。雌性黑猩猩桑娜、罗塔和博拉和三只小黑猩猩尤里乌斯、比利和谢尔聚在一起，但他们没有了首领。

圣诞节前夕，莫赛德一家也同样笼罩在忧郁气氛中。尤里乌斯将有生以来第一次与自己的同类一起过圣诞节。两个小姑娘安娜和丝芙无法相信这是事实。家里没有尤里乌斯还怎样欢度圣诞节呢？但是爸爸对她们说，尤里乌斯不能回来。尤里乌斯与人类一起生活了近两年，现在是时候让他变成真正的黑猩猩了。她们不能让一只黑猩猩欢度人类的圣诞节。地方报纸《祖国之友报》也觉得奇怪，一九八一年十二月二十三日，刊出了以醒目字体《尤里乌斯与同类一起欢度圣诞节》为题的报道。

第二天，莫赛德一家努力营造圣诞节气氛。他们希望在这一天能够忘记小黑猩猩朋友尤里乌斯，毕竟他在动物园过得很好，而且他也不知道什么是圣诞节。

下午，在平安夜来临之前，厨房炉子上飘出诱人的烤猪排的香味，温纳斯拉教堂钟声响起，莫赛德却偷偷溜出家门，因为他还有一项特殊"任务"。

不多时，这个善良的动物园园长已经驾驶沃尔沃汽车，行驶在通畅的欧洲18号公路上，一路向家驶去。这是这条公路一年里最安静的一天，车外气温零下四度，天空中纷纷扬扬飘着雪花。[83] 在副驾驶座位上坐着一只两岁的黑猩猩，正欢快地上下跳跃。尤里乌斯要回家过圣诞节了。这个夜晚女儿们不会再感到伤心了。

比利·格拉德给爱德华·莫赛德打电话，祝他圣诞节快乐，却立刻觉察莫赛德的声音不对劲，好像对什么事感到抱歉。"你是不是把尤里乌斯接回家了？"

莫赛德只得承认："是的，我把他接了回来。"[84]

《祖国之友报》说得没错，尤里乌斯与同类一起欢度圣诞节。

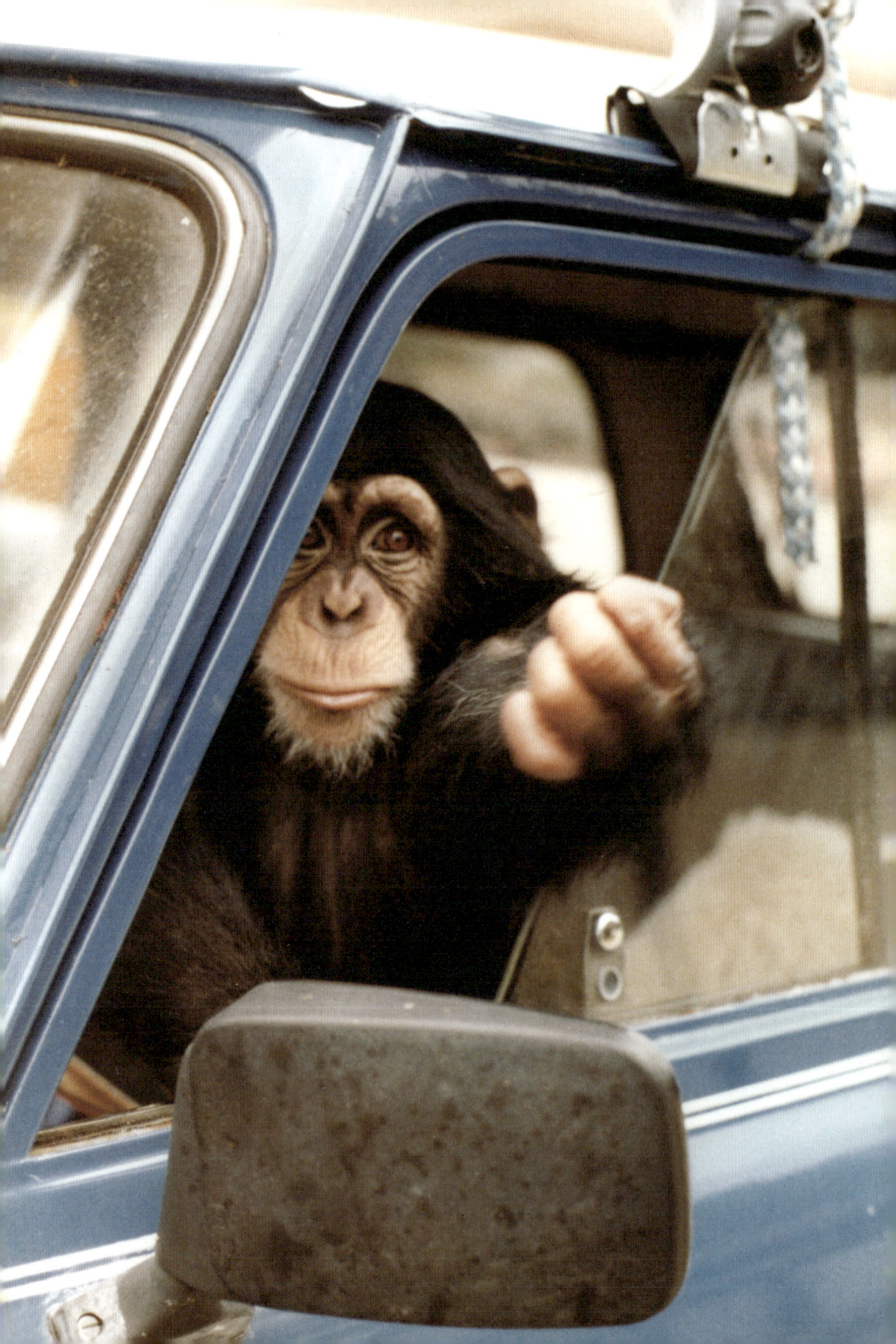

第五章

猴子交易

他们只是通过书籍或偶尔在银幕上或在动物园里观察过那些大猴子,既不能评价他们的智商也不可能真正了解这些动物。[85]

——罗伯特·M. 耶尔克斯

人们总是热衷于捕捉和观赏奇特的动物。大约在四千三百年前，在今天的伊拉克南部的尤尔（Ur）就存在着一个动物园。[86] 几乎在同一时期，人们开始收集和饲养一些稀有、奇特的动物，统治者会将这些动物作为礼物相互赠送。亚历山大大帝拥有一万一千只各种类型的动物，"征服者威廉"的儿子亨利一世于十二世纪提议以王室名义饲养动物。大约在一六四〇年，第一只黑猩猩从安哥拉进口到欧洲，送交给欧朗格亲王。[87] 王室成员公开展示这些动物，以借此炫耀他们的权利和富有。拥有奇特、稀有的动物越多，就象征越高的地位。这是一个流传广泛、根深蒂固的传统，一直到现代社会还能看到踪影，比如美国总统总带着自己的宠物入主白宫。明星会养不常见的宠物，迈克尔·杰克逊饲养着一只名叫泡泡的黑猩猩，贾斯汀·比伯饲养着一只卷尾猴。

直到法国大革命后，面向公众开放的动物园才成立，里面的许多动物都来自王室。一七九五年，在巴黎植物园建造的动物园正式对游客开放，民众看到的就是原本由法国王室饲养的动物。一八二八年，伦敦动物园协会在摄政公园里建了动物园，亦是在英国王室饲养的稀有动物的基础上建立。伦敦动物园很快就成为现代动物园的典范，此后在整个欧洲和北美的大城市纷纷修建了自己的动物园，如一八三八年在荷兰阿姆斯特丹，一八四四年在德国柏林，一八五九年在丹麦哥本哈根以及一八六二年在美国纽约中央公园里都建成了动物园。[88] 这些动物园的建筑造型给人留下深刻印象，成为欧洲上层社会休闲娱乐的主要场所，本身也成为进行科学研究的一部分，与过去王室封闭的豢养形成鲜明对比。但是此时优先考虑的并不是满足动物的需求，而是要彰显现代人终于可以驾驭"荒蛮大自然"。二十世纪二十年代，德国汉堡市蒂尔加滕公园的动物进出口商人卡尔·哈根贝克的意见直接塑造了我们今天所熟悉的动物园，即修建贴近大自然、全方位模拟动物生存环境，用水沟将不同种类的动物与游客分离开来，而不是围栏或篱笆。[89] 但是人们较满足于动物看起来是舒服的，不会多想它们是否真正生活得好。直到尤里乌斯出生的时候，到二十世纪末期，动物园才越发关注动物的生存状态。

人们普遍观察到，随着工业革命深入发展和现代化城市不断扩大，动物园也如雨后春笋般林立。换句话说，在日常生活中接触动物的机会越来越少，人们越想去动物园看动物。挪威的工业化比许多国家都要晚，在整个十九世纪，挪威仍然是农业为主的社会，因此一直没有建成像欧美其他大城市那样的动物园。当克里斯蒂安桑动物园成立时，挪威已有两家规模非常小的动物园，一家坐落于奥斯陆郊外的温特布鲁地区，现在是图森弗利游乐园的所在地，另一家位于西福尔德郡的铁莫地区。但这两家的规模没有一个能与欧洲其他大城市的动物园相提并论。[90] 当时挪威人一般在出国旅游时或在电视上才能观赏到稀有动物，挪威国家电视台录制的关于黑猩猩尤里乌斯的电视片给人留下深刻印象也就不奇怪了。不同寻常之处在于，这是一只生活在挪威的黑猩猩。最适合人们观赏趣味的尤里乌斯在最恰当的时候出现在挪威民众面前。稀奇古怪的动物已经不能像从前那样吸引人们的注意力，如今憨态可掬、惹人怜爱的动物才是关注的焦点。一八六五年，一只能喝啤酒的俄罗斯黑熊和一头体型硕大的大象来到伦敦动物园，这在十九世纪是最吸引游客的明星动物。如今，新出生的动物宝宝最能吸引游客的眼球。二〇〇六年在柏林动物园出生的北极熊克努特就是最好的例子。互联网使全世界的人都认识了克努特，仅仅是因为它，二〇〇七年柏林动物园的游客数量就增加了超过百分之三十。[91]

　　游客不再喜欢看那些稀奇古怪、青面獠牙的动物了，他们更喜欢看惹人怜爱的、行为举止像人的动物。尽管爱德华·莫赛德是狂热的动物爱好者，同时他又是动物园园长，他得负责支付所有工作人员的工资和动物园每年七位数额的开支。他觉得尤里乌斯可以成为动物园的品牌动物。十年前，动物园经历过类似的事情，小狒狒朱迪出生时就受伤了，饲养员不得不将她抱到办公室养护，让她睡在玩具娃娃的小床上，给她穿布娃娃的衣服。一时间她成了媒体竞相报道的对象，也成了动物园的活广告。但是她始终没能回归狒狒群体之中，而且变得容易攻击人类。后来她将饲养员抓得流血，动物园不得不结束她的生命。[92] 尤里乌斯同样有这两种可能，可能成为动物园的品牌动物，也可能变得敌视人类。目前，爱德华·莫赛德暂时将宝押在他更可能成为品牌动物上。

奇怪的梦想

丹尼斯死后，动物园必须寻找一个新首领来领导黑猩猩群体。所有的黑猩猩群体都必须有一个首领，首领既能调解冲突，又能维护群体的和谐与秩序。最后决定引进瑞典布洛斯动物园的六岁雄性黑猩猩查姆皮斯。其实，引进一只外来的雄性黑猩猩到现有的群体中是一件极端困难的事情。黑猩猩天生对陌生的不速之客持怀疑态度。在自然界，雌性黑猩猩可以直接与其他群体的雄性黑猩猩交配，但是如果雄性黑猩猩误入另一个黑猩猩群体，就可能引起灭顶之灾。引进陌生的雌性黑猩猩不是问题，相比之下，在首领在位的情况下，引进陌生的雄性黑猩猩非常困难。幸好丹尼斯已不在了，查姆皮斯面对的阻力较小。但是无论如何，都需要有一个适应的过程。罗塔和桑娜在丹尼斯死后代为行使首领的职责。她们已经掌权好几个月，不明白为什么从哪里冒出来的家伙要取代她们。而且罗塔比查姆皮斯强壮许多，有一次她发起攻击，直接将他扔进了水沟。若不是被饲养员及时发现，将他救起，查姆皮斯肯定会被淹死。[93]查姆皮斯受了伤，自信心也受到挫折，精神上的压力令他的嘴里长出一个瘤子。这是比利·格拉德的分析，美国一本灵长类动物研究期刊上也有类似的论文。[94]动物园方面原以为雌性黑猩猩一定会接受查姆皮斯，因为他如此年轻。事实证明他们的最初想法是错误的。现在他们明白了，这是需要时间的。他们改变了策略，将黑猩猩群体分成几批，每次只让查姆皮斯与一两只黑猩猩待在一起，再慢慢地融合成为一个群体。[95]

这将是克里斯蒂安桑动物园黑猩猩群体第一次拥有一个新首领。其实，珍·古道尔在贡贝自然保护区多次观察到黑猩猩群体更换首领的情况。成为首领的雄性黑猩猩通常年龄在二十岁至二十六岁之间，过了三十岁以后，他在等级森严的群体中的威信会逐渐下降。到了生命即将结束时，威信更是极低。[96] 强壮的体魄、具有攻击性、擅于结盟的能力、智慧和勇气是成为黑猩猩首领的决定性因素。智慧比体魄更重要，体魄与地位之间没有必然的联系。一九六三年，古道尔曾观察到雄性黑猩猩麦克如何从卑微地位一路爬到首领宝座的过程。他靠的不是强壮的身体，也不是他的攻击性和勇猛，而是依靠机智地使用人类的物品。他从珍·古道尔的营地收集了一些煤油空桶，当时很少有黑猩猩敢于到营地偷拿人类用过的物品。他使劲敲打这些空桶，发出巨大的声响，把其他黑猩猩吓得够呛，通过这种奇特的行为，赢得了黑猩猩群体的尊重。[97] 麦克这种奇特的做法让人联想到尤里乌斯，因为尤里乌斯也懂得利用人类的物品。其他黑猩猩看着尤里乌斯滚动水桶，像开汽车一样四处跑动，往往觉得困惑，但是也有几只黑猩猩开始模仿尤里乌斯，进行这种奇特的游戏。

　　与野生黑猩猩相比较，查姆皮斯若想成为首领，还十分稚嫩。但在克里斯蒂安桑动物园里，他是最年长的雄性黑猩猩。虽然饲养员一直在帮助他树立首领地位，但是查姆皮斯自己也必须努力保持这个位置，有时也需要通过展示武力来赢得其他黑猩猩的尊重。查姆皮斯以新首领的身份出现在所有的黑猩猩面前时，对可怜的小谢尔进行了攻击，将谢尔的肛门外皮撕裂。查姆皮斯对谢尔下狠手，尤里乌斯看在眼里，此时他能够忍受这个新首领。一九八二年的整个冬天，尤里乌斯在黑猩猩社群中的位置逐渐稳固。他现在哭泣少了，抱怨也少了，也不像以前那样总是偎依在门边，向往人类的世界。尤里乌斯慢慢地懂得了黑猩猩群体那复杂的等级社会，并且接受了自己处于底层的现实。他与谢尔相处得尤其好。谢尔变得越来越和其他黑猩猩不同。他不能正常生长，动作怪异而迟缓，常常表现出沮丧的神情。桑娜对他并没有多少照顾，尤里乌斯反而像大哥哥一样关心谢尔。他会怀抱谢尔坐在那里，每次都是很长时间。桑娜允

右图：饲养员扬·埃里克·延森划船将尤里乌斯送到黑猩猩岛去

许他抱着谢尔这样坐着，意味着已经承认尤里乌斯在黑猩猩群体中的位置。尤里乌斯承担了群体中的一项任务，他同时获得了一个能够起作用的角色和相应的地位。[98]

当春天来临时，尤里乌斯可以去外面的黑猩猩岛活动了。黑猩猩喜欢阳光和春天，他们终于可以再次到室外玩耍。黑猩猩岛的面积比室内场所大许多，他们可以在岛上尽情活动。游客可以隔着较远的距离，在水沟的另一侧看到他们。

对于尤里乌斯来说，这是一个新奇的地方，一个陌生的地方。首先需要让他独自来到岛上，认识一下这个地方。一九八二年四月，饲养员埃里克·延森带着尤里乌斯第一次上岛。他在灌木丛和树林中跑来跳去，用自己的四肢触摸

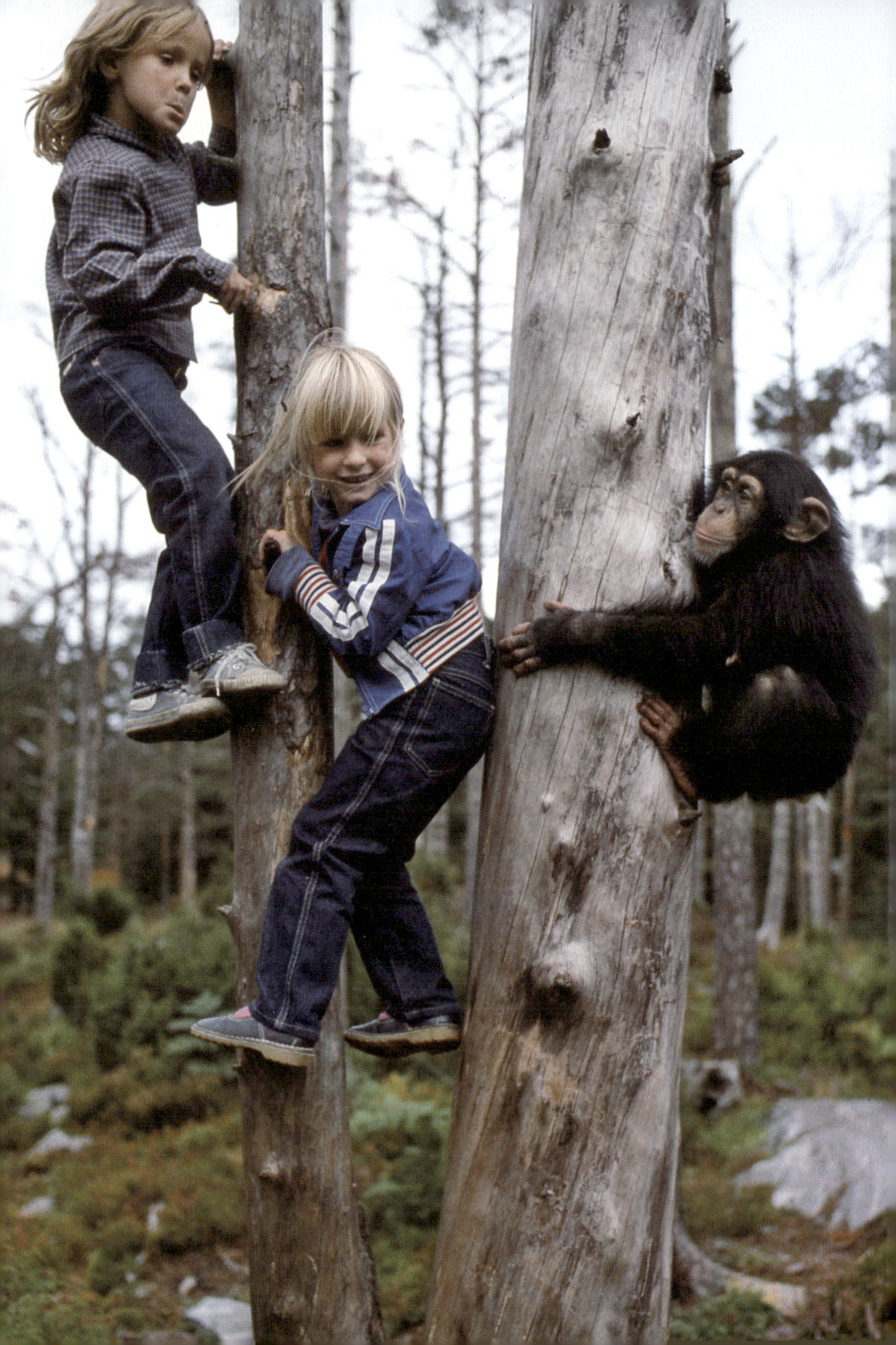

这块陌生的土地，最终发现这里并不危险。[99] 此后他又多次来到岛上，而且有安娜和丝芙两姐妹陪他一起，更让他感到这个新地方是安全的。可是他的回归进程又一次被意外事件打断。一九八二年五月十九日，他在玩耍时伤到了一根手指，又被接回格拉德家进行手术。尤里乌斯接受了麻醉、缝合，然后在他还没醒来的时候就被送回圈舍。这次他睡得很沉，一整晚也没醒过来，他还发出尖叫，显然他在做噩梦。所有人在他没醒过来之前都不愿离开，希望看到他安全挺过这次手术。饲养员格莱特·斯文森被安排值夜班看护尤里乌斯，可是她第二天早晨七点钟还得正常上班，于是比利和雷顿·格拉德夫妇决定将他接回家，让他睡在卫生间。雷顿取出床垫子铺在地上，就像三年前第一次接他来家里时一样，再次陪他过夜。雷顿打着盹，随时注意着他的举动。这样又过了一夜，早晨六点四十五分，尤里乌斯醒了过来。他努力睁开眼睛，盯着雷顿，而后又闭上。他再次睁开眼睛，还是盯着雷顿看，又用手揉揉眼睛，为了真正清醒过来，还轻轻地摇了摇头，随后又紧紧闭上眼睛。研究证实黑猩猩跟人类一样，睡觉时也做梦，其表现就是快速动眼和大脑活动频繁。比利·格拉德这样理解尤里乌斯醒来时的举动：看来尤里乌斯觉得自己梦见回到了母亲雷顿家，他想努力回到那个甜美的梦里，继续做梦。他在动物园自己的圈舍里是不是也多次做过这样的梦呢？当他第三次睁开眼睛的时候，显得特别兴奋，尤里乌斯终于明白了，这是真的，他的确回到了母亲家。[100]

争议与追捧

尤里乌斯在格拉德家住了整整一个星期。比利·格拉德密切注意着他的伤口愈合是否顺利。一个星期后，尤里乌斯回到了动物园，回到了工作岗位上。

左图：安娜、丝芙与尤里乌斯一起在黑猩猩岛上玩耍夏季是旅游旺季，大批游客即将涌来，尤里乌斯是动物园最知名的动物，不少儿童是他的粉丝，还有很多孩子给他写信。一个五岁小男孩送给尤里乌斯一床鸭绒被，这样夜里睡觉就不会冷了。游客期待看到一只人工驯养得很好的黑猩猩，动物园无法不满足游客的愿望。整个夏天，尤里乌斯每天都被领出黑猩猩的活动区域，在整个动物园范围内自由活动。饲养员奥瑟·古恩·莫斯沃尔德定时陪同尤里乌斯一起在外面活动。她先将其他黑猩猩隔离开，再进去将尤里乌斯抱出来。她像对待幼儿一样，背着、抱着或用肩膀驮着尤里乌斯。他们一起爬树，摘野果子，掀翻草地上的石头，观看藏在石头下的各种昆虫四处逃窜的样子。他们还玩儿童常做的游戏，捉迷藏和老鹰捉小鸡。[101] 人们近距离接触到尤里乌斯后，对他愈发喜爱了，纷纷讲起自己见到尤里乌斯的经历。他会从游客那里偷糕点和冰激凌。这种一时兴起的恶作剧，十分符合人们对于灵巧的黑猩猩的想象。

一时间，媒体对尤里乌斯报道的兴趣达到顶峰。爱德华·莫赛德累得筋疲力尽。自一九六七年起他就开始在动物园生活和工作，经常一周工作七天，与不同种类动物打交道时经常受伤。媒体纷纷报道尤里乌斯，使爱德华·莫赛德和他的家人在全国范围内出了名。可是没有人喜欢这种关注。这意味着疲于奔命。由于工作压力大，莫赛德病了，不得不做了两次腹部大手术。而尤里乌斯的知名度仍然在扩大。

一九八三年春，挪威国家电视台第五次播出尤里乌斯的纪录片，如果算上在儿童节目频道和学生节目频道的重播。记者特里格沃·比扬·克林斯海姆和摄影师阿瑞尔德·雅克布森也即将完成讲述尤里乌斯的儿童读物，会由卡帕伦出版社出版。译注3 在正式出版之前，这本书已经推荐给意大利博洛尼亚国际童书展，引起外国各家出版社的极大兴趣。很多报刊认为这本书是尤里乌斯的自传。挪威《世界之路报》写道："特里格沃·比扬·克林斯海姆代为执笔。"这

译注3　卡帕伦出版社在挪威是一家最知名的出版社。

种写作方法，给人感觉好像是尤里乌斯自己书写迄今为止的生活一样。[102]

动物园中的某只动物出名以后，这样的事会经常发生。人们立刻将其人性化，并公开谈论这只动物，好像它会讲话一样。现在好像存在两个相互矛盾的尤里乌斯，他们过着各自的生活。其中一个尤里乌斯是公众眼中的动物明星，动物园的形象大使，经常收到小朋友的来信，经常登上报纸，挪威到处都有儿童在自己的房间里贴着尤里乌斯的脸部特写海报。另一个尤里乌斯则可怜极了，弄不清楚自己到底属于哪里，而且一直害怕黑猩猩群首领，唯一的朋友是发育不健全的小弟弟谢尔。

克林斯海姆和雅克布森撰写的书在出版之前就已经被炒热，一九八三年

饲养员奥瑟·古恩·莫斯沃尔德将尤里乌斯驮在肩上，在动物园里四处行走

五月正式发行时又一次被媒体广泛报道，关注度再次推高。尤里乌斯出席了书籍首发的"签字仪式"，并为最幸运的几个人签了名——在书的扉页涂上两笔。第一次发行了一万册，很快就销售一空。当年一共售出五万册。在首发式上，有人评论道，尤里乌斯是世界上唯一一只与人类生活在一起的黑猩猩，并且又成功地回归黑猩猩群体。[103] 这当然不符合事实，而报纸不加辨别地引述，一心想将尤里乌斯描写成独一无二、异常有趣的黑猩猩。

　　那些"严肃的"挪威作家非常嫉妒这本书所取得的巨大成功。敢于直言的评论人兼作家奥德·埃德姆从法国普罗旺斯的住所返回挪威，坦言自己觉得犹如回到了小地方。他在《晚邮报》发表了一篇长文，写道："挪威文学像一潭死水，这一年唯一一本佳作还是黑猩猩尤里乌斯写的。"[104] 作家斯瑟尔·朗格-尼尔森没理解到奥德·埃德姆想表示的讽刺意义，感到非常恼火。她回应道，她可以轻而易举列出一九八三年出版的十本好书，尤里乌斯这本书可排不上号，而且她也没读过。[105] 埃德姆的本意并不是对挪威作家表示不满，他想批评的是挪威图书出版商，因为他优先出版尤里乌斯的书，却忽视优秀的文学新作。"我谈到关于小猴子尤里乌斯那本书，是当年畅销书第一名，卖了五万三千册，斯瑟尔·朗格-尼尔森应该翻开词典，查一查'讽刺'这个词是什么意思。"[106] 埃德姆在另一篇文章里解释道。埃德姆认为尤里乌斯这本书如此畅销是出现文化危机的症候。当人们对像黑猩猩一样愚蠢的东西感兴趣的时候，便是文化末日到来的前兆。

　　可怜的尤里乌斯，在同一时刻，既遭人非议又受到追捧。他在《晚邮报》文化版面被当作反面例子，而几家画报上又都刊登他的照片。动物园游客的数量大幅度增加，从一九八二年的十一万人次增加到一九八三年的三十六万人次。游客数的增长不仅因为尤里乌斯，还因为一九八三年五月，动物园投资两千七百万挪威克朗的新型游乐场对外开放。动物园向外挖了一条水渠，根据这个地方最早称为克尤塔，这条水渠也叫克尤塔湾。沿岸修建了带有南国特色的码头和房屋等建筑，还修建了圆形剧场、赛车道、蹦床区和一条五百二十米长

录有尤里乌斯歌曲的密纹唱片销路非常好

的滑水道。动物园的这种扩建反映了国际潮流。在整个欧洲，传统动物园都面临游客数量减少和入不敷出的经济状况的窘境，他们选择建设新的项目以适应时代的需求，即将动物园和游乐场结合在一起。在游乐场落成庆典上，著名歌手泰利耶·弗尔莫第一次演唱了他新创作的歌曲《尤里乌斯之歌》。泰利耶·弗尔莫在乐队伴奏下，为圆形剧场内的一千四百名观众演唱了这首歌。当歌曲唱到最后一段时，爱德华·莫赛德抱着尤里乌斯走上了舞台，现场气氛愈发热烈。这首歌的曲调比较简单，像流行音乐那样易于传唱。泰利耶认为祖父母那辈人才喜欢听传统的儿童歌曲，而孩子们喜欢听当下的流行歌曲。显然，泰利耶懂得孩子们的口味，这首歌迅速流传开来。各个年龄段的孩子都会唱："人见人爱的尤里乌斯向我们走来，他在树梢上荡来荡去。"很多年以后，泰利耶承认："我非常喜欢这首歌，但是对歌词不太满意。"[107]

一九八三年，除了图书和歌曲，还推出了尤里乌斯牌的汽水和他自己的密纹唱片。尤里乌斯不仅成为动物园的吸金石，而且也是整个挪威南部地区最惹

93

人关注的明星。克里斯蒂安桑市旅游局局长海尔格·桑德维克说:"尤利乌斯已经成为我们最出色的'旅游局长'了。"108 生日庆典公司、商品交易会、电影制片公司和广告公司纷纷打来电话,要求租借这只黑猩猩。爱德华·莫赛德面对这些请求当然要权衡利弊。他仍然让集体来参观的儿童近距离地接触尤里乌斯,但是很难使孩子们明白接触他时一定要小心谨慎。他们认为通过电视节目已经了解尤里乌斯,他实际上是一种人。爱德华·莫赛德以其温和的南方口音试图告诫孩子们,触摸尤里乌斯可能会有危险,可是他们对他的忠告置若罔闻。如果孩子们一边吃着冰激凌、喝着汽水,一边围观尤里乌斯,尤里乌斯会将这些甜食抢过来的。孩子们见了更会笑成一团,但是这确实存在一定的危险性。爱德华·莫赛德认为,一九八三年的夏天将是孩子们在动物园里近距离直接接触尤里乌斯的最后一个夏天。莫赛德说:"如果尤里乌斯能够啃咬和打闹,我们应感到高兴,这证明他是一只真正的黑猩猩。"109 出于同样的原因,爱德华不再允许自己的女儿安娜和丝芙触摸和拥抱尤里乌斯,只能在水渠另一侧隔着栅栏观看,他坐在水渠边看到了她们,便向她们呼叫,与她们互动。安娜·莫赛德说:"我非常想念尤里乌斯,几乎每个晚上都会想起他。"110

从公关的角度看,尤里乌斯结束了手中的一副好牌。他的行为举止越像黑猩猩,就说明他重新回归黑猩猩群体越成功,来动物园的游客就越感到失望。很多人不愿看到他返回黑猩猩岛或室内活动区,成为黑猩猩群体的一员。有人问,为什么不能让他像照片中那样穿着纸尿裤呢?只有当他淘气地向莫赛德投掷石块(偶尔也会投向游客)时,当他成为"小丑尤里乌斯"时,他才符合人们对他的期望。

其实爱德华·莫赛德很早就看出,这个讨人喜欢的小黑猩猩一定会引起人们的兴趣。但是他怎么也想不到对尤里乌斯的关注和兴趣会像海啸一样向动物园扑来。这真的使他始料未及,几乎招架不住。八十年代的挪威也被娱乐业商业化的大潮席卷,公众对尤里乌斯的关注正是这种体现。同时,尤里乌斯的故事代表了一种超越时代的吸引力。介于黑猩猩和人类之间的东西永远令人感兴趣。文学作品也多次涉足这个题材。[111] 在电影和商业演出中，常常给黑猩猩穿上人的服装，将黑猩猩训练得像人一样。马戏团、游乐场也都启用黑猩猩进行表演，在美国甚至有黑猩猩出演的电视连续剧，更有黑猩猩成为电影明星。三四十年代的系列电影《泰山》中的主人公契塔可能是全世界最著名的黑猩猩角色，他的"自传"以多种外国语言出版。[112] 同样让人感兴趣（亦令人生畏）的是长得像黑猩猩的人，几百年来，他们作为展品四处展出，以此当作谋生的方法。最有名的是一八三四年出生在墨西哥的"猴子女人"，她的名字叫朱莉亚·帕斯特拉娜，长得极像黑猩猩，为此不得不请医院来鉴定，确认她是人而不是黑猩猩。她被拉到各处进行展览，二十六岁时便在莫斯科去世。她的厄运并没有因为死亡而结束，她的遗体经过防腐处理后，被送到到各地的游乐园巡回展出。最后辗转来到挪威，落入游乐园创始人哈康·伦德手里。伦德在游乐园建了一座魔鬼小屋，帕斯特拉娜的遗体就是展品之一。在世界各地的巡回展出一直持续到一九七一年，距离她去世已过去一百一十年。后来，她的遗体被盗走，不久在奥斯陆格鲁律德地区的垃圾填埋场被发现，最终她的遗体被送往奥斯陆嘎尤斯塔医院法医研究所。[113] 距离帕斯特拉娜遗体最后一次展出八年后，一半是黑猩猩、一半是人的尤里乌斯出生了。

Stor trampo- line. Max pers. 2

第六章

一个跨越
自己足迹的
逃亡者

在黑猩猩社会中的一个显著的特点是，每一只长到九岁的黑猩猩可以享有较为独立的选择权，……涉及选择更亲近的伙伴、行走路线和其他活动的自由，这能起到减轻压力的关键作用，特别是对雄性黑猩猩而言。[114]

——珍·古道尔

1987年5月30日，尤里乌斯逃出动物园

这是书写传记时最常见的手法。正当传记主人公在工作方面取得突破性成就，引起媒体的广泛关注时，他们的私生活则会陷入低谷。尤里乌斯也不例外。一九八四年三月，挪威国家电视台在儿童节目频道又播放了一集尤里乌斯的专题片，可以看作对前三集的总结，并且捕捉到尤里乌斯生活中的重大转折，也就是说尤里乌斯变成了一只有着众多粉丝的明星黑猩猩。描写尤里乌斯的那本书继续处于热销状态，截止一九八四年夏天，在挪威的销售量已突破七万五千册，秋天还将在丹麦、瑞典、芬兰和冰岛出版。与此同时，尤里乌斯在黑猩猩群体中的生活却越来越艰难。冲突不断升级，首领查姆皮斯对待尤里乌斯十分残暴，他们之间经常发生冲突，互相抓挠、殴打和用牙撕咬。

尤里乌斯融入黑猩猩群体的过程一直进行得不错，为什么会突然变糟呢？对此有许多不同的看法。有些人认为，尤里乌斯经常被带离黑猩猩群体，和人类待在一起，这会放大他与人类生活时养成的习性，使他显得更像个异类，更难与其他黑猩猩相处。另一些人认为，尤里乌斯已经步入容易烦躁的青春期，在他出生不久便被母亲抛弃这一经历带来的影响终于开始显现。此外，黑猩猩群体内部又发生了变故，打破了整体的平衡，尤里乌斯也因此处于更不稳定的地位。一九八四年三月九日，博拉生了一个死婴，分娩后不久，博拉自己也去世了。博拉在这个群体中，既像尤里乌斯的姑妈又像他的大姐姐。一九八四年五月一日深夜，罗塔也生了一只小黑猩猩，取名巴斯蒂安。[115] 巴斯蒂安的出生意味着罗塔的大儿子比利必须更加独立了。此前母亲对他呵护有加，现在新出生的小黑猩猩霸占了母亲。突然间，比利像尤里乌斯一样，在这个群体里失去了保护伞。群体中出现的不稳定因素，使首领查姆皮斯的任务更加繁重。因此他对年纪较小的黑猩猩的管教更加严厉。动物园为了整个黑猩猩群体的安宁，不得不在很长时间内将查姆皮斯与其他黑猩猩隔离开来。

为了改善黑猩猩的所处环境，给年幼的黑猩猩营造更大的活动空间，远离坏脾气的查姆皮斯，于一九八五年又修建了新的黑猩猩岛，取名尤里乌斯岛。这样比利、谢尔和尤里乌斯可以在那里度过夏季。他们可以在这个岛上尽情玩耍，不必害怕查姆皮斯的威胁。同时，游客到动物园来必看的节目就是观赏尤里乌斯，这样也能更方便游客。[116]

虽然比利和尤里乌斯年岁相仿，但是对游客来说并不难分辨出谁是谁。尤里乌斯更会与游客互动，常常坐在水边，向游客招手。有时他手抓青苔或石子投向人群，为了引起人们的关注，有时甚至把粪便排泄在右手上，然后顺手甩向游客。比起其他黑猩猩，他的举动更能引起游客的兴趣，虽然有时候其反常行为也能引起游客不快。他看起来是一只不正常的动物园圈养黑猩猩，但是事实上，对一只从小就被母亲遗弃的黑猩猩来说又是再正常不过的。一支由奥地利学者和荷兰学者联合组成的考察队对从一九五〇年至一九八〇年间在野外捕获的小黑猩猩进行了跟踪研究，这些小黑猩猩被带回欧洲、美国、日本等地的动物园或研究所。研究结果表明，不管是在实验室里生活，还是直接送到动物园里，生活在黑猩猩群体之中，他们都表现出精神创伤。一只黑猩猩从小就被抱离母亲，尽管已在这个群体生活几十年，但比起其他猩猩，很少参加群体中相互梳理皮毛、瘙痒、寻找虱子活动。[117] 其他一些研究成果也证实了这个结论。林肯动物园的研究员斯蒂夫·罗斯参与了跟踪观察三十几只曾经与人类生活在一起或在研究中心生活的黑猩猩，融入黑猩猩群体的过程。他跟踪一只已经成功融入群体以后的黑猩猩，惊讶地发现，过了很长时间，这只黑猩猩依然缺少行动能力。尽管他们已经远离人类，却仍然很容易从黑猩猩群体中被辨认出来。他们与其他黑猩猩有着不同的举止行为，很少为其他黑猩猩梳理皮毛、捉拿虱子，也不愿其他猩猩在自己身上梳理皮毛。[118] 他们表现得异样，不合群。换句话讲，尤里乌斯发展成不正常的圈养黑猩猩，其行为表现却是意料之中的。

右图：有时候尤里乌斯还能照看小巴斯蒂安

充当巴斯蒂安的保姆

　　一九八五年九月九日，罗塔也死了，死的时候只有十六岁，体重只有四十公斤。尸体解剖报告显示，她患有一系列病症，其中包括哮喘、肺部感染、肝硬化和肺气肿等。[119] 比利和刚刚一岁的巴斯蒂安都成为没有母亲的孤儿。比利已经可以自理，可是巴斯蒂安太小，还要吃母乳，需要母亲的保护。饲养员试图让桑娜充当巴斯蒂安的母亲。起初看起来一切正常，可是突然有一天她狠狠地咬了巴斯蒂安，并把他扔到一旁，很明显，她不愿照顾他。此后，他们试图让尤里乌斯和比利担负起照看巴斯蒂安的任务，因为在自然界存在这样的现象。当谢尔还小的时候，尤里乌斯就对他格外照顾，现在对巴斯蒂安也一样，

至少饲养员在场的情况下如此。可是，尤里乌斯独自照看巴斯蒂安时，就一反常态，会揪扯巴斯蒂安，还用牙咬他。饲养员听到巴斯蒂安的惨叫，马上跑过来，尤里乌斯立刻变得特别温顺，对小黑猩猩很好。这种奇怪的举动一次又一次发生。后来饲养员逐渐弄明白了，他是为了引起人们的关注故意而为。尤里乌斯把巴斯蒂安当成吸引饲养员过来的工具。[120] 正如其他明星一样，尤里乌斯无比渴望人们的关注。人类的关注甚至可能胜过他对无助的小黑猩猩的同情。

比利·格拉德在一份关于黑猩猩群体现状的内部报告中表示，目前这个群体里一共有四只年轻的雄性黑猩猩，但他们中没有一只是完全健全的。巴斯蒂安没有了母亲，是孤儿；谢尔身体发育不健全，有残疾，可能精神上也存在问题；比利最不安稳，有时他会制造动乱，动物园必须予以制止，有时他又表现得"驯良"。尤里乌斯则明显与其他黑猩猩不同，有被人类养大的特点。比利·格拉德写道："他总是显得和其他黑猩猩不太一样，有时表现得很粗鲁，最近一个时期，是查姆皮斯的主要攻击对象。"[121]

除了四只年轻的雄性黑猩猩，在博拉和罗塔死后只有两只成年黑猩猩，他们是桑娜和查姆皮斯。查姆皮斯作为首领没有挑战者，因为这个黑猩猩群很小，除了首领以外，只有桑娜和四只小黑猩猩。尽管如此，饲养员仍然花费大量时间和精力维护黑猩猩群体的和谐。他们还要饲养和管理其他种类的动物，因此需要花费多大精力和占用多少资源用于饲养黑猩猩一种动物，应该认真权衡。为了商量对策，动物园于一九八五年专门成立了黑猩猩工作小组，这个小组在十月二十九日召开了第一次会议。会议于早晨七点半开始，爱德华·莫赛德首先发言，他对要不要保留这个黑猩猩群体进行了论述。他们用了两个小时进行讨论。格莱特·斯文森认为"现在黑猩猩群体的状况非常糟糕"。[122] 最后，他们一致同意将饲养黑猩猩继续下去，对黑猩猩饲养要优先给予考虑，并且要更加专业化。具体的措施是首先将巴斯蒂安从群体中分离出来，让查姆皮斯服用抗精神病药氟哌丁苯；为了让黑猩猩们增加活动量，黑猩猩岛上四处撒了蜂蜜和葡萄干。[123] 巴斯蒂安被单独放入一间圈舍里，由饲养员希尔德·格鲁·胡莫沃尔专门负责照看。经过几个月的努力，她已赢得巴斯蒂安的信任，如爱德华和格拉德对于尤里乌斯那样，成了他的养母。周刊杂志对这件事很感兴趣，并且相信，有一天巴斯蒂安重返黑猩猩群体时，尤里乌斯会照看他。人们容易联想到，尤里乌斯可能会记起被群体遗弃意味着什么。《晚邮报》甚至猜测："当他看着这个失去母亲的小东西时，心中会有所触动。"[124] 公众会喜欢这样的故事，报纸和周刊杂志会追踪报道。而事实上，巴斯蒂安回归黑猩猩群的可能性是零。

逃亡

尤里乌斯和谢尔的母亲桑娜于一九八七年一月二十九日又生了一只雄性小黑猩猩，取名叫马尔东。饲养员更希望生下来的是雌性小黑猩猩，长大后更容易适应黑猩猩群体的等级秩序，而且还可以繁衍新的生命。马尔东是第五只出生在克里斯蒂安桑动物园的雄性黑猩猩。

在马尔东出生后三天，母亲桑娜就去世了。[125] 在短短的时间内，三只雌性黑猩猩桑娜、博拉和罗塔相继去世。她们都经历过一九七八年的火灾。查姆皮斯失去了所有配偶。尤里乌斯失去了母亲，虽然他从来没有得到过母亲的关爱。

在这个群体里没有任何一只黑猩猩可以承担照看马尔东的任务。此时巴斯蒂安已没有回归的希望，更有效的办法是让巴斯蒂安在一个新的群体中开始新生活。因此，马尔东和巴斯蒂安一同被送到了瑞典厄兰动物园。作为交换，从厄兰动物园带回一只四岁半的雌性黑猩猩，希望她以后能成为尤里乌斯的配偶。[126] 一九八七年二月九日，她到达克里斯蒂安桑动物园，首先进行隔离检疫。动物园的公关部门想把她说成是尤里乌斯的恋人，尽管她还太年轻，还不能当妈妈。野生雌性黑猩猩第一次怀孕通常在十二岁到十四岁之间，而圈养的黑猩猩可能会提前几年。动物园方面希望尤里乌斯和她能够建立一个家庭。

尤里乌斯需要开始一种新生活。天天要应付查姆皮斯不是一件轻松的事，查姆皮斯每天都会恐吓、惩罚他，常常对尤里乌斯实施暴力，严重到需要饲养员介入解救尤里乌斯。因此经常要把尤里乌斯隔离开，只让他与比利待在一起。可是尤里乌斯和比利有时也会打斗起来，而且还相当激烈，饲养员不得不用水龙头喷水，才能将他们分离开。

一九八七年五月三十日星期六，查姆皮斯表现得极为残暴，对尤里乌斯大打出手，最后尤里乌斯不得不爬上天花板，在木椽下面隐藏起来。他坐在那里有几个小时，不用担心查姆皮斯找自己麻烦。他坐在那里，开始思索。跟人类一样，黑猩猩面对之前没遇到的难题，懂得寻找出解决的办法。德国心理学家沃尔夫冈·科勒（一位黑猩猩研究先驱），早在二十世纪初就对这个问题做过研究。他在实验室对黑猩猩进行了测试，显示出黑猩猩能够通过思考找出破解不曾遇到过的难题。例如，他将水果挂在天花板上或放到笼子外黑猩猩无法拿到的地方，经过短暂思索后，黑猩猩将一些能搬动的物体叠放起来，然后爬上去将水果摘下来，或将一根竹竿插入另一根竹竿，将其变成一个足够长的工具，就可以把笼子外面的水果移近。科勒对黑猩猩能否完成这些任务并不在意，他更想弄清楚他们是如何想到这些办法的。科勒认为黑猩猩解决问题不是靠试错，而是通过深入思考和顿悟。这个思考过程，即突然想到了解决方法的过程，在黑猩猩研究领域称为"科勒顿悟"。[127]

现在轮到尤里乌斯产生"科勒顿悟"的时候了。当他坐在天花板下躲避查姆皮斯的时候，发现了之前他没注意到的东西。他觉得那些横梁可能成为出逃路径。稍后，他从高处跃下，回到地面上，突然大打出手。黑猩猩群顿时骚动起来，尤里乌斯大声嚎叫着，抓过一条攀爬绳，爬到了高处，然后顺着房梁往外爬。为了防止黑猩猩外逃，其中一根房梁通有电流，可是尤里乌斯纵身一跳，越过了那个障碍。他一心出逃，动作没有丝毫迟疑。他爬过横梁，跨越了水渠，纵身一荡落在游客观赏区一侧。随后径直跑向出口，打开大门，跑了出去。当时游客不多，他们吓得目瞪口呆。自由摄影师克努特·奥普斯塔恰好在场，抓拍到尤里乌斯纵身一跳的瞬间。为了拍摄更多照片，他也跟随尤里乌斯跑了出去。[128]

一只七岁半的黑猩猩逃跑了。人们做过测试，成年黑猩猩的臂力是运动健将的五倍。因为黑猩猩打斗是用四肢的全部力量，人类无论如何也打不过黑猩猩。此外，黑猩猩的牙齿咬合力也非常强，黑猩猩发生打斗时，往往能用獠牙将对方咬伤。[129]

同一天，七十名罹患癌症的儿童乘包机从挪威北部城市特隆姆瑟来到动物园，游园内容之一就是观赏尤里乌斯。译注4 当他们来到热带馆时，尤里乌斯已经出逃了。尤里乌斯在园区内窜来窜去，首先来到办公区，然后穿过停车场，奔向咖啡馆。游客站在路边，朝再次回到人类中间的尤里乌斯大笑。咖啡馆里的客人很快被疏散出去，尤里乌斯则跑进了卫生间。这等于落入了"陷阱"。他被关在了隔间里面，门一锁上，他就被控制住了。工作人员开来一辆货车，饲养员奥瑟·古恩·莫斯沃尔德领命进入卫生间。她做了深呼吸，默默祈祷着，她清楚地知道，自己如果感到害怕才是最危险的。任何害怕的表情都会使尤里乌斯感觉占得有利地位。莫斯沃尔德终于战胜了恐惧，平静地走进卫生间。她拉住尤里乌斯的手，领他出来，进入外面等候的货车。货车径直开到他睡觉的圈舍，等他平静下来再让他回到黑猩猩群。[130]

回到猩猩群后，尤里乌斯马上与查姆皮斯发生新的冲突。五天后，饲养员发现尤里乌斯身上有深深的咬伤痕迹。比利·格拉德又一次为他进行检查和治疗。通常情况下，为一只七岁的黑猩猩体检，不麻醉是无法进行的，而这次，比利·格拉德像对待病人一样为他检查伤口。他身上的伤痕明显是用獠牙咬的，是谁的獠牙——这已不言自明。比利·格拉德的结论是："从查姆皮斯的姿势看，显然就是要杀死尤里乌斯。"[131]

译注4　特隆姆瑟市位于北极圈内，是挪威北部最繁华的城市，有"北极小巴黎"的美誉。

尤里乌斯在热带黑猩猩馆沿着房顶出逃

　　暴力是黑猩猩每日生活的重要组成部分，在自然界，如果发生冲突，他们可能会相互残杀。一般情况下，雄性黑猩猩会尽可能避免冲突升级。正因为暴力冲突频繁，他们必须学会一系列能够化解冲突的技巧，避免冲突轻易演变成严重暴力。如果两只雄性黑猩猩起了冲突，在真正相互攻击之前，总会有一个酝酿情绪的过程。他们会站立起来，皮毛竖起，怒吼的声音逐渐加大。在这期间，第三方可能会介入调停，使争斗双方平静下来。而两只雌性黑猩猩相互攻击前却没有什么先兆，也就是说不会发出攻击的信号。[132] 雌性黑猩猩的獠牙没有雄性的那么长，因此两只雌性黑猩猩打斗的危险性会小于雄性之间的争斗。从进化论角度解释，大自然赋予雄性黑猩猩争斗前发出更多警告的本能，同时也给予了更多化解矛盾的机会。在一个黑猩猩群体中，尽管内部会有对立，但雄性黑猩猩还是要相互依存，在外出觅食、抗击外来敌人、应对其他黑猩猩群体的威胁和保卫自己的领土方面，他们都要靠彼此的力量。雄性黑猩猩之间的打

右图：尤里乌斯逃出动物园，游客根本不了解其潜在的危险性

106

斗会削弱整个群体的战斗力，不利于维护群体安全，最终对本群基因的传承造成不利影响。因此雄性黑猩猩之间的大部分争斗要遵循一定的规则，例如打斗时锋利獠牙只能咬手和脚，很少撕咬头部和肩膀。几乎像两个运动员一样，按一定的规则比试力量。反过来看，人类的竞技体育也是争斗本能的延续。竞技体育就是按规则进行的比赛，如同黑猩猩群体中要通过有规则的争斗，决出最强壮的黑猩猩，最强壮的才有资格领导整个群体、可以优先传承自己的基因。关键在于要遵守规则，将伤害维持在低程度，否则削弱的是整个群体的力量。

出于上述原因，黑猩猩之间的妥协也非常重要。交手过的两只黑猩猩会迅速和解，会抚慰对方。他们就像磁铁一样相互吸引着，弗朗斯·德·瓦尔这样写道。打斗结束不到一分钟，决斗双方就开始寻求拥抱、亲吻、相互梳理皮毛，甚至抚慰伤口。弗朗斯·德·瓦尔的研究显示，没有任何黑猩猩用于相互梳理皮毛、捉拿虱子的时间比两只雄性猩猩在争斗期间用于梳理皮毛所用的时间长。[133] 残酷的争斗后快速和解，没有规劝和权衡利弊是不会自动

产生的。两个对立者经常坐在那里怒目相视，等待对方首先发起攻击，似乎让人们回想起为荣誉而战的两个战士。[134]

黑猩猩是一种具有两面性的动物，既有攻击的一面，又有和解的一面。尤里乌斯和查姆皮斯两者的攻击性一面都强于和解一面。二者没有一方愿意首先表露出和解的意愿。尤里乌斯拒绝被奴役。该群体里也没有成年雌性猩猩能够介入进行调解，使冲突降级。此外克里斯蒂安桑动物园里的黑猩猩群体是人为组建的很小的群体，他们所占有的领地非常有限。圈养的黑猩猩攻击打斗程度要比自然界野生的激烈得多，因为他们活动空间很小，无处藏身，当争斗开始后，无处逃循，其次还因为他们有充足的时间。尤里乌斯像囚犯一样被关在里面，面对着具有很强攻击性、体格健壮的首领。他孤立无援，而且没有藏身之地，唯一的出路就是逃跑。他曾经逃走过，他将再次试图出逃。

"尤里乌斯恋爱了"

来自瑞典的雌性黑猩猩检疫隔离期已满。在这期间，她的位置距离尤里乌斯的圈舍非常近，尤里乌斯能闻到她的气味，听到她的声音。可是把他们放在一处时，尤里乌斯对待她非常粗暴，恶狠狠地大打出手，有好几次饲养员不得不介入，将他们分离开。[135] 他们之间看不出任何友好的迹象，一九八七年夏天，动物园仍然借此想出了新的宣传点，让公众关注尤里乌斯的"恋人"。挪威《唐老鸭》画报向读者征集名字，为这只雌性黑猩猩起名。一时间收到两万封反馈信，简直令人难以置信，歌手泰利耶·弗尔莫称。[136] 大多数建议都倾向用朱莉亚或朱莉安娜这两个名字，但是饲养员觉得恐怕行不通。他们进行了测试，一听到和自己名字类似的音节，尤里乌斯就会有回应。直到七月底，才最终决定给这只雌性黑猩猩取名尤瑟芬娜。

尤瑟芬娜尚且没有发育成熟，换句话说，无论她还是尤里乌斯都对对方没

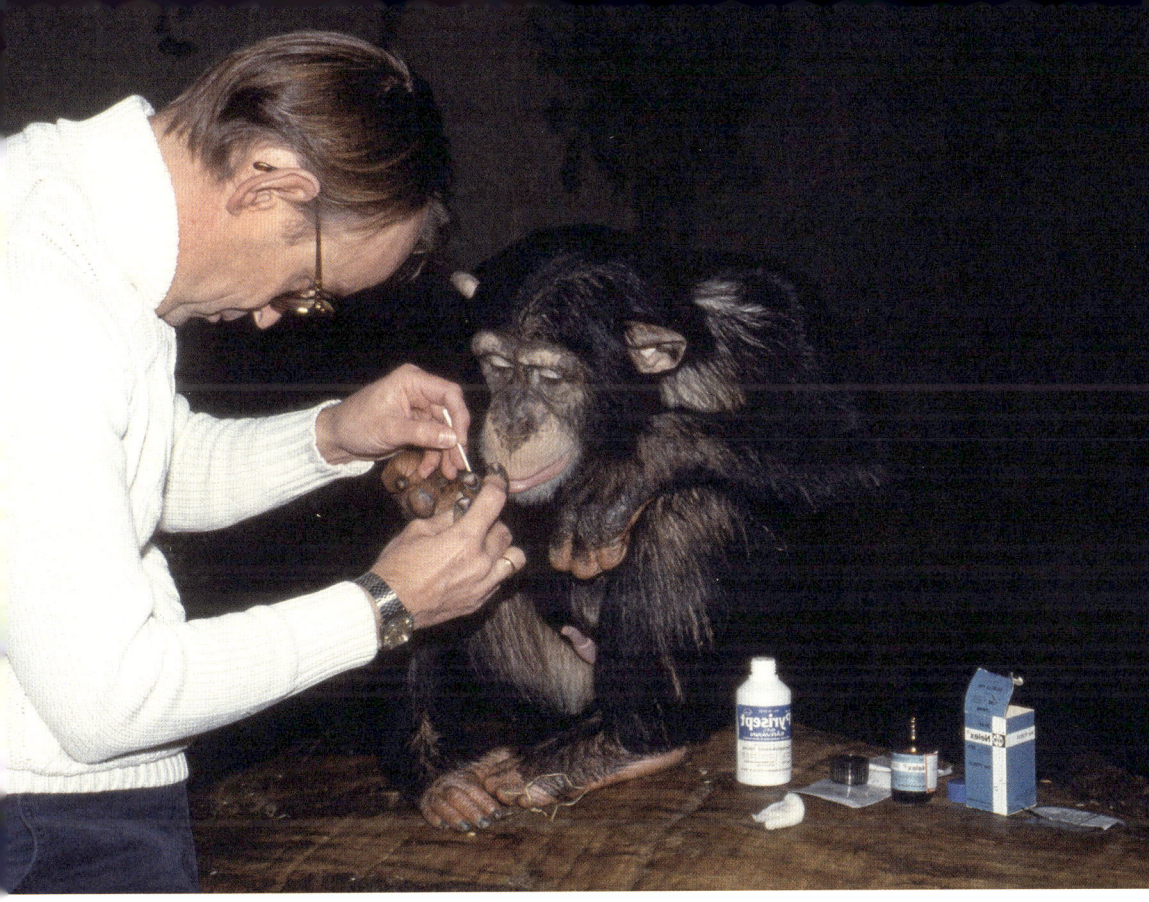

在没有麻醉的情况下，兽医比利·格拉德为尤里乌斯检查伤口

有兴趣，而媒体的宣传则说已经发生了罗曼蒂克行为。爱德华·莫赛德动情地描述："太幸运了，我们期待的事情发生了。她躺下，接受了他。他们相爱了。这是爱意浓浓的时刻。"[137] 这样一个莫名其妙的爱情故事，却非常适合媒体所讲述的尤里乌斯——竭力向人类靠拢。从他可爱的幼年开始，经过困难重重的青年时代，一直到现在像成年人一样建立家庭。关于尤里乌斯和尤瑟芬娜的爱情故事，可以创收的故事自然要讲述下去。

尤里乌斯是明星，周刊杂志对待他的爱情生活十分关注，就像关注人类明星一样。《挪威周报》的大标题是"尤里乌斯恋爱了"，其竞争对手《家》也撰文，标题是"尤里乌斯恋爱了，深切又真挚的爱情"。[138] 在黑猩猩的世界并不存在恋爱这回事。黑猩猩也不是一夫一妻制。一名进化论生物学家只需快速瞟一眼雄性黑猩猩的睾丸就能证明这一点。一只体重不足五十公斤的雄性黑猩猩，其睾丸的重量约一百克，是成年男性睾丸重量的两倍。这与他们的性行为习惯有关。人类最早就形成了一夫一妻制，大猩猩的首领则独自霸占群体中的雌性大猩猩，黑猩猩的自由度则更大。黑猩猩首领有一定的支配权和优先交配权，但是在雌性黑猩猩发情期，群体中的雄性黑猩猩都有交配的可能，谁能产生更多精子，则传宗接代的可能性就更大。这种情形就格外有利于那些睾丸比较大的黑猩猩。[139]

然而，黑猩猩世界所发生的许多权力争斗都与性有关。虽然他们在性行为方面态度更随意，但也不是完全可以自由行事。交配显然是雌雄双方能够感到兴奋的源泉。当雌性黑猩猩处于发情期时，雄性黑猩猩会兴奋得好几天忘记吃喝。弗朗斯·德·瓦尔观察到荷兰阿恩海姆动物园的雄性黑猩猩大清早在笼子里醒来时，眼里闪耀着兴奋，因为他知道这些天里自己会被放出去，与发情的雌性黑猩猩媾欢。[140]

黑猩猩世界没有自然形成的生育季节，全年任何时候都可以交配。雌性黑猩猩正常的月经周期是三十六天，排卵的迹象是阴道口肿胀。这期间雌性黑猩猩的性欲最强，交配则并不局限于这一段时期，对圈养的黑猩猩更是如此。在发情期，雌性黑猩猩拥有更大的特权，研究显示，此时的雌性黑猩猩会花费更长的时间梳理皮毛、捉拿虱子，如果她们向雄性黑猩猩索要食物，成功率也更高。[141] 而雄性黑猩猩之间要进行争取交配权的斗争。阿恩海姆动物园里的雄性黑猩猩为彼此梳理皮毛的时间比处于发情期的雌性黑猩猩多九倍，这是低等级的雄性黑猩猩为获取交配权而要讨好高等级的雄性黑猩猩。[142]

尽管如此，雌性黑猩猩在交配方面可以跨越等级，在所有的雄性黑猩猩中挑选钟意者。人们在阿恩海姆黑猩猩群中观察到，两只雌性黑猩猩，与人类常发生的现象一样，强烈地爱着同一只雄性黑猩猩。尽管一只雌性黑猩猩可与多只雄性交配，但如果她主动要求交配，她选中的总是那只她钟意的，她只会为自己选中的黑猩猩跳研究员称为"爱之舞"的舞蹈。[143]

这就是黑猩猩在性交前的社会活动。但性交本身进行得十分迅速。黑猩猩性交平均用时只有七秒钟。[144] 在坦桑尼亚贡贝自然保护区，珍·古道尔团队细心的研究人员观察记录显示，雄性黑猩猩在雌性的骨盆间平均"撞击"8.8次就射精了。[145]

尤里乌斯在动物园里可不费吹灰之力就可获得一切。他可无视规矩，无需与首领进行争夺，就可以与雌性黑猩猩进行交配，也无需经过漫长的梳理皮毛的过程来讨好她们。在可预见的未来，尤里乌斯、比利和尤瑟芬娜将继续生活在一起，与其他黑猩猩隔离开来。在此期间，动物园又从德国慕尼黑为查姆皮斯引进两只成年雌性黑猩猩，迪希和比妮，这样他就有事可做了，不会总对尤里乌斯进行无端挑衅。目前尤里乌斯尚未对尤瑟芬娜产生兴趣。尽管她还比较年轻，人们仍然期待尤里乌斯将与她摩擦产生火花，直到最后时机成熟。莫赛德担心他在人的陪伴下成长，性成熟会因此推迟——一般情况下，黑猩猩的性成熟时间比较早。莫赛德甚至觉得尤里乌斯可能是同性恋，当尤里乌斯刚刚进入青春期时，曾多次向身材矮小的弟弟谢尔发泄性冲动。莫赛德与欧洲其他一些动物园取得联系，想了解黑猩猩同性恋的相关知识。[146] 同性恋在自然界广泛存在。研究显示自然界有一千五百种动物表现出同性恋，从百分之四十的秘鲁岩鸟到百分占比为个位数的人类都有这种情况。此外还有一些动物，性成熟之后全部都是双性恋。莫赛德不知道如何是好，他没有把自己的猜测公之于众，他想等等看。也许只是尤瑟芬娜还太年轻？

围绕关于尤里乌斯的罗曼史所做的新闻报道，从商业角度来看都是有利可图的。动物园每个游览季节都能售出七千个尤里乌斯绒布娃娃和七千件印有尤里乌斯画像的T恤。同时还出售尤里乌斯双肩包、尤里乌斯床单、尤里乌斯的各式海报、尤里乌斯拼图游戏等等。截止一九八七年夏天，克林斯海姆和雅克布森合作撰写的那本书在挪威已经售出八万五千多册，被译成七种外国文字，包括德文、英文和希伯来文。有关尤里乌斯的电视节目片也在许多国家播出，芬兰的三个电视频道都予以热播。[147] 动物园市场企划部主任泰利耶·弗尔莫想设立名为"尤里乌斯奖"的流行音乐大奖赛。流行音乐创作者纷纷受邀参赛，获胜者可获得一万五千挪威克朗的奖金。[148] 但是挪威流行音乐与一只身份模棱两可的黑猩猩到底有什么关系？为什么拿黑猩猩的名字给音乐奖冠名？动物园如何突然变成音乐比赛的场所？这一切让大家一头雾水。当然，这与动物园市场企划部主任泰利耶·弗尔莫的人际交往圈子有关，而且他本人就是知名歌手。弗尔莫不停地工作，为的是保持尤里乌斯这个品牌效应的热度。但是这次企划已属牵强。尤里乌斯的两重身份离得越来越远，虚构的尤里乌斯正在颁发流行音乐奖，动物尤里乌斯则总是被关起来。

　　媒体方面没有注意到动物园放弃了将尤里乌斯、尤瑟芬娜和比利隔离的策略。他们又回到了群体中，但是又定下了新规矩：尤里乌斯与查姆皮斯不能同时出现。也就是说，尤里乌斯必须一整天待在自己的圈舍里，此时查姆皮斯自由活动，第二天尤里乌斯自由活动，查姆皮斯则关禁闭。

　　现在克里斯蒂安桑动物园黑猩猩群的成员有比利、谢尔、尤瑟芬娜、两只新来的雌性黑猩猩迪希和比妮、尤里乌斯（或查姆皮斯），他们俩每隔一天与群体汇合一次。对于这种安排，尤里乌斯和查姆皮斯很快就表现出沮丧情绪。他们都对隔离表示气愤，就算是被放出来、回到群体里也带着怨气。[149] 尤里乌斯在被隔离的那些天不能与尤瑟芬娜见面。幻想尤里乌斯和尤瑟芬娜能够感情迅速升温的想法如今已迅速破灭。尤瑟芬娜会成为整个黑猩猩群体的一员，一旦到了合适的年龄，便可与她钟意的任何雄性黑猩猩进行交配。

"有点让人害怕"

　　尽管尤里乌斯不必再躲避查姆皮斯了，但是他仍然不能在群体里安顿下来。没有哪只黑猩猩像他这样渴望出逃。一九八八年九月十八日，是他与群体汇合、可以自由活动的一日，他又一次逃离黑猩猩岛。尤里乌斯借助一根长杆爬到了顶棚，然后从那里逃了出去。他首先跑向动物园里的一处咖啡馆，显然是为了寻找食物，可是当他经过在一九八六年对外开放的大滑梯时，他萌生了其他念头。尤里乌斯爬到出发点，向站在那里的游客身上撩水。游客根本没意识到这样的局面有多危险。动物园里的警报响了很长时间，爱德华·莫赛德开着一辆租赁的汽车，直奔滑梯而来。尤里乌斯没见过这辆汽车，却看到爱德华·莫赛德跳出汽车，大声喊尤里乌斯的名字。起初，尤里乌斯朝爱德华·莫赛德走了过去，突然他改变了主意，转身跑向人群，跑向自由。爱德华·莫赛德快速跑向附近的小卖部，索要了几盒巧克力奶。他回到汽车里，高高举起奶盒，同时呼喊尤里乌斯的名字。看起来甜食比人更具吸引力，尤里乌斯直接走过来，俯首就擒，以换取巧克力奶。莫赛德将奶递给他，顺势攥住他的手臂，将他带入汽车。[150]

在驶向猩猩馆的短短路程中，尤里乌斯把汽车里搞得一塌糊涂。他坐在后排，用吸管喝巧克力奶。结果当莫赛德归还汽车时，还有支付一笔清洁费。爱德华·莫赛德在公众场合极力淡化这一事件，否认一只九岁的雄性黑猩猩在人群中跑来跑去具有危险性，否认尤里乌斯会对孩子们造成威胁。

其实，动物试图逃跑的现象并不鲜见。克里斯蒂安桑动物园过去发生过动物出逃的事件。一九七四年冬一个大雪纷飞的夜晚，三十头骆驼踩着积雪越过围栏，跑出动物园，排着长队踏上欧洲18号公路向远方走去。还有一只袋鼠逃出动物园，在公路上被一辆过往汽车撞死。两只海狮维罗妮卡和罗珊娜钻过水池的栅栏逃出动物园，一只在公路另一侧被捕获，另一只则成功地钻进树林，钻进河流、湖泊，最终游进大海。五个星期后，她在沿海一个小岛上被发现，但很快就消失了。两年后，她经历了一场风暴，被冲上了乌拉丰的海滩，一名村民捕捉了她，把她送到了当地一家动物园。她确实回到了同一大海，只不过是在地球的另一边。[151]

还有一些动物也成功地短暂出逃过。但是尤里乌斯出逃的目的与其他动物不同。有的动物是为了回归大自然，回归自己曾经的栖息地。例如海狮会本能地游回大海。尤里乌斯寻求的却是回到人类中间。因此他首先跑到小卖部、餐馆，回到人们中间寻求乐趣。

显然，动物园该加强防范了，尤里乌斯更愿意跑出来，待在人类中间，不愿意与同类待在一起。出逃表明他进入了生命的新阶段。媒体将其解释为青春烦躁期，可是黑猩猩在生命的这个阶段有更复杂的变化，不仅仅是身体发育。在自然界，雄性黑猩猩有着漫长的青年时代。他们一般在八岁时就会达到性成熟，然而想在社会交往方面成熟要长到十五岁。在这个过渡期，他们要与群体中的年幼黑猩猩和雌性黑猩猩保持距离，与此同时，他们也尚未被群体中的雄性成年黑猩猩所接受。在自然界，他们会脱离群体，独自待上几天，或者到母亲那里寻求安慰和庇护。但是对于尤里乌斯来说，这两条路都行不通。作为动物园里的黑猩猩，他无处可以藏身。他没有母亲，也得不到庇护。更糟糕的是，他还有双重身份，既是动物园里的黑猩猩，又是在人类中间生活。

一九八九年五月二十三日星期二，尤里乌斯又一次逃了出来。那天傍晚，动物园即将关门之前，不知怎的，他能越过水渠，跑了出来。动物园内尚有一些儿童游客。黑猩猩是一种食肉动物，在自然界曾发生过黑猩猩抓住人类幼儿并将其吃掉的现象。动物园入口旁边是行政楼，售票处就设在那里，当时年仅二十岁的克里斯汀·法尤萨一人还留在工作岗位，其他工作人员已经下班回家。动物园通讯系统突然发出警报，称尤里乌斯逃出黑猩猩岛，此时爱德华·莫赛德和扬·埃里克·延森还在动物园内。莫赛德赶紧联系法尤萨，要她立刻将办公室的门锁好，尤里乌斯正向行政楼方向跑来。可是从里面锁门的钥匙放在一个单独的钥匙箱里，还没等她拿到钥匙，她已经看到了外面的尤里乌斯。他先跑到动物园外的停车场上，而后转身，又向动物园方向跑来。他显得十分暴躁，使劲冲撞和敲打还停在那里的汽车。法尤萨来不及将门锁好，便站在门里面攥住门把手，试图阻止尤里乌斯进入。尤里乌斯透过玻璃，恶狠狠地瞪着克里斯汀·法尤萨。他顺着台阶后退了几步，法尤萨想，可能他不想进门了，想去别的地方，事实上他后退几步为的是获得足够的速度。尤里乌斯使出全身力气冲向玻璃门，一大扇玻璃门被撞得粉碎。法尤萨吓得目瞪口呆。尤里乌斯在开阔的办公室里肆意跑动，在他年幼的时候来过这里，此刻他可能期待见到爱德华·莫赛德或者他从前认识的人。他从一张桌子跳到另一张桌子，把纸张、书本、活页文件夹统统扔到地板上，掀翻、摔碎各种东西，就像一次有计划的扫荡。突然，他意识到这里没有他认识的人，于是没有理会法尤萨，径直跑出办公室，来到隔壁的咖啡馆。那里尚有一些客人在用餐，看到尤里乌斯窜进来，带着孩子的客人都尖叫着跑了出去。场面真像一部拙劣的惊悚电影。人们朝停车场跑去，尤里乌斯在后面追赶，此时爱德华·莫赛德和扬·埃里克·延森赶到了。他们俩平静而坚定地向他走去，每人各握住他的一只胳膊，就像抓住一个犯罪分子一样，迫使他回到黑猩猩馆。当经过办公室时，尤里乌斯看了克里斯汀·法尤萨一眼，她觉得他的目光带有威胁和警告的意味，像是在说，等着吧！[152]

"降服"过程这么顺利，更多是因为尤里乌斯仍然尊重和信赖莫赛德和延森。甚至可以说他逃出来就是为了寻找他们。可是对于游客和克里斯汀·法尤萨来说，这次经历太糟糕了。许多游客的汽车遭到尤里乌斯的捶打，表面留下凹凸不平的痕迹。相关的游客在开车离开动物园之前都填写了损失清单，动物园会给予赔偿。

《祖国之友报》得知这件事后，刊登了一篇报道。"有点让人害怕。"法尤萨接受报纸采访时承认。其他一些报纸报道此事所花的篇幅小得多，而爱德华·莫赛德希望淡化这件事的影响。他做到了，没有任何一家报纸刊登汽车遭到损坏、办公室被弄得一塌糊涂的新闻。此后对这件事的议论更多地倾向描述成"有趣的事件"，而非丑闻。爱德华·莫赛德对法尤萨向报刊透露她的真实感觉感到不满。他将她叫到办公室，告诉她以后与媒体接洽都要直接通过他。他在挪威通讯社的相关报道中表态，承诺会加强动物园的安全措施，同时坚称"出逃的尤里乌斯没有危险性"。[153]

动物园方面始终没弄清楚尤里乌斯是如何逃出来的。他可能是以某种方法跳过了水渠。黑猩猩一般都恐水，不像狗和猫天生就会游泳，如果落入水中，肯定会溺水而亡。尽管有过这样的例子，动物园里的黑猩猩经过游泳训练，学会在深水区以蛙泳姿势游泳，可是尤里乌斯不可能自己学会游泳。[154]

在烦躁不安的青春期，唯一能够得到的安慰是尤里乌斯和尤瑟芬娜的关系变好了，这样一来，轮到尤里乌斯要与其他黑猩猩隔离开来的日子，他就能与尤瑟芬娜一起待在在尤里乌斯岛上。而且，他们破解了性的密码。一九八九年，当动物园举办建园二十五周年庆典活动时，哈拉尔王储也要来参观，届时要看看尤里乌斯。尤里乌斯得到了大量香蕉，按计划，他要为王储做一番表演。可是尤里乌斯另有打算。他异常兴奋，忙于与尤瑟芬娜交配。[155] 爱德华·莫赛德曾担心尤里乌斯在人群中长大，不知他能否掌握性交的本领。现在看来本能起了作用，尤里乌斯懂得在骨盆之间"撞击"8.8次。哈拉尔王储不得不离开黑猩猩岛，到别的地方继续参观。

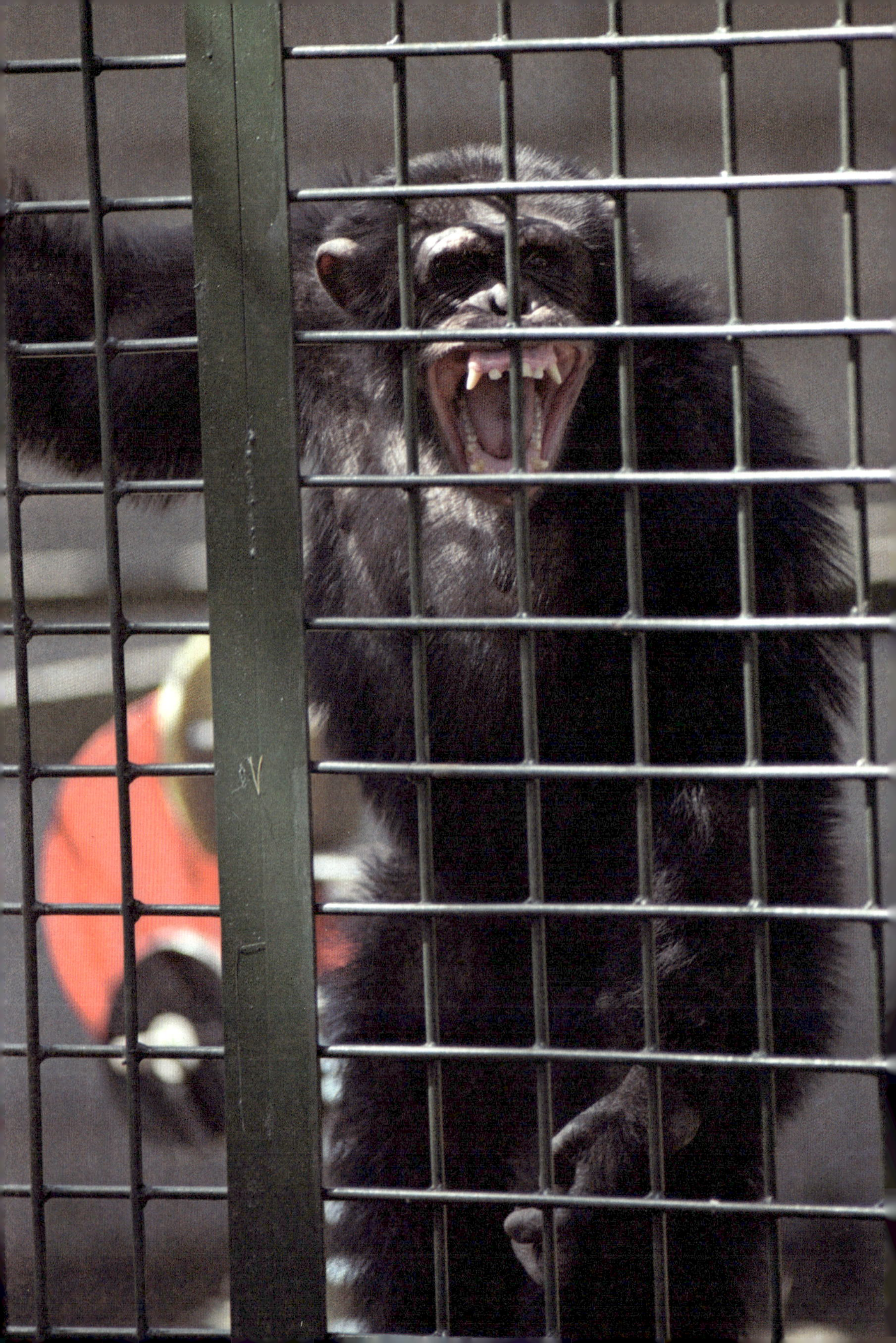

第七章

犯罪与惩罚

这不是长久之计,但是现在我们真不知道该怎么办。尤里乌斯太聪明了。[156]

——爱德华·莫賽德

尤里乌斯变得十分危险,他被禁闭起来

二十世纪八十年代过去了。南方地区报纸《祖国之友报》发起一项评选活动，要求读者投票选出十年来最具影响力的南方人，不出意料，尤里乌斯当选了。[157] 这是属于他的十年。尽管只有十一岁，可是尤里乌斯已经开始走下坡路。只要他还没能在黑猩猩群中立足，还没能生儿育女，那么他的生命就不能算尽善尽美。动物园一直希望他能当上父亲，希望尤里乌斯的孩子能够早日出生，这对增强尤里乌斯的"品牌效应"很有帮助。尤瑟芬娜仍然比较年轻，一直未能怀孕，可是尤里乌斯并没有闲着。在他与黑猩猩群汇合的那些日子里，人们多次观察到他与比妮来往密切，比妮就是三年前从慕尼黑引进的两只雌性黑猩猩之一。一九九〇年冬天，比妮确认怀孕，尽管在媒体宣传上，尤瑟芬娜被描写成尤里乌斯的恋人，但是媒体仍然猜测尤里乌斯是比妮腹中胎儿的父亲。来年三月，比妮被隔离开来，进行医学观察，直至分娩。小黑猩猩出生后会立即进行血液检测以确认父亲是谁。一九九〇年五月九日，小黑猩猩诞生，这是克里斯蒂安桑动物园有史以来出生的第一只雌性黑猩猩。给这个小东西起名叫比滕，化验结果显示，她的父亲是查姆皮斯。尤里乌斯神话续写新篇章还需等待。[158] 当年秋天，尤瑟芬娜终于怀孕了。这次媒体纷纷猜测，尤里乌斯要当父亲了。在媒体报道里，尤里乌斯与尤瑟芬娜突然又变成感情专一的一对。《晚邮报》写道："三年来他一直与从瑞典来的八岁的尤瑟芬娜同居，动物园期盼着，他们之间的关系能增加家庭人口。"[159] 好像尤里乌斯提升了新闻报道的可信性，记者们对尤里乌斯故事的每一阶段描绘得都十分完美。

尤瑟芬娜孕期进入最后阶段，动物园的工作人员都怀着十分紧张的心情等待着，却不知道一场灾难即将来临。一九九一年五月二十二日，大约下午两点半，动物园外发生山林火灾。这天十分干燥，灌木丛很容易起火，火势迅速蔓延。当时风力很强，风助火势，给灭火带来极大困难。当时，动物园投资修建了主题公园小豆蔻城，即将落成并开门迎客。这个主题公园是按照作家兼插画家图尔比杨·埃格纳什所著儿童畅销书中的描述修建的。小豆蔻城最令人瞩目的地方是一座塔楼，在书中天气预报员图比亚斯就住在那里。此时爱德华·莫赛德奋不顾身，爬到塔顶朝大火喷水。如果火势继续向动物园逼近，甚至进入了动物园区的话，莫赛德就不得不做个取舍。他的脑海里闪现出一张"死亡名单"，在最终组织转移动物园里的动物前，必须先杀死那些危险的动物，尤里乌斯和其他黑猩猩排在死亡名单的前列。莫赛德说："我几乎不敢想象，怎么会出现这样的想法，但是当最坏的情况出现时，我们必须让那些和善的动物自己逃生，杀死那些可能会攻击人的动物。"[160] 所有动物都被关进室内，并给他们准备了许多他们喜欢的食品。尤里乌斯和其他黑猩猩被关进防止出逃的笼子里，也给他们准备了大量好吃的东西，好像他们又一次过生日一样。[161]

克里斯蒂安桑、利勒桑和格利姆斯塔三个城市的消防队被调集过来，此外还有民防队员、红十字会的救援队和许多志愿者协同灭火。一架可用于特殊用途的直升机在整个晚上向火场喷洒了2700升的水。即使这样，他们也没能控制住火势，大火依然有可能蔓延到动物园。到了晚上七点半，挪威国家电视台发布报道，说森林火灾没有对动物园构成威胁。四小时后的夜间新闻则说火情变得更加严重。播报称："消防队今天下午表示，火势不会对动物构成威胁，可是到了晚间火势又变得凶猛。"消防人员眼看着火苗从一棵树窜到另一棵。晚上九点，烟尘第一次侵入动物园。[162] 当比利·格拉德看到风向再次转向动物园时，当即宣布："全体人员要在动物园守一整夜。"对于动物园的全体工作人员来说，这是一个不眠之夜，与此同时，消防队员与火灾进行着搏斗。消防队决定优先拯救动物驻留的区域，将其列入严防死守区域，放弃已经建成但尚未对外开放的小豆蔻城。[163]

最终，是风向决定着火情的走势，起火点在动物园的东北方向，火场面积达一百公顷，森林中的野生动物纷纷逃离他们的栖息地。很多只驼鹿跑上欧洲18号公路，其中一只被过往的汽车撞死。到了晚间，着火点距动物园只有几百米。尤里乌斯和其他黑猩猩原本都生活在森林的深处，他们能分辨出烟尘的气味，能够本能地采取自我保护措施。军人也赶来协同消防队一起灭火。火线与动物园之间树林地带倾泻了大量水，以便形成隔离带，防止火势朝动物园方向蔓延。可是到了半夜，风向变了。尤里乌斯的命保住了。火势改变了方向，一直没有烧进动物园。消防队在深夜宣布，火情已被控制，但是消灭余火需要几天的时间。[164]

动物园恢复了往日的平静，尤瑟芬娜成为最引人关注的焦点。她没满九周岁，作为黑猩猩母亲还略显年轻，在她分娩前的几周时间里，饲养员对其进行无微不至的照料。兽医古恩·霍伦·罗伯斯塔希望尤瑟芬娜在分娩时独自进行，能与其他黑猩猩分离开。最理想的是白天在自己的圈舍里分娩，此时其他黑猩猩都在黑猩猩岛活动。一九九一年六月二十四日，饲养员见尤瑟芬娜仍然活蹦乱跳，就将她放回了黑猩猩岛，虽然她随时可能分娩。[165] 也许这就是命运，尤瑟芬娜刚来到外面，阵痛就开始了。尤瑟芬娜爬上一棵树，在自然界黑猩猩分娩前都有这样的习惯。分娩过程很快，只花了几分钟的时间，小黑猩猩就出生了。但是她没来得及抱住他，小黑猩猩从树上掉了下来，直接掉进水渠，溺水而亡。对面的游客目睹了整个过程。饲养员赶紧把小黑猩猩打捞上来，进行急救，但是最终没能挽救这个幼小的生命。[166]

哈拉尔国王和宋雅王后伉俪三天后将会参观动物园，这是新国王加冕登基后巡视全国的一个组成部分。动物园方面曾设想让他们看一看尤里乌斯的孩子。上一次，哈拉尔王储来到动物园看到的是忙着交配的尤里乌斯。这一次，他看到的是处于悲伤中的黑猩猩群。《世界之路报》的标题是："国王见到了悲伤的尤里乌斯"。[167]

尤里乌斯的攻击

人们怀疑尤里乌斯是否感到悲伤。可能他不明白也不期望自己要当父亲。但是对于尤瑟芬娜则不同。有时候，悲哀的黑猩猩母亲会紧紧抱住死去的小黑猩猩不放，饲养员着急也没有办法。

FORBRYTELSE OG STRAFF

哈拉尔王储前来看望尤里乌斯，比利·格拉德手里拿着香蕉，雷顿·格拉德手持照相机陪同在旁边。

即使尤里乌斯对淹死的小黑猩猩不感到悲伤，他也体会得到黑猩猩群体里在酝酿骚乱。奥瑟·逊德波于一九九一年九月正式开始黑猩猩饲养员的工作，第一周便发现几只黑猩猩蠢蠢欲动，表现异常。当她为他们配送食物时，他们显得脾气很坏，立刻把盛食物的盘子扔了出来。尤里乌斯和查姆皮斯对每隔一天就要被单独关在圈舍里感到极为不满。她必须小心检查他们的门是否被锁牢，避免他们跑出来，撞见对方而发生冲突。

这一天，她听到呼喊，有人看到尤里乌斯已经爬到黑猩猩馆的横梁上了。他又一次逃了出来。这次是被一名游客发现的，恰逢爱德华·莫赛德的父亲就在旁边，游客问他黑猩猩吊在横梁上是不是合适。安德雷·莫赛德意识到事情的严重性，马上通知动物园管理部门拉响警报。扬·埃里克·延森立刻跑过来协助奥瑟·逊德波抓捕尤里乌斯。奥瑟·逊德波害怕极了，她从未经历过如此惊心动魄的事件，尽管延森显得十分冷静，因为他以前经历过这样的事。当尤里乌斯向奥瑟·逊德波走去时，吓得她立刻躲进飞禽大厅并且锁上了门。延森取来香蕉和糖果扔在地上，引诱尤里乌斯爬下来。这个策略真灵验，美食的诱惑胜过对自由的向往，尤里乌斯终于自己爬了下来。与此同时，另一名饲养员立刻将天窗关上。只有少数几名游客看到整个过程，没有造成任何损失，但是这仍然令人感到恐惧。没人能弄明白他这次出逃所采用的路线，以及他如何能跑到房顶上去。[168]

将黑猩猩整年关在笼子里是很困难的事，因为他们是攀爬高手，能跳跃很远的距离，又非常聪明，善于尝试和琢磨。如果克里斯蒂安桑动物园里的其他黑猩猩同尤里乌斯一样有着强烈驱动力的话，就都可能出逃。但是恰恰是因为没有什么能强烈吸引他们的东西诱惑他们跑出来。他们有吃有喝，不用担惊受怕，生活安逸，对水渠对面那广大世界的潜藏危险知之甚少。尤里乌斯则不同，他总被带到外面去。最有可能的解释是他想待在人类中间。小时候他受到人类的关注，这给他留下深刻的印象，他长大后也想寻求复杂的社会交往。事实上，比起黑猩猩，他更在意的是人类。黑猩猩馆外面有他想念的人类朋友，同时也有看起来让他十分憎恨的人。

　　动物园里的一名清扫工就属于后一类人。可能因为他倾倒垃圾桶时噪声较大，而垃圾桶离尤里乌斯的圈舍很近。噪声在黑猩猩的世界是彰显权力的信号，尤里乌斯可能认为这是对他的挑衅。奥德瓦尔·伊沃森于一九九二年六月开始任动物园的垃圾运输司机，他很早就觉得尤里乌斯不喜欢他。一天晚上，他背对着黑猩猩的圈舍整理垃圾袋，突然尤里乌斯使尽全身力气撞向他身后的玻璃，好像要抓住他或恐吓他。伊沃森认为很有趣，于是挥动拳头砸了砸身后的玻璃。尤里乌斯并不认为这是有趣的事。[169]

　　第二天，也就是一九九二年六月七日，星期日，晚上七点左右，伊沃森按照常规路线，开着垃圾车在园区里收垃圾，同行的还有一名清洁工。他十三岁的儿子站在卡车后部的踏板上。他们不晓得此时尤里乌斯又一次跑了出来。这次尤里乌斯偷偷溜出黑猩猩馆，躲藏在纪念品商店的墙后。他等待着垃圾车沿着常规路线开来。没有人发现他再次出逃，这次他选择进行伏击。垃圾车离纪念品商店越来越近了，尤里乌斯猛地蹿了出来。同事首先发现了他，惊呼"尤里乌斯来了"。伊沃森从后视镜看到了尤里乌斯，非常害怕儿子或同事被尤里乌斯抓到，因此踩油门加速，可是尤里乌斯根本无视他们两个，一心追赶卡车。伊沃森脑海里突然闪现出一丝希望，希望尤里乌斯另有所图，而尤里乌斯清楚地知道自己要干什么。卡车车窗是开着的，尤利乌斯一跃而起，抓住后视镜，纵身通过车窗钻进驾驶室。伊沃森急速刹车，试图用左手把他推开，尤里乌斯却咬住伊沃森手腕上的手表，使劲挤进来，挤在伊沃森的身体和方向盘之间。伊沃森使出全身力量击打尤里乌斯，好几拳打到他的耳朵，尤里乌斯好像根本没注意到。尤里乌斯强壮得多，他抓住伊沃森的拳头，使劲掰开食指，企图将食指咬下来。虽然没有咬中，但是仍然把伊沃森的手掌撕开一个大口子，弄得驾驶室血迹斑斑。同事爬上车顶，试图从车窗进入驾驶室，帮助伊沃森对付尤里乌斯。儿子也跑过来，打开副驾驶一侧车门，却看到浑身是血的父亲正与一只强壮的黑猩猩搏斗，顿时吓得尖叫起来，掉进了旁边的鸭子水塘里。由于疼痛或恐惧，伊沃森使尽全身力气大声呼叫，呼喊声救了他一命。尤里乌斯从车窗跳了出去，他发现了两名保安。两名保安赶紧往相反方向跑，跑得上气不接下气，勉强与尤里乌斯拉开距离。[170] 公园里的警报早已拉响，扬·埃里克·延森又一次出动。尤里乌斯对延森依然有足够的信任，延森没费吹灰之力就结束了这场危机，他把尤里乌斯领回了圈舍。

奥德瓦尔·伊沃森被直接送到西阿格德尔郡中心医院。手指的筋已被咬断，他非常害怕手指保不住，不希望成为爱德华·莫赛德"断指俱乐部"的成员——爱德华和尤里乌斯都在与黑猩猩搏斗时失去一根手指。最终医生保住了伊沃森的手指，从胳膊上取下一块皮植在手掌上。由于被黑猩猩咬伤，引起了并发症和高烧，伊沃森住院治疗两周，而那根手指再也没能弹动自如。幸亏我是左撇子，他这样安慰自己。[171]

伊沃森康复以后，重新回到原来的工作岗位。爱德华·莫赛德赔偿给他一只手表，并一再叮嘱伊沃森不要对外讲述这段经历。一些媒体得知了这个事件，但谁都没能直接与伊沃森取得联系。爱德华又一次掩盖住了，但在动物园内部，他极为严肃地对待这次发生的事件。伊沃森承诺会保持沉默，条件是莫赛德确保永远、永远不会让尤利乌斯再次出逃。

黑猩猩的道德

这是尤里乌斯第五次出逃，显然，这是最危险的一次。动物园必须采取措施了。全体工作人员必须好好思考一下尤里乌斯究竟为什么要这样干。尤里乌斯的这次攻击是血腥的、毫无意义的，然而他是不道德的吗？黑猩猩有道德这一说吗？毫无疑问，他们是有规矩要遵循的。他们能学会遵守动物园的饲养员所制定的规矩，他们清楚，一旦违反这些规，就要承担后果。[172] 在自然界，黑猩猩也有自己的规矩要遵循，即使没有人类的参与。例如互惠原则，也就是说一只黑猩猩帮助了另一只黑猩猩,那么他可期待对方也会帮助自己。因为他们生活在同一社群之中,都有很好的记忆,所以互惠原则逐渐发展成一种有效的机制。黑猩猩懂得有"付出"才能有"收获",他们能够做很好的交易。例如一只黑猩猩获得了另一只黑猩猩给予的食物,就会因此为后者梳理皮毛、捉拿虱子。这就是服务换食物的交易。[173]

但是,为了谈论黑猩猩的道德问题,或者说我们人类所指的道德在动物界的表现,我们必须进行深层次的研究,而非停留在描述动物遵守规矩或互惠原则上。我们至少还要探讨移情,探讨黑猩猩是否懂得同伴可能在经受痛苦,是否理解自己造成了同伴的痛苦,是否能表达类似悔意的感情。事实上,上述特征都在黑猩猩世界有所表现——黑猩猩能够帮助清理对方的伤口。在野外,如果群体中的一只黑猩猩生病或受伤了,其他黑猩猩会予以照料,会等待其病愈后再行动,或放缓行动的速度。如果一只黑猩猩打伤了另一只黑猩猩,随后他会设法减轻对方的疼痛。他清楚地知道对方哪里受了伤。很明显,他懂得殴斗导致的后果,他能记住自己击中了对方什么部位,并且知道那会引起疼痛。因此他知道为了缓解对方的疼痛应该做些什么。[174]

此外,黑猩猩的移情还表现在可以关怀其他种类的动物。有很多黑猩猩帮助受伤鸟类和其他动物的实例。黑猩猩露希同特莫林夫妇一起生活了十二年,如果"人类父母"感到痛苦,她会明显做出试图安抚的动作。例如有人感冒了,在卫生间的马桶边呕吐,露西会跑过来,帮助轻拍后背。[175] 黑猩猩甚至会冒着很大的危险去拯救或帮助跟自己没有任何血缘关系的动物。生物学家应该讨论为什么会发生这样的事,而非是否会发生这样事。当然互惠原则可以对此给予一定的解释。一只黑猩猩解救了另一只处于危难中的黑猩猩,那么他会期待自己遇到困难时对方能前来帮助自己。但是在自然界还有很多实例,例如黑猩猩收养失去父母的小黑猩猩,这意味着付出大量心血,谈不上有何回报。在自然界,不但雌性黑猩猩会这样做,在象牙海岸进行的一个研究项目显示,在三十年间一共观察到十只雄性黑猩猩收养过失去父母的小黑猩猩,这些孤儿与他们没有任何血缘关系。[176]

　　上述事例都表明了我们可以想象黑猩猩中间存在着较为单纯的道德感。此外还有事例可以表明，黑猩猩能够感到羞愧，对自己做的错事感到后悔。德国一家动物园园长伯恩哈德·格茨美克有一次遭到黑猩猩的袭击，伤势严重。然而袭击过后，这只黑猩猩对他表现出少有的、热切的关心，想帮他料理伤口。[177] 克里斯蒂安桑动物园的饲养员尚且可以进入黑猩猩圈舍时，有一次，一名饲养员注意到丹尼斯不太对劲。丹尼斯把饲养员一把抓住，甩向墙壁，饲养员狠狠地撞在墙上。她最终逃离险境，活着走出圈舍。但是当她再次见到丹尼斯时，他明显表现出歉意。他低伏着，慢慢接近她，握住她的手，像狗一样轻轻咬她的手指。[178] 黑猩猩露希学会了较为高级的手语后，可以进行复杂的表达，她是世界上第一只会用手语表达"后悔"和"耻辱"的黑猩猩。她显示了自己有说谎的意识，或者至少可谓企图说谎的意识。她和特莫林夫妇一起生活的时候，有一次，她不小心将大便拉在地板上，手语专家罗杰·傅茨问她这是谁拉的大便。

　　"这是什么？"他问。

　　"露希不知道。"她回答。

　　"你知道，这是什么？"傅茨再次问。

　　"屎，屎。"露希回答道。

　　"谁的屎，屎？"傅茨问。

　　"是苏的。"露希回答说，她试图将责任推卸给苏，苏是另一名手语研究员。

　　"不是苏的，是谁的？"傅茨坚持问道。

　　"是罗杰的。"露希试图说谎。

　　他再次否定了她，最后她终于放弃说谎。

　　"是露希的屎，屎。露希对不起。"[179]

　　这段对话很有趣，可以挖掘多个层面的意义。它展示出黑猩猩意识到了真相和谎言的区别，以及掩盖或试图掩盖事实的能力或意图。该段对话还表现出一种羞耻感。露希并不害怕会遭到惩罚，显然这不是第一次，也不会是最后一次她将大便拉在客厅里，她并没因此受到惩罚。尽管如此，她对自己的行为感到惭愧。

更令人惊讶的是黑猩猩瓦舒的反应，瓦舒是黑猩猩学习手语的先驱，当时，照顾她的一名女饲养员产下一个死婴。这名饲养员从怀孕、产子到产后悲伤的恢复期，经历了很长的时间。她返回工作岗位时，瓦舒起初表现得很冷漠，拒绝接近她，一般情况下瓦舒对再次见到离开很久的饲养员时都是这种反应。这名饲养员决定将自己经历的一切告诉瓦舒，她用手语表示"我的婴儿死了"。瓦舒自己也曾失去两个婴儿，她困惑地盯着饲养员，随后打出了"哭"的手语。瓦舒的手温柔地覆在饲养员的脸上，并用手指从眼睛顺着脸颊轻轻划下，像一滴眼泪流淌。[180]

"辛辛监狱"

当然，谁也不知道尤里乌斯对奥德瓦尔·伊沃森发起攻击时究竟是怎样想的。但是他很有可能懂得他的行为会让对方感到痛苦，尤里乌斯因此觉得有趣，也许还有一点悔意。无论是哪种情况，他将有足够长的时间去思考这个问题——动物园方面将要对他进行长久的惩罚，不是出于道德或法律层面的原因，而是出于预防性考虑。作为雇有众多工作人员、公众汇集的场所，动物园必须对所有员工和游客的安全负责。之后的几天，尤里乌斯都被关在自己的圈舍里，游客和其他人无法看到他。动物园召开了紧急会议。黑猩猩馆的安全措施已经比规定的严格得多，那为什么在六年的时间里尤里乌斯能够出逃五次呢？人们觉得这和尤里乌斯与人类生活的经历有关，他变得十分聪明，安全措施对他而言显得简单了。《世界之路报》称，动物园方面正在讨论杀死尤里乌斯的计划。当挪威电视台询问莫赛德时，他断然予以否认。[181]

最终，动物园决定今后仍要将尤里乌斯隔离开来，继续关禁闭。与此同时，动物园加紧为尤里乌斯和尤瑟芬娜修建一幢属于他们自己的"单元房"，莫赛德提到这个名称时有些脸红。这个"单元房"不过是三十平方米的巨大鸟笼，四周围着绿色的格栅，内设一个红色的弹簧摇摆玩具。"单元房"可以通向室内更小的供睡觉用的圈舍。《世界之路报》用精辟的语言总结道："活着总比死了强。"[182] 但是这种解决方案只是暂时的，总不能让尤里乌斯在这个笼子里度过余生。莫赛德对目前的解决方案感到羞愧。动物园内部将这个笼子称为"辛辛监狱"，如同纽约哈德逊河岸边上的那座著名的监狱。

第一次被领进这个笼子里的时候，尤里乌斯四处跑动，仿佛在查看有没有出逃的路径。笼子抵住的一面墙体上墙皮有些脱落，他立刻跳过去，查看是否有出逃的可能。又用手挖格栅的下面，看看能否挖一条地道。所有的探查结果看起来令他十分沮丧。半小时后，他开始向笼子外投掷石块，并且大声嚎叫。

如今游客看到的是关在笼子里的尤里乌斯，他们都觉得不好受。莫赛德会解释道："这不是长久之计，但是现在我们真不知道该怎么办。尤里乌斯太聪明了。"[183] 尤里乌斯是挪威最受欢迎的动物。他是十年来最具影响力的"南方人"。他是动物园最具吸引力的动物。然而如今他被关在笼子里，成了一只功能失调、十分危险的黑猩猩。

奥德瓦尔·伊沃森是少数对尤里乌斯被关进笼子里感到高兴的人之一。尤里乌斯对他的攻击令他感到心有余悸。他的儿子夜里经常做噩梦，梦见尤里乌斯。一次，奥德瓦尔·伊沃森在园区巡视时，他突然很好奇，想看看尤里乌斯是否还能认出他来，于是他决定走到尤里乌斯的笼子那边去。他站在一群游客中间，隔着距离望着尤里乌斯。尤里乌斯却立刻认出了他，并且变得十分暴躁，在笼子里来回蹿动，并且搜集许多小石块，隔着栅栏使尽全身力气扔向伊沃森。[184]

关于黑猩猩的后悔意识就赘述这些。

FORBRYTELSE OG STRAFF

尤里乌斯被关进再难出逃的笼子里

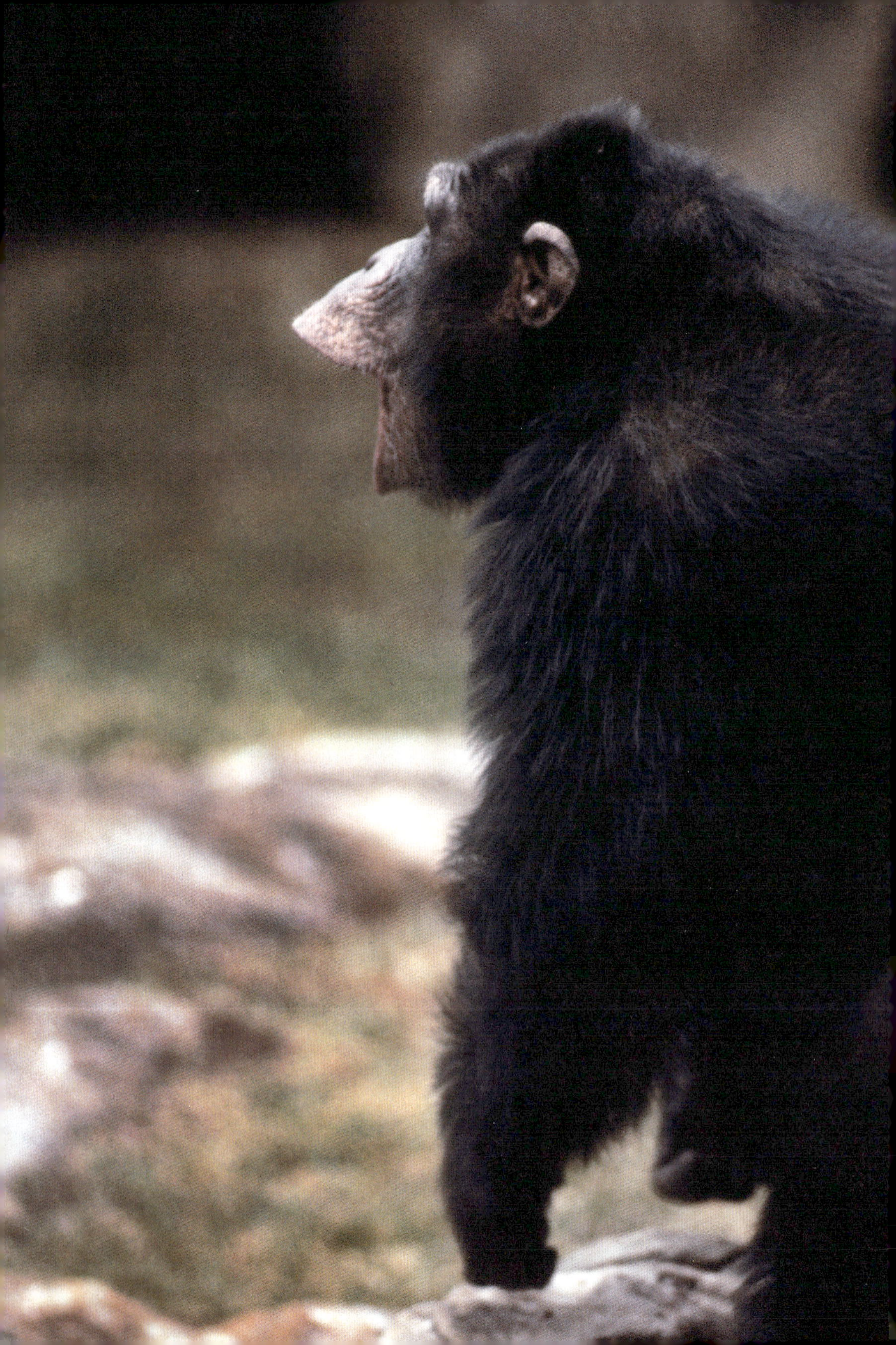

第八章

四次婚礼
和
一次葬礼

动物园方面最终应该发现,黑猩猩尤里乌斯已是如此沮丧,他的生活变得一团糟。[185]

——贡瓦尔德·奥普斯塔德

尤里乌斯踏进新建成的尤里乌斯岛

人们常说，动物园里的动物是健康的、舒适的，同时也容易繁衍后代，事实并非如此。尤里乌斯和尤瑟芬娜在笼子里的生活并不快乐，这只是应对危机的临时解决办法，而非可以当作榜样的应对方式。唯一一点好处是他们两个可以住在一起。身处窄小的笼子，他们能够做的实在不多。尤瑟芬娜很快就怀孕了。

但是尤里乌斯和尤瑟芬娜要熬过一个漫长的冬天。饲养员们想尽一切办法，在白天的工作时间和他们互动，增加他们的活动，可是在冬天，饲养员下午三点半就下班回家了。每当饲养员想到两只黑猩猩要在黑暗的笼子里度过十六个小时，就如同针扎在心上一样译注5。[186] 所幸他们终于度过了这个漫长的冬天，一九九三年五月十五日，尤里乌斯当了爸爸。尤瑟芬娜生了一只雄性小黑猩猩。上一次分娩时出现意外，动物园从过去的失败中吸取了教训，准备得更充分。他们还不能确定尤瑟芬娜将如何行使母亲的职责，于是等待时机成熟再对外公布这个好消息。尤瑟芬娜母子被照料得很好，并且始终在密切关注下，这样过了三周才公布消息。一九九三年六月四日，恰逢动物园加入挪威股市的第二天，首次向公众展示了这只取名为小尤里乌斯的雄性黑猩猩的照片。多家报纸立刻予以转载，虽然媒体热度不如尤里乌斯出生时那样高。[187] 目前尤瑟芬娜和她的孩子仍然在隔离中，但是如果一切都正常的话，一九九三年的夏天将是小尤里乌斯成为动物园焦点的时候。

奥斯陆大学社会学教授斯坦·布洛滕正在撰写一部关于人与人之间从出生到暮年的基本交流和社会行为的书，他希望了解在黑猩猩世界是如何运作的。动物园允许他在园内进行实地考察，对尤瑟芬娜和小尤里乌斯之间的互动行为进行观察、记录和绘图。斯坦·布洛滕躲在灌木丛中，见证了尤瑟芬娜面对突发事件时反应有多么迅速。当时小尤里乌斯无法咳嗽，也哭不出来，母亲立刻明白孩子出了问题。她俯下身子，用她的大嘴对准他的小嘴猛地一吸，将贴在

译注5　克里斯蒂安桑市位于北纬58度，比中国最北部的漠河仍高出两度，因此冬季黑夜漫长。

小黑猩猩喉咙里的草秆吸了出来。而且她还不无骄傲地举起草秆，展示给饲养员看。[188] 尽管如此，尤瑟芬娜仍然不是一个称职的母亲，她有时对待小黑猩猩就像当年桑娜对待尤利乌斯一样。"她把孩子放在一旁不予理睬，有时甚至抓住小黑猩猩的手臂，甩来甩去。小尤里乌斯看起来愈发虚弱。"这是在小尤里乌斯出生第二十五天时布洛滕的记录。[189]

尤里乌斯仍然被禁闭在笼子里，与此同时，动物园正筹划投资几百万挪威克朗修建一个能防范出逃的室内丛林。这个计划，或者叫梦想，是希望尤里乌斯在这个新环境里能与其他黑猩猩一起过上安稳、和谐的生活。目前这个群体共有十一只黑猩猩，他们会一起去室内丛林生活。十一只黑猩猩包括：尤里乌斯、尤瑟芬娜和小尤里乌斯、谢尔和比利，还有他们的首领查姆皮斯和两只成年雌性猩猩迪希和比妮。比滕是比妮生的，可惜与很多小黑猩猩一样不满一岁就死了。迪希一共生育了三个孩子，耶斯波是五年前出生的，列奥一年前出生，图比亚斯刚出生不久。之所以能在列奥出生后仅一年便能怀上图比亚斯，是因为迪希抛弃了列奥并且撕咬他。列奥被抱离猩猩群，现在与格莱特·斯文森一起生活。动物园为了安置他，在积极联系欧洲其他动物园。

十一只黑猩猩中有七只出生在克里斯蒂安桑，他们都将于一九九四年夏天迁入新建成的室内丛林。室内丛林总面积为一千三百平方米，总投资为一千两百五十万挪威克朗。修建室内丛林的目的，是想让黑猩猩们能像在自然栖息地一样生活，此外游客也可以近距离观察，无论是在寒冷的冬天，还是夏季的阴雨天。还有很重要的一点，就是出逃的可能被完全排除。[190] 十一只猩猩可以经过一扇门和一座桥，来到原来的黑猩猩岛。目前通道和黑猩猩岛仍在关闭中，动物园还在对黑猩猩岛进行改造和加固，杜绝出逃的可能性。

流行歌星、保护热带雨林的倡导者莫滕·哈尔凯特于一九九四年六月二十四日来为新建成的室内丛林剪彩。哈尔凯特和尤里乌斯是八十年代挪威最著名的两个明星，当时许多儿童的房间里都贴着他们俩的大幅海报，可是到了九十年代中期，他们的名声已远不如以前。莫滕·哈尔凯特带着夫人卡米拉·哈

流行歌星莫滕·哈尔凯特（左一）同格莱特·斯文森、小黑猩猩列奥、卡米拉·哈尔凯特和女儿图米娜一起参加室内丛林的揭幕式

尔凯特和一岁的女儿图米娜一起来了。一家人首先见到了一岁的小黑猩猩列奥，格莱特·斯文森抱着他在动物园内四处闲逛。莫赛德的女儿安娜·莫赛德已长大成人，并且当了妈妈，因此莫赛德也抱着一岁大的小孩四处闲逛。这下子好像是一个一岁孩子的聚会，于是大家的注意力聚焦在孩子身上，不由得开始讨论他们未来的生活环境会是如何。新建的室内丛林恰恰体现了重审动物园作用的新思路。在二十世纪八十年代和九十年代，许多动物园都开始转变自己的形象。十九世纪，最早的动物园犹如科研机构，承担着向大众普及知识的任务。如今，面临环境危机日益加剧的问题，动物园则更重视保存珍稀物种。在野外已濒临灭绝的动物应该可以在动物园有继续存在下去的可能。当然，动物园在本质上是商业机构，但是游客已不愿意掏钱买票进入动物园去观看那些活

得不开心的动物。动物园应该像现代版的诺亚方舟。动物园应该担负的新角色，在一九九三年制定的《世界动物园保护战略》中得以确定，克里斯蒂安桑动物园当然是包括在内。[191] 如果说动物园依然有教育的责任，那么当务之急就是要唤起公众对地球真实状况的认识，改变人类是大自然的主宰这种偏见。"室内丛林能够让游客看到大自然是如何生生不息地进行下去，同时它也是脆弱的生态系统。那些有觉悟的人在这里可以学到很多东西。"莫滕·哈尔凯特说。[192]

新建成的室内丛林会把动物园带入一个崭新的时代。爱德华·莫赛德一手创建了这个动物园，可是他还能继续干多久不得而知。他的健康状况很糟糕，他有过心肌梗塞和中风，而且与夫人玛丽特·莫赛德聚少离多。此外，他还在与企划部主任泰利耶·弗尔莫打官司，是关于虚构人物塞伯斯坦船长的使用权纠纷，因为动物园利用该虚构人物赚得盆满钵盈。或许现在该是结束这一篇章的时候了。眼下，他对领导成员进行了改组，向董事会请了长假，要去委内瑞拉进行一次康复性旅行。莫赛德尽量少带行李，随身带了一本《圣经》和一本天主教的祈祷书，在当地人的陪同下进入丛林。[193] 他踏上了与尤里乌斯相反的道路。尤里乌斯本是一只丛林动物，然而他一直生活在靠近北极的一个小国家，被人群所包围。爱德华·莫赛德是园艺师，是动物园园长，却要远离现代文明，深入委内瑞拉的原始丛林。他们过着对方的生活。有许多员工都为园长的出走感到担忧，他们认为这次旅行无异于说得好听些的自杀旅行。[194] 可是谁也没想到，几个月后，爱德华·莫赛德回来了，而且是带着新的构想。

"新娘抵达"

不久，全体黑猩猩就都迁入新落成的室内丛林。起初设想尤里乌斯可以在不引起注意的情况下，与其他黑猩猩一起在室内丛林生活，这却行不通。首领查姆皮斯压根就不接受尤里乌斯成为群体的一员。查姆皮斯觉得尤里乌斯具有挑衅性，雄心勃勃，把他看成潜在竞争对手。饲养员每天要将查姆皮斯隔离几小时，尤里乌斯才能与其他黑猩猩待在一处。但是只要查姆皮斯一回来，马上就会产生矛盾、争斗，引起混乱。[195] 于是不得不再次用上老办法，让尤里乌斯和查姆皮斯轮流关一天禁闭。如果在夏天或暖和的日子，这个方法倒是不难施行。一个可以与黑猩猩群一起待在岛上，另一个则可以待在室内丛林；如果到了冬天，他们两个中的一个就只能关在笼子里。[196] 这会让黑猩猩发疯。尤里乌斯回归群体的进程，又退回到起点，他无法融入群体之中。试想尤里乌斯在接下来二三十年的岁月里，都是这样被孤立的状态，实在令人感到难过。

更糟糕的是，尤瑟芬娜对小尤里乌斯失去了兴趣。她不给他喂奶，还把他放在一旁，一连几个小时不理睬，或者直接把他推给父亲尤里乌斯。尤里乌斯抱着儿子，用疑惑的目光看着饲养员。[197] 饲养员只好时不时地将小尤里乌斯抱离开，喂他足够的食物。但是这种方法终于是有限的，还没来得及想出更好的办法，小尤里乌斯就在一九九五年三月十七日因患肺炎夭折了。[198] 这没有引起公众特别的关注。将小尤里乌斯养大，养成一只健壮的黑猩猩当然很难，更让人沮丧的是让尤里乌斯过上正常的生活竟然这么难。他无法融入黑猩猩群体之中，也没能养育一个健康的孩子。

动物园自身也面临危机。一九九五年是糟糕的一年，游客人数下降了五万，亏损高达一千八百万挪威克朗。泰利耶·弗尔莫辞职了，但是与莫赛德的官司还在继续打。身居要职的有多人辞职，此时莫赛德却精神焕发地从委内瑞拉归来。他重拾过去的进取心，不想在危机面前退缩。他依然任动物园园长，并且提出一项新计划，让动物园回归初衷。游客不该是被海盗表演或圆木漂流吸引来到动物园，动物才应该是动物园的核心部分，动物应该再次成为焦点。那么，还有比尤里乌斯更有价值的动物吗？

"是时候让尤里乌斯重新振作起来。"爱德华·莫赛德对动物园的新领导阿尔纳·玛格纳·罗伯斯塔说。[199] 莫赛德的计划是围绕尤里乌斯组建一个新的黑猩猩群体，也就是说尤里乌斯是首领。他想在室内丛林旁边为这个新群体修建一个大山洞，取名叫尤里乌斯山洞。还想从国外动物园引进一只雌性黑猩猩，希望她成为尤里乌斯的配偶，一同生儿育女。动物园本来没有资金修建这个设施，董事会也不会同意，然而此时赞助人纷纷站了出来，要为尤里乌斯慷慨解囊，动物园的员工也表示愿意为建设尤里乌斯山洞进行义务劳动。一九九六年二月十二日，正式开工建设，计划在当年五月五日落成竣工。[200]

这样一来，尤里乌斯就拥有属于自己的室内和室外的活动场所，而且防范严密。山洞内面积为一百平方米，建有假山石供尤里乌斯他们攀爬，甚至修建了一条小瀑布。动物园兽医古恩·霍伦·罗伯斯塔先后到瑞典、丹麦和德国的动物园，物色一只健壮的雌性黑猩猩。她必须十分稳重，能够适应反复无常的尤里乌斯。最终她在哥本哈根动物园选定了黑猩猩米芙。据罗伯斯塔介绍，米芙长得很漂亮，皮毛有光泽，看起来安静、稳重。米芙于一九八七年八月二十九日出生，尚不满九岁，刚刚性成熟。动物园领导阿尔纳·玛格纳·罗伯斯塔对《祖国之友报》讲，不排除"以前米芙曾与其他雄性黑猩猩有过性接触"，但他猜测"交往次数不会太多"。[201]

一九九六年四月二十三日，阿尔纳·玛格纳·罗伯斯塔和古恩·霍伦·罗伯斯塔夫妇二人乘飞机去哥本哈根迎接米芙。这天对米芙来说是漫长而奇妙的一天。米芙出生在哥本哈根动物园，那里的设施全部在室内，米芙从未去过室外，从未呼吸过外面的新鲜空气。这次她不仅平生第一次乘坐飞机，今后还要逐渐适应在室外活动，而且要与一只有些捉摸不定的、陌生的黑猩猩生活在一起。这天，丹麦动物检测机构证明米芙身体没有携带沙门氏菌，没有患肺结核，然后才与动物园告别，饲养员对于米芙的离开感到很悲伤。米芙被装入一个特制的旅行用笼子，运往哥本哈根卡斯特鲁普机场。从哥本哈根起飞的马士基航空公司0228航班为了给米芙的笼子腾出足够的空间，拆除了三排座椅。作为赞助商，航空公司这次是免费运送米芙，机长延斯·哈尔德郑重宣布欢迎米芙乘坐本次航班，并为其提供"猿猴公务舱座位"。航空小姐为其他乘客提供咖啡的时候，为米芙送去了水果。四月二十三日深夜，飞机降落在挪威的土地——谢维克机场。莫赛德亲自到机场迎接。他试图越过栅栏看米芙一眼，可是她伸出手狠狠地在他脸上打了一下。[202] 莫赛德觉得这是个好兆头。

经过长途旅行以及四周环境的改变，米芙感到十分疲惫。她被直接送到动物园，在为她准备好的圈舍安顿下来。米芙把稻草聚拢在一起做成一个窝，想赶快休息。而尤里乌斯只与米芙相隔两个笼子，他立刻嗅到有陌生的雌性黑猩猩来了。尤里乌斯不停地呼叫和敲击，让米芙睡不着，最后她终于无法继续忍受，起身狠狠地砸了砸墙。这种反应起了作用，尤里乌斯安静了下来。饲养员们一直在观察他们，都认为这是很好的迹象。米芙可能具有相当的勇气，与尤里乌斯正配。[203]

媒体对尤里乌斯早已没有多少兴趣，但是米芙的到来又使公关宣传和媒体报道的积极性高涨起来，这在挪威娱乐历史上是绝无仅有的。动物园的这副牌打得太漂亮了。整个过程，包括什么时候去哥本哈根接米芙，飞机什么时候在谢维克机场降落等，都通报给挪威所有媒体。挪威发行量最大的《世界之路报》成为唯一一家被邀请进行现场报道的媒体，跟踪报道米芙从哥本哈根到谢维克机场的全过程。哥本哈根动物园的饲养员不明白，为什么一个庞大的挪威记者团前来报道运输一只黑猩猩的新闻。[204]《世界之路报》非常珍惜这次独家现场报道权，采用了相当大的篇幅进行报道，几乎像在报道王室成员的婚礼。米芙抵达挪威国土的第二天一早，挪威发行量最大的报纸的头版刊登了米芙的大照片，又用了两个版面报道了这次特殊的动物运输过程。这天晚上，挪威电视二台和国家广播公司电视台都以米芙为题制作了报道节目。连丹麦的报纸也热情地对此进行报道，《贝林时报》的标题是《丹麦—挪威的黑猩猩情缘》，并且请哥本哈根动物园的兽医艾利克·埃里克森向丹麦的读者介绍，为什么挪威举国上下关注运送一只黑猩猩的新闻，"尤里乌斯在挪威非常受欢迎，这就好比王储有了女朋友"。他不知道挪威电讯社真的派出了报道王室新闻的专职记者去跟踪报道尤里乌斯的故事。[205]

FIRE BRYLLAUP OG EI GRAVFERD

1996年4月24日，《世界之路报》头版头条，
尤里乌斯的新娘已经来到挪威

　　米芙与尤里乌斯相会之前，有十天的时间适应动物园的环境。五月五日会是尤里乌斯山洞正式开门的日子，也是尤里乌斯和米芙正式见面的日子。凡尔登·甘从米芙到达挪威的第一天开始进行倒计时，记录每一天的黑猩猩活动。"日后的历史学者读到他的记录时，会觉得一九九六年南部挪威人都全神贯注地等待一只黑猩猩开始交配。"《祖国之友报》讽刺道。[206]

　　来到挪威四天以后，米芙第一次独自进入尤里乌斯山洞，此时尤里乌斯在外面，她可以自由地探索一下。不久，她找到一些新鲜的稻草，在一个角落做了窝，在那里小睡了一会儿。比起克里斯蒂安桑动物园的黑猩猩，米芙的举止行为显得不同，明显带有人类的影响。例如当她打哈欠的时候，总是"礼貌"地用手捂住嘴，吃香蕉时从不自己剥皮，而且她在饮食方面十分挑剔。

一九九六年五月五日，下午一点半，是米芙与尤里乌斯相会的时刻。各路全国性的媒体、数百名儿童和成人到场见证。《挪威日报》称："为了见证尤里乌斯的世纪情缘，各路要人汇聚在克里斯蒂安桑动物园。"[207] 爱德华·莫赛德在讲话中说，有名望的挪威艺术家的居所会被称为"山洞"，而对于挪威的黑猩猩来说，这样的好地方叫尤里乌斯山洞。[208] 克里斯蒂安桑市长比约格·瓦勒维克为尤里乌斯山洞正式启用剪彩，在栅栏门打开之前，市长预祝这对夫妇"幸福、美满"。尤里乌斯可等不及了，立刻跑了进去。现场的客人可以向山洞里面投掷香蕉，以庆祝这个喜庆的日子。尤里乌斯开心极了，他揪了一把把鲜花和植物，又把它们抛向观众。

米芙一直安静地坐在她的角落。在这天早些时候，动物园在没有媒体记者在场的情况下进行过彩排。当时栅栏门打开后，米芙马上就走了进去，走到带电的围网边时被电击了一下。这个电围网沿着水渠建成，为了防止黑猩猩出逃。所以现在她选择一直坐在角落里，望着外面的黑猩猩岛和观众。爱德华·莫赛德安慰媒体记者和观众道："我相信一旦他们开始相处几天，一切都会很顺利。"[209] 米芙终于尝试着走出来，尤里乌斯立刻向她跑了过去，吓得米芙瑟瑟发抖，小便失禁，赶紧跑回了圈舍。

对于米芙来说，这里的一切太新奇了。她之前从来没有在室外待过，而这一天又十分阴冷。周围有那么多人，如此嘈杂，还有一只恫吓她的雄性黑猩猩在里面耀武扬威。当然，媒体报道会把一切比照人类活动，这正是动物园的公关部门所鼓励的。《世界之路报》总结道："尤里乌斯不是懦夫，显然，这对夫妇绝不可能平起平坐。"[210]

尤里乌斯与米芙（左）同在尤里乌斯山洞

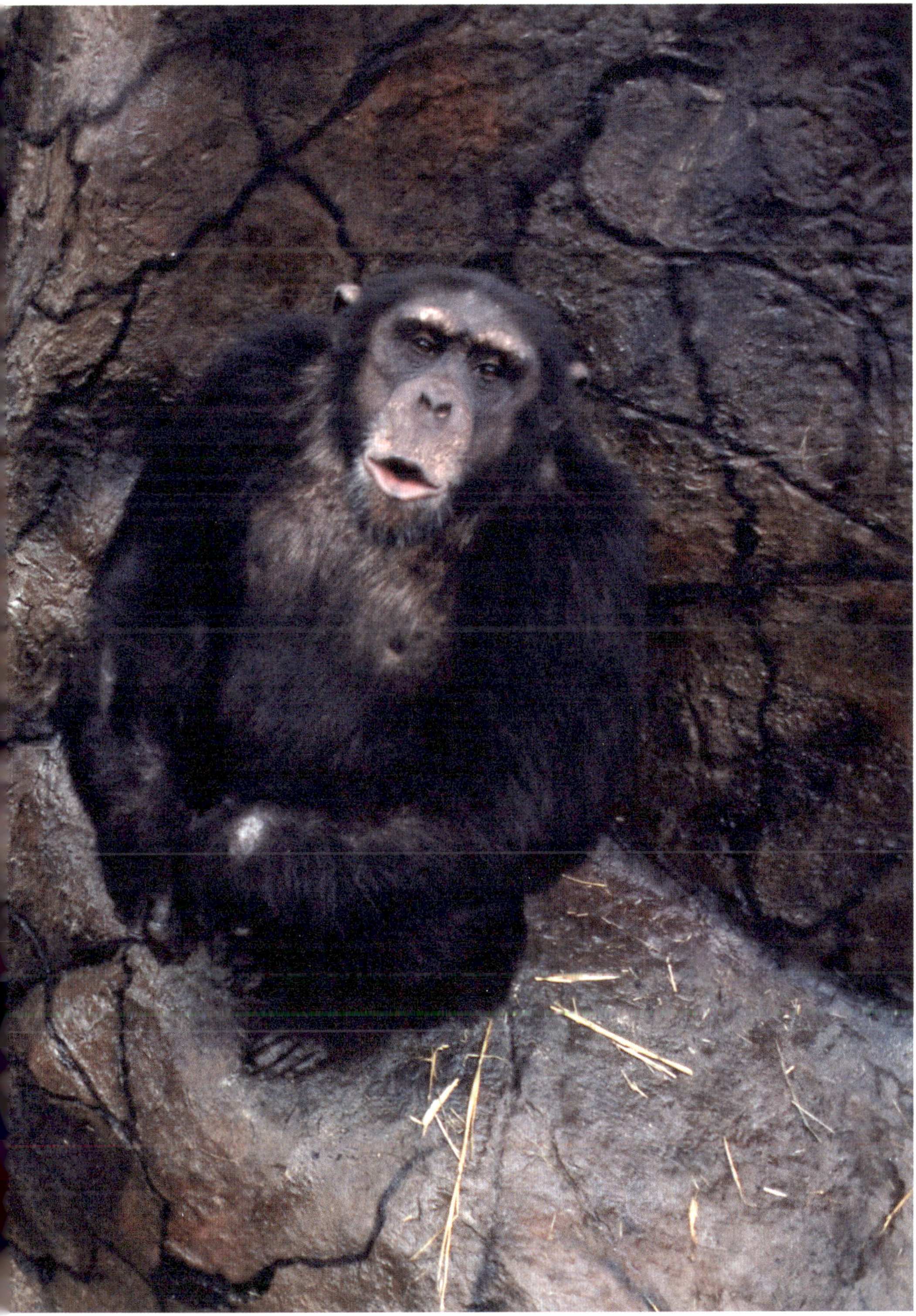

米芙的意外惊喜

　　在接下来的几天，他们俩一起待在尤里乌斯山洞里，总是隔着一段距离，观察对方。虽然已进入五月，可是外面的天气仍然很冷，饲养员担心如果米芙到外面去可能会生病。[211] 又过了一周，才将米芙放出去。米芙犹豫不决。尤里乌斯不得不先走出去，而后米芙才小心翼翼地跟在后面走出来。等她回来时，饲养员格莱特·斯文森给了她剥掉皮的香蕉，以示奖励。

　　在外面时，他们能隔着水渠看到其他的黑猩猩。五月十三日，两拨黑猩猩同时在外面活动，原来那个群体的黑猩猩们第一次见到米芙。他们看到一个新伙伴觉得很新鲜，虽然不能接触，只能大声呼叫，互掷东西。到了晚上，米芙和尤里乌斯回到各自的圈舍睡觉，白天待在一起。五月下旬，米芙和尤里乌斯已十分熟悉了。很明显，米芙更愿意接触尤里乌斯，而尤里乌斯则不是。"他对她并不是感到厌烦，更确切地说是他对她没有什么感觉。"格莱特·斯文森解释。[212] 后来让比利也加入到他们中来，动物园的计划是未来的黑猩猩群体将以他们仨作为核心。

　　米芙的排卵期还没有到来，这比期待的要迟。饲养员在观察米芙的月经是否不规律，毕竟她还很年轻，又或者是因为从哥本哈根来到克里斯蒂安桑让米芙感到紧张，打乱了她的周期。不管怎样，尤里乌斯和米芙尚且没有性的接触。到了五月底，他们终于有了身体接触。尤里乌斯多次"撞击"她的后背。对于观众来说，这看起来像是敌对性的，但阿尔纳·玛格纳·罗伯斯塔认为"他们彼此发生了兴趣"。[213]

　　尤里乌斯已经很长时间没有像本周这样引起媒体如此大的关注。从公关的角度来看，爱德华·莫赛德这次又走对了一步棋。全国有孩子的家庭在五月的

右图：尤里乌斯与米芙（左）同在尤里乌斯山洞

四次婚礼和一次葬礼

最后两周都要为暑假活动做计划，而此时报纸每天都刊登关于尤里乌斯和米芙的新闻。神学家埃文德·斯凯耶撰写了一本关于尤里乌斯的书，于一九九六年由欧瑞昂出版社发行，该书讲述了尤里乌斯从出生到与米芙结合的整个故事。与米芙的"婚姻"是人们期望尤里乌斯能有的幸福结局，他动荡的生活终于成为过去。这本书的最后五句话是这样写的："他站在山洞的一个角落。他凝视着眼前的树木、山石、攀爬软梯和水渠里面的水，还有米芙。两只黑猩猩相遇了。一个崭新的时代开始了"。[214]

而现实又一次背离了美好的期望。想让黑猩猩尤里乌斯这个已经褪色的童话重新焕发生机并不那么容易。米芙依然戒备着尤里乌斯。她依然没有排卵，不在发情期，无法与尤里乌斯交配。在米芙来到挪威国土三十八天后，也就是他们举行盛大的"婚礼"三周以后，饲养员才惊讶地发现米芙的秘密。

一九九六年五月三十日，星期四，下午六点，动物园的一名员工从尤里乌斯山洞旁经过，发现米芙下身出血，马上向爱德华·莫赛德报告了。莫赛德正在办公室里，他担心米芙受了伤，便赶忙跑向尤里乌斯山洞。他来得恰是时候，亲眼见证米芙生下一只弱小的雄性小黑猩猩。[215]

换句话说，去丹麦迎接米芙来挪威时，她已怀七个月身孕了。在她抱着自己的小宝宝坐在尤里乌斯山洞里之前，无论是哥本哈根动物园还是克里斯蒂安桑动物园都没有发现她已怀孕。检验黑猩猩是否怀孕是很简单的事，与人类一样，需要验尿，马上就能得出结果。但是没有人想到为米芙做这方面的检查，而且她的腹部隆起不明显。新生儿的体重只有一公斤左右。[216]

整个分娩过程很顺利，米芙知道自己要做什么。她抱起小黑猩猩和胎盘，找到一处干爽的地方，用稻草将小黑猩猩擦拭干净，让脐带自然垂下，等待其自然脱落。[217] 通常情况下，动物园要等待几天，如果一切正常的话再向媒体发布关于新生儿的新闻，可是当时动物园内还有几名木工在做尤里乌斯山洞工程的外部收尾工作，他们已经目睹了发生的一切，因此无法再保守秘密。爱德华·莫赛德取消了五月三十一日这一天的一切约会，专门等待应对新闻媒体。他通过传真向全国各大媒体发送了一篇新闻通报，这次谁也不会责怪他偏向《世界之路报》了。从电传发出到第一个电话打进来只间隔了三分钟。[218] 挪威国家广播公司电视台和电视二台直接派报道组来到动物园。广播电台全天多次播放了这条新闻。莫赛德没有在媒体面前掩饰自己和动物园方面对此感到多么惊讶，他说："我承认这件事令人感到有点尴尬，但是我们别无选择。"[219] 饲养员们觉得聪明的尤里乌斯一定早就懂得眼前发生了什么，所以才对米芙如此冷漠。

在公开声明中，动物园对小黑猩猩的出生感到高兴。"我们在祝贺小黑猩猩的诞生。修建尤里乌斯山洞的目的，就是为了建立一个新群体。这个过程比我们想象的快得多。"负责人罗伯斯塔表示。[220] 但是罗伯斯塔并没有说出实情。动物园方面并没有搞庆祝活动。对于观众、媒体以及动物园来说，围绕尤里乌斯讲述故事才是最关键的。小黑猩猩的出生意味着米芙要三四年后才能再次怀孕。而这个小黑猩猩的基因构成有缺陷，很可能是近亲繁殖。《世界之路报》的报道称，在哥本哈根时，米芙的父亲和兄弟都可能与她发生过性关系，"这远不是什么丑闻，在黑猩猩世界是极其常见的事"。[221]

事实上并非如此。如果父亲与女儿之间发生性关系很常见的话，黑猩猩种群在自然选择之下恐怕早已灭绝。同样地，母亲与儿子之间发生性关系也罕见。尽管珍·古道尔观察到类似行为，但是儿子必须采取强迫手段，母亲经常会予以强烈反抗。黑猩猩父女之间发生性关系通常是能够避免的，因为年岁较大的雌性黑猩猩对雄性黑猩猩更有吸引力。这种偏好间接地预防了乱伦现象的发生。雄性黑猩猩不可能弄清楚群体中哪只年轻的雌性是自己的女儿，同时又偏好与自己同龄或更年长的雌性黑猩猩交配，乱伦便不可能发生。[222]

米芙的故事对于媒体来说是可笑而矛盾的。但是对动物园世界来说，这样的事并不奇怪。判断雌性黑猩猩什么时候怀上的胎是非常困难的，甚至有时在临产前都难以发现。但是全挪威的媒体都将尤里乌斯和米芙的结合描述得像王室婚礼，如今突然生出意外枝节，如何把故事说得圆满显然很不容易。犹如一部话剧已经开演，就必须继续演下去一样。《世界之路报》继续报道这件事，并且搬出了法律的相关条款，指出妻子的丈夫是孩子的合法父亲，无论他是不是孩子的亲生父亲。该报为此甚至咨询了"父母双亲协会"的前秘书长雅尔勒·马森，该协会致力于维护单亲儿童的权利，监督离婚后父母双方要继续对孩子的抚养负责。《世界之路报》请马森对黑猩猩米芙意外产崽事件进行评论，以及在目前这种状况下是否适用上述法律条款。马森认为，身在丹麦的雄性黑猩猩失去做父亲的权利是不合理的，这件事表明该法律条款应该彻底废除。[223]

小黑猩猩落水

　　米芙的表现很棒，她是一个好母亲。米芙整天将小黑猩猩紧紧地抱在怀里。尤里乌斯和比利被隔离开，不得接近米芙和小黑猩猩。他们只能待在尤里乌斯岛上，而米芙带着还没有名字的小黑猩猩待在尤里乌斯山洞里。

　　如果仅仅是这样就好了，动物园已经因为这只新出生的小黑猩猩而得到公众的热切关注。继一九九五年惨不忍睹的亏损后，一九九六年动物园游客人数创新纪录，比上年增加百分之二十，达到五十二万人。[224]

　　到了夏天，动物园计划重新撮合米芙和尤里乌斯。七月十一日星期四，尤里乌斯、比利第一次与米芙和小黑猩猩会合。尤里乌斯起初见到米芙的时候，只是表现得冷漠，可是现在尤里乌斯显得攻击性很强，盛气凌人。他们朝对方吼叫，互相挑衅，有时还用牙咬对方，但是饲养员认为，这仍在可容忍的范围之内，是黑猩猩的正常行为。[225] 紧接着第二天，又将他们会合在一起，这次尤里乌斯暴怒。他四处蹿动，并且对米芙大打出手，六个月大的小黑猩猩也因此掉进水里。饲养员火速赶到，用高压水龙头将尤里乌斯打退，并且关了他的禁闭。阿尔纳·玛格纳·罗伯斯塔赶到现场时，发现小黑猩猩仍然脸朝下浮在水中。米芙绝望地坐在岸边观望着，罗伯斯塔看到米芙没有攻击他的意思，于是择机进入，涉水将小黑猩猩捞起。他把小黑猩猩抱了出来，给他做人工呼吸，同时进行心脏按压，希望帮助恢复心脏跳动。罗伯斯塔之前从来没有对黑猩猩进行过急救，可是这次成功了。经过一刻钟的抢救，小黑猩猩又能够呼吸了。[226]

　　饲养员们感到很紧张，不知道米芙愿不愿意接受起死回生的小黑猩猩。他们想，如果米芙拒绝接受，另一个尤里乌斯又将重现。起初，米芙的确对小黑猩猩不感兴趣，任由他自己躺在地上，可是过了一会儿，她还是选择将他抱起，重新担负起母亲的职责。

很难确认尤里乌斯的暴力行为是有意伤害小黑猩猩，还是纯属意外。但是从进化论角度看，杀死非亲生的子女是有道理的。如果小黑猩猩死了，米芙就会很快地再次进入发情期，这样尤里乌斯才有机会使自己的基因传承下去。黑猩猩当然不会这样推理，但是很多物种存在杀婴现象——每当新首领出现时，会杀死可能不是自己的亲生子女，用进化论来解释是较为合理的。在大猩猩种群中，高达百分之三十八的婴孩遭杀害。[227] 生物学家马丁·达利（Martin Daly）和心理学家马戈·威尔逊（Margo Wilson）声称，这种现象甚至反映在人类社会当中，据统计，孩子被继父杀害的数量比被亲生父亲杀害的要高一百倍。[228]

米芙的孩子有所好转，但状况仍然危急。吸进肺里的水会引起肺炎，而小黑猩猩对感染的抵抗力很弱。十五分钟没有呼吸，缺氧会导致脑损伤。一连数日，他究竟能否完全康复都是未知数。虽然无精打采，但是他仍有意识。饲养员一直密切关注着他，但是决定仍然让他与母亲待在一起，如果将他抱出来，进行更细致的医疗护理的话，以后回到米芙身边时，被拒绝的可能性更大。

在媒体讲述的尤里乌斯的故事中，这一事件很难找到合适的位置。爱德华·莫赛德不得不站出来捍卫尤里乌斯，"尤里乌斯不是杀害小黑猩猩的凶手。"莫赛德解释说，他只是有点"粗鲁和狂妄自大"。[229] 黑猩猩天性粗鲁，这句话显得轻描淡写，不会给公众留下什么不好的印象。动物园方面从来不曾说起丹尼斯那时抡起小希尼的腿摔向水泥墙，导致其头骨破裂而死的事。尤里乌斯的故事也无法包含这样的野蛮行径。尤里乌斯非常像人，他的故事，公众对他的想象都要以此为出发点。动物园的官方解释是尤里乌斯没有恶意，他只是笨手笨脚，因为他的成长过程有别于其他黑猩猩。

尤里乌斯和米芙复合的计划又得推迟一段时间。尤里乌斯和比利仍然要待在一起。到目前为止，爱德华·莫赛德始终是幸运的，媒体对尤里乌斯的报道总是积极向上。尤里乌斯的真正经历，与群体格格不入、关进笼子、出逃的尝试等等都被大事化小，小事化了。但是如今想把尤里乌斯写成好故事是越来越难了。数家报纸刊开始公开批评动物园对待尤里乌斯的方式。其中刊登在《日报》的一封读者来信中称，现在唯一的办法就是把这个"精神变态的黑猩猩"杀死。[230]《祖国之友报》刊登了贡瓦尔德·奥普斯塔德的文章，他认为动物园过度利用了尤里乌斯和米芙，只为谋求商业利益。他写道："动物园方面最终应该发现，黑猩猩尤里乌斯已是如此沮丧，他的生活变得一团糟。"他还责怪动物园"毫无同情心，滥用这些可怜的动物，当它们是活广告"。[231]

现在，想象尤里乌斯会和谐地融入黑猩猩群体显得遥不可及。那个可爱的、讨儿童喜欢的尤里乌斯的故事，发展成了一部悲剧。在亚里士多德的悲剧理论中，主人公原本过着幸福的生活，经历一个戏剧性的转折后，沦落到凄惨的境地。此时主人公才逐渐意识到自己是谁，必须面对不可逆转的命运。不幸的是，尤里乌斯的命运与上述理论完全契合：年幼的尤里乌斯在人类的陪伴下生活，过得开心；回到黑猩猩群后，他或许意识到他哪个世界都不属于。如今他又陷入漫长的被隔离的孤立状态。

"他身体很虚弱，但我们一直照料着他"

两周后，动物园终于可以松口气了，米芙的孩子并没有因那次"意外事件"留下残疾。现在他可以拥有自己的名字了。出人意料的是，很多人建议取名叫莫赛斯，最终便选择了这个名字。这个名字与爱德华·莫赛德的名字有关联，当然，那些理解《圣经》的南方人明白，莫赛斯的字面意思是"从水中捞起"。

一九九六年秋天，尤里乌斯和米芙轮流进入尤里乌斯山洞，先让尤里乌斯和比利在山洞里玩耍一会儿，然后就要让给米芙和小莫赛斯。一九九七年，米芙和小莫赛斯被引入了黑猩猩群体，而尤里乌斯和比利像受到挫折的年轻人一样，仍然滞留在尤里乌斯山洞里。也许当小莫赛斯长大了，米芙再次进入发情期时，会让她重新回到尤里乌斯山洞去。小莫赛斯仍然紧紧跟随在母亲身边，他的身体十分虚弱，自从那次落水以后，他始终没有彻底康复。一九九七年十二月十九日，小莫赛斯死了。解剖尸体也没有找到直接的死因，于是宣称他是自然死亡。但是这个时间节点可不巧，一周后，即十二月二十六日，是尤里乌斯十八岁的生日。如果说作为动物的尤里乌斯命运悲惨，作为虚构角色的尤里乌斯则并非如此，媒体仍然可以大写特写。动物园打算把尤里乌斯的生日好好策划一下，推迟发布小莫赛斯的死亡消息，不想破坏生日庆典的欢乐气氛。围绕"成年"这个话题，动物园的公关部门策划得十分周全。他们印了一幅海报，刊登着尤里乌斯被当局批准驾驶汽车的新闻，似乎他真的能开汽车一样。一家汽车销售商送给尤里乌斯一辆汽车作为生日礼物，就像王室的孩子年满十八岁时得到的礼物一样。克里斯蒂安桑市交通管理处处长谢尔·拉森甚至为他签发了一份真正的驾照。后来挪威国家汽车管理局得知了消息，责令动物园负责人阿尔纳·玛格纳·罗伯斯塔将驾照收回，并送至首都奥斯陆予以销毁。[232]

一千多名客人出席了生日庆典。他们目睹尤里乌斯吃生日蛋糕、喝橘子汽水，看着他打开装着香蕉的生日礼品盒。媒体又一次给予全方位报道。几家大报的记者都来到克里斯蒂安桑，国家电视二台在当天的晚间新闻节目中也有报道。《阿格德尔邮报》记者图尔·马丁·里恩一直跟踪报道动物园新闻，知道小莫赛斯自出生以来身体始终虚弱。在生日庆典进行中，他问阿尔纳·玛格纳·罗伯斯塔，小莫赛斯的身体到底怎么样了，罗伯斯塔回答说："他身体很虚弱，但我们一直照料着他。"[233]

一个星期后，记者里恩得知小莫赛斯死了，在报纸上发表评论称："当时小莫赛斯已经死去三天了，这是意料之中的事，因为他身体一直很虚弱。"[234]十二月三十一日，小莫赛斯死了的消息第一次被公开。"尤里乌斯的继子属于自然死亡。"电视二台是这样报道的。他们解释称，这是米芙生的第一个孩子，黑猩猩母亲没能成功地抚养第一个孩子并不罕见。然而公众得知这一消息后一致谴责尤里乌斯，说他曾出逃五次，还被禁闭过。他与尤瑟芬娜有过两个孩子，

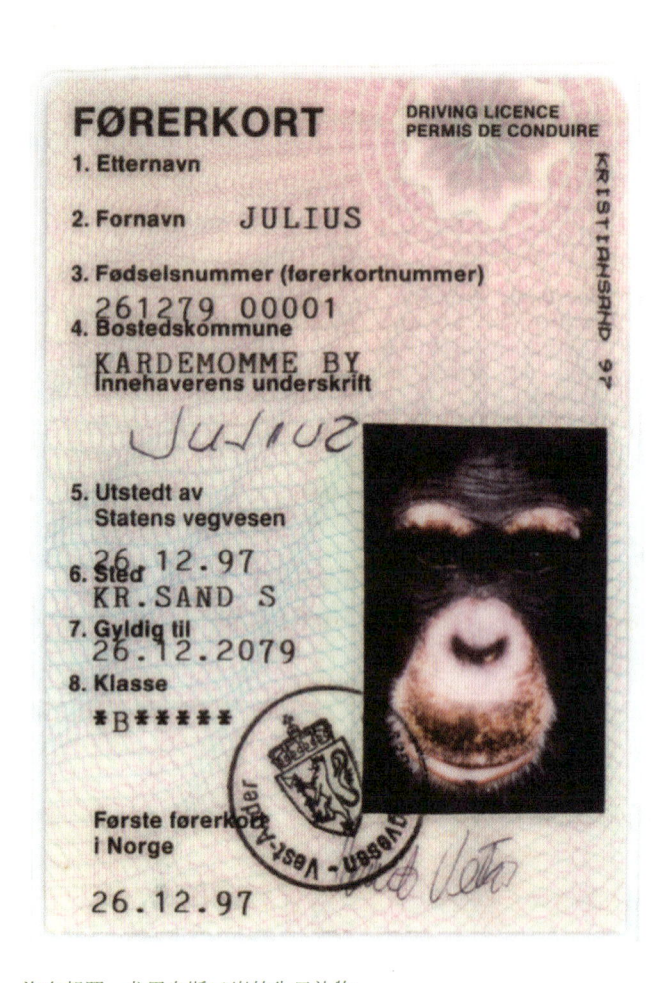

汽车驾照，尤里乌斯18岁的生日礼物

但是都死了，一个在分娩时夭折，另一个因生病两年后死去。他住在为他而建的山洞里，他有一个从丹麦引进时已经怀孕的新娘。他几乎要杀死刚出生的小黑猩猩，一年以后，小黑猩猩"自然死亡"。

媒体讲述的故事如今已变得乱成一团。起初说他与尤瑟芬娜相爱，后来又说他可能是比妮产下的死婴的亲生父亲，而后与尤瑟芬娜重归于好，最后又与"纯洁的米芙"举行了王室般的婚礼。现在他的继子死了，并悄悄被埋葬，为的是不破坏他十八岁生日庆典的气氛——犹如一出别扭的喜剧。这就是四次"婚礼"和一次"葬礼"的全过程。

坏事可能变成好事，小莫赛斯死了，米芙倒是很快会再次进入发情期，尤里乌斯终于可以和米芙在一起。阿尔纳·玛格纳·罗伯斯塔说："我们对此并没有制定什么具体策略，但是小黑猩猩的死确实加速了米芙与尤里乌斯复合的过程。"[235]

故事又讲回尤里乌斯身上。

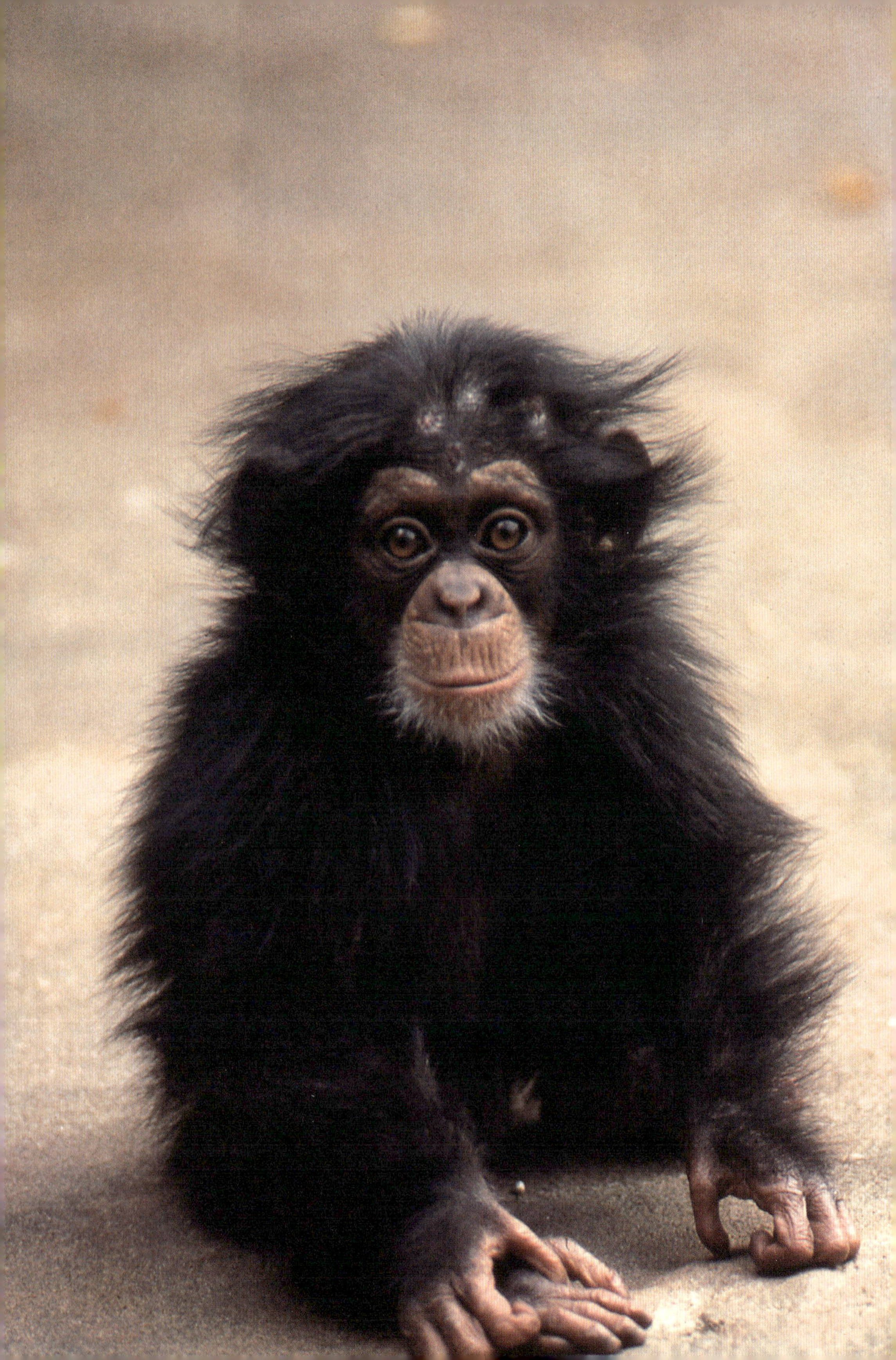

第九章

小黑猩猩

黑猩猩对自己的孩子具有非凡的耐心[236]

——弗朗斯·德·瓦尔

像气球突然破碎，爱德华·莫赛德本来已经打算庆祝尤里乌斯再次引起公众的热切关注。一时间，媒体像一九八三年那样关注尤里乌斯，然而很快便复归沉寂。尤里乌斯和米芙之间的关系告吹，他没能当上爸爸，也没能融入黑猩猩群体。媒体有其他需要关注的热点，人们似乎对尤里乌斯的故事失去了兴趣。他几乎被人们遗忘，过上默默无闻的生活。

米芙和尤里乌斯又一次聚在一起，但这次媒体没有报道。自从小莫赛斯死后，她的奶水已断，可以再次进入发情期。人们终于看到他们俩在一起为生儿育女做准备了。这次米芙和尤里乌斯相处比较融洽，不再相互敌视，但也没表现出特别的兴趣。时间流逝，她不断发情，但在她与尤里乌斯相处期间一直没能怀上小黑猩猩。

斥巨资修建尤里乌斯山洞和尤里乌斯岛的目的，就是为了尤里乌斯能够养育自己的孩子，为建立自己的家庭做准备。人们要看到开花结果，还要等待多长时间？时间是有限的。因此，动物园尝试让其他雌性黑猩猩与尤里乌斯住在一起。一九九九年春天，动物园做了一项实验，轮到尤里乌斯和比利待在尤里乌斯山洞时，将尤里乌斯的"旧爱"尤瑟芬娜放进来。尤瑟芬娜早前与尤里乌斯相处时怀孕过两次。虽然两次怀孕所生的孩子都死了，但是至少尤里乌斯和尤瑟芬娜有重归于好的可能。

之前尤瑟芬娜在尤里乌斯面前表现得顺从，可是现在却变得暴躁、容易发怒。面对山洞里面的两只雄性黑猩猩，她毫不害怕，相反，是她掌控着局面，而且对交配根本不感兴趣。起初人们以为，这是她策划已久的对尤里乌斯实施的报复，因为她年轻时受到过尤里乌斯的欺辱。后来动物园饲养员逐渐发现，她生病了。人们发现在她的下腹长有一些囊肿，她的荷尔蒙分泌受到干扰，导致她反常地具有攻击性。爱德华·莫赛德解释说："她患有荷尔蒙紊乱症，她认为自己是雄性的，她总想教训一下尤里乌斯。"[237]

那个奇怪的尤里乌斯奖也改变了关注焦点，这个奖项不再颁发给挪威语流行音乐创作者了，转而颁发给那些保护濒危动物、投身环保事业的杰出人

左起：尤里乌斯、尤瑟芬娜和比利

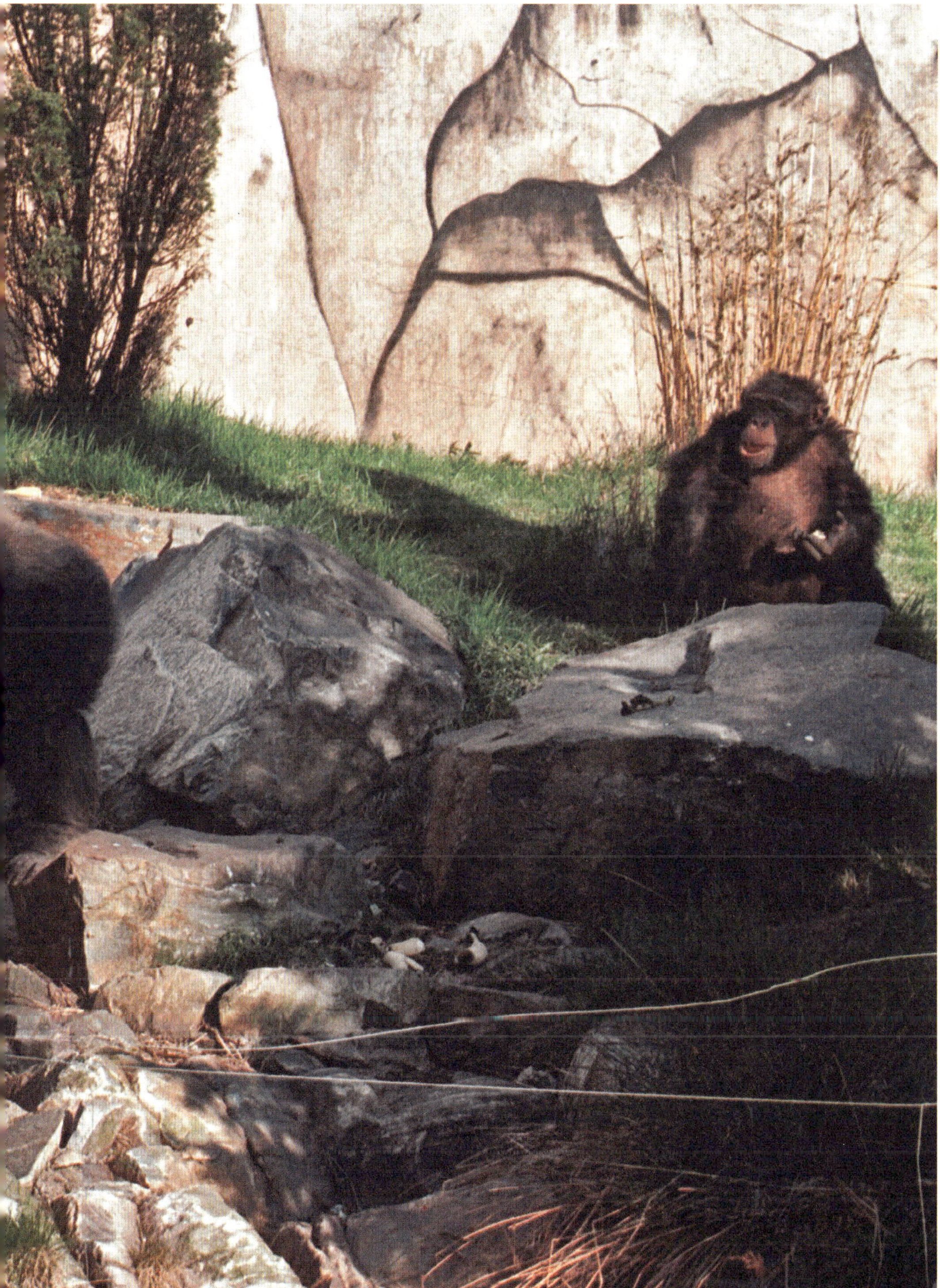

士和组织。一九九八年，这个奖项颁发给了黑猩猩研究者和黑猩猩保护运动先驱珍·古道尔。她的行程安排得非常紧凑，无法来挪威，爱德华·莫赛德便去了瑞典，将雕塑家彼得·沃雷尔铸造的尤里乌斯铜像和一张五万挪威克朗的支票颁发给她。这笔钱她将用于肯尼亚甜水自然保护区黑猩猩庇护所的扩建工程。在这个庇护所里，生活着许多失去母亲的小黑猩猩，他们的母亲都遭到射杀或被捕获。建立庇护所的目的是将这些小黑猩猩养大，使其能够独立生活，最终放归大自然。

直到二〇〇〇年初，珍·古道尔才抽出时间来到克里斯蒂安桑动物园。她用半天时间参观了动物园各种设施，第一次近距离看到尤里乌斯——最著名的黑猩猩研究者与最著名的黑猩猩见面了。珍·古道尔原则上并不反对动物园里饲养黑猩猩。她认为，这取决于动物园的条件和设施，这也是在自然界之外的另一种选择。很多野生黑猩猩的栖息地遭到破坏，常常受到人类的威胁。珍·古道尔认为黑猩猩在合适的动物园里也会生活得好。[238]

珍·古道尔对在克里斯蒂安桑动物园看到的一切感到满意。她聆听了尤里乌斯不同寻常的故事。原则上讲，她不喜欢黑猩猩由人类养大，但是她理解动物园当时没有其他更好的选择。[239] 为了近距离接触这位名人，动物园的很多工作人员都放下了手头工作。兽医格拉德和莫赛德都认真阅读过珍·古道尔撰写的每一部著作。去年，爱德华·莫赛德辞去了在任三十二年的动物园园长的职务，其中有二十年他带着重病坚持工作。现在他想作为志愿者到珍·古道尔在肯尼亚创建的黑猩猩庇护所工作。一九九九年十二月，母猩猩迪希与查姆皮斯生了一只雌性小黑猩猩，理所当然地取名叫珍妮。

仅仅几个月以后，即二〇〇〇年四月，米芙生了一只雄性小黑猩猩，取名叫克奈滕，珍妮和克奈滕的父亲都是查姆皮斯，他们是同父异母的姐弟。他们将在一起成长，可能比同父异母的兄弟比利和尤里乌斯之间的关系更加亲密。由于查姆皮斯率领的这个群体生活得很和睦，尤里乌斯和比利不得不再次被隔离。黑猩猩是一种群居动物，通过繁衍后代使群体不断壮大。显然，尤里乌斯在这个群体中属于那种无法团结的、爱闹事的类型，在游客面前也无法掩饰他感觉受到了挫折。新上任的动物园园长雷达尔·弗勒斯塔公开表示："尤里乌斯变得脾气暴躁、行为危险。"[240] 圣诞节第二天是尤里乌斯的生日，这天跟以往庆生一样，为他准备了生日蛋糕和橘子汽水，当然，媒体和观众也到场了，大家仍然没有看出他感到丝毫的幸福。《阿格德尔邮报》以前曾多次报道过这只可爱、聪明的黑猩猩，这次也没能写出令人感到高兴的文章。该报刊发的报道这样写道："很多前来庆生的孩子们看到的是一只不断嚎叫、烦躁不安的黑猩猩，一只到了二十一岁还不知如何生活的黑猩猩。"[241]

第二个小尤里乌斯

黑猩猩比妮在三月生了一只雄性小黑猩猩。显然查姆皮斯是孩子的父亲。这是比妮第三次产崽，前两个婴儿都没能存活，一周以后，这个新生儿也夭折了。比妮很快又进入发情期，动物园决定，每当她发情时就将她放入尤里乌斯的圈舍。到底会发生什么，谁也不知道。然而一切进行得很顺利，他们相处十分融洽。动物园便继续这样做，每当比妮发情时，就让她造访尤里乌斯。不久后，她真的怀孕了。比妮怀孕的消息暂时保密，因为此前她生的三个孩子都没能存活，人们这次也没抱多大希望。二〇〇二年四月十二日，她生了一只雌性小黑猩猩，可能因为营养不良，五天后就夭折了。[242]

这是比妮生的第四个孩子，也是她失去的第四个孩子。除了继子小莫赛斯以外，也是尤里乌斯失去的第三个孩子。比妮和尤里乌斯的关系仍然很好，动物园决定努力促成他们住在尤里乌斯山洞里，成为固定的夫妻。这样的话，就没有比利的位置了。比利和尤里乌斯都已长成"壮汉"，经常会打斗。尤里乌斯更强壮，但是比利也不示弱，有一次，比利狠狠地咬了尤里乌斯头部一口。[243]

将多只成年雄性黑猩猩放养在一起不是一件很容易的事。荷兰阿恩海姆市伯格动物园曾经让多只成年雄性黑猩猩在一起生活,结果他们之间多次发生惨烈的争斗。雄性黑猩猩鲁伊特在黑猩猩群中赢得了统治权,如弗朗斯·德·瓦尔在其《黑猩猩的政治》一书中所描述的那样,他经过长期争斗才赢得黑猩猩社群首领的地位。原来的首领耶鲁恩并不甘心,他设法将鲁伊特的副手尼基买通,并结成联盟。一天夜里他们俩合谋对鲁伊特实施暗杀。前一天晚上,动物园饲养员发现几只黑猩猩表现有些异常,但没在意,没能将他们仨分开,让他们回到各自睡觉的圈舍去。第二天早晨,当他们回到动物园时,发现耶鲁恩和尼基好好的,而鲁伊特的头部靠着栏杆,躺在血泊中,他的手指和脚趾都被咬伤,全身伤痕累累。他的生命危在旦夕,无法救治。[244]

克里斯蒂安桑动物园绝不能让这一幕在自己的园区里重演,尤其是不能让挪威最著名的动物卷入其中。但是根本就找不到一个合适地方,既能安置尤里乌斯,又能安置比利。想将一只成年雄性黑猩猩转移到其他动物园几乎是不可能的事。唯一的解决办法是结束比利的生命。尤里乌斯最重要,他是"讨人喜欢的幸存者"。对于公众来说,突然结束一只健康动物的生命,难以让人接受,但是不这样做,动物园就无法继续正常运营下去。这种事情在各地动物园时常发生,只是从来不公布而已。此事甚至都没告知兽医格拉德,事后他才得知整个经过。就这样,黑猩猩比利从尤里乌斯的故事里悄悄消失。[245]

几年前,同样无声无息地,谢尔也被结束了生命。但那是出于健康原因才做出这样的决定。由于先天性骨疾导致盆骨畸形,谢尔无法继续生存下去,才选择结束他的生命。

尤里乌斯可以同比妮单独相处了,旁边没有了虎视眈眈的比利。比妮很快地再次怀孕。能否受孕并不是问题,能不能存活才是问题,所以怀孕的事再一次被隐瞒。二〇〇三年五月十五日,这天恰恰是尤里乌斯与尤瑟芬娜生了儿子小尤里乌斯整整十年之后,比妮避开众人的目光,生了一只小黑猩猩。分娩十分顺利,比妮不需要别人帮忙,但是宝宝能否存活依然是未知数,因为比妮此

小黑猩猩

尤里乌斯的儿子小尤里乌斯

从尤里乌斯岛望过去，可以看到黑猩猩群其他成员

前的几个孩子都没能活下来。饲养员们让她自己抱着孩子，让她不受干扰地抚养小宝宝。两周后，小黑猩猩仍然活着，人们心中重燃一丝希望。此后，饲养员仍然没有插手协助比妮，三周过去，他们始终没能进入圈舍，因此无法确认

小黑猩猩的性别。[246]

由此引发的媒体关注少得可怜，尤里乌斯的明星效应愈发衰退，而公众对于他的孩子一个个全都夭折的事实早已习以为常。更不巧的是，就在同一天，动物园中的老虎夫妇尤利塞斯和瑞卡生了一只雌性小老虎婷卡。这是有史以来在挪威国土上出生的第一只老虎。母老虎瑞卡第一次生育，显得有些笨拙，因此饲养员鲁纳·兰多斯负责用奶瓶喂养小老虎婷卡。拍摄的照片引起大家的兴趣，用奶瓶喂养一只食肉动物，确实是难得见到的情景。二〇〇三年夏天，是小老虎婷卡，而不是尤里乌斯的孩子，吸引了更多家庭带着孩子来到动物园参观。

二〇〇三年六月四日，动物园向外界公布，尤里乌斯终于当上父亲，看来小黑猩猩这次能够生存下来。十六年前，从瑞典迎娶尤瑟芬娜就是为了这个目的：有朝一日尤里乌斯可以成为父亲，有自己的孩子，并且建立一个新的黑猩猩群体。无论如何，尤里乌斯就是尤里乌斯，当天晚上，电视二台和国家电视台的新闻中都插播了这条消息。

尤里乌斯一家三口，从小黑猩猩出生开始，始终待在一起。尤里乌斯接受了自己的孩子，虽然没有表露出特别的关怀。比妮终于告别了悲伤的过去，如今她有足够的母乳喂养小黑猩猩，帮助他茁壮成长。动物园一直在等待确认小黑猩猩能否存活下来，现在终于放心了，可以给他起名字了——名字是现成的。动物园还是叫他小尤里乌斯，既然尤里乌斯的品牌受到质疑，当务之急便是巩固这个品牌，注入新的活力。

一位孤独的艺术家

《祖国之友报》几次打电话给爱德华·莫赛德，希望告诉他小黑猩猩出生的好消息，但始终没能找到他。莫赛德认真履行自己的承诺，他已经去了肯尼亚，目前居住在珍·古道尔创建的"甜水黑猩猩保护区"里，庇护所位于海拔5199 米高的肯尼亚峰的西侧。原本在肯尼亚没有黑猩猩生存。它们都生活在雨林地带，主要集中在非洲中部。但是那里的雨林遭到乱砍滥伐，自然环境被破坏。那里的动物遭到当地人肆无忌惮地猎杀，有的作为战利品被吃掉，有的为了吸引观众被送到马戏团，还有的成为私家宠物。古道尔团队中的研究员在世界各地调查、寻找受虐待的动物。至今有二十五只这样的黑猩猩生活在这个保护区。莫赛德出任顾问，也是不拿薪水的志愿者。他的工作包括照看小黑猩猩，为它们换尿布，训练它们适应群体生活等。他用上了与尤里乌斯相处时积累的经验，训练这些小黑猩猩，希望它们有朝一日能够返回大自然。莫赛德觉得这是他应尽的义务，在与尤里乌斯相处这么久之后。[247]

在肯尼亚，爱德华·莫赛德怀抱着一只小黑猩猩，阅读埃文德·斯凯耶写的关于尤里乌斯的书

小黑猩猩

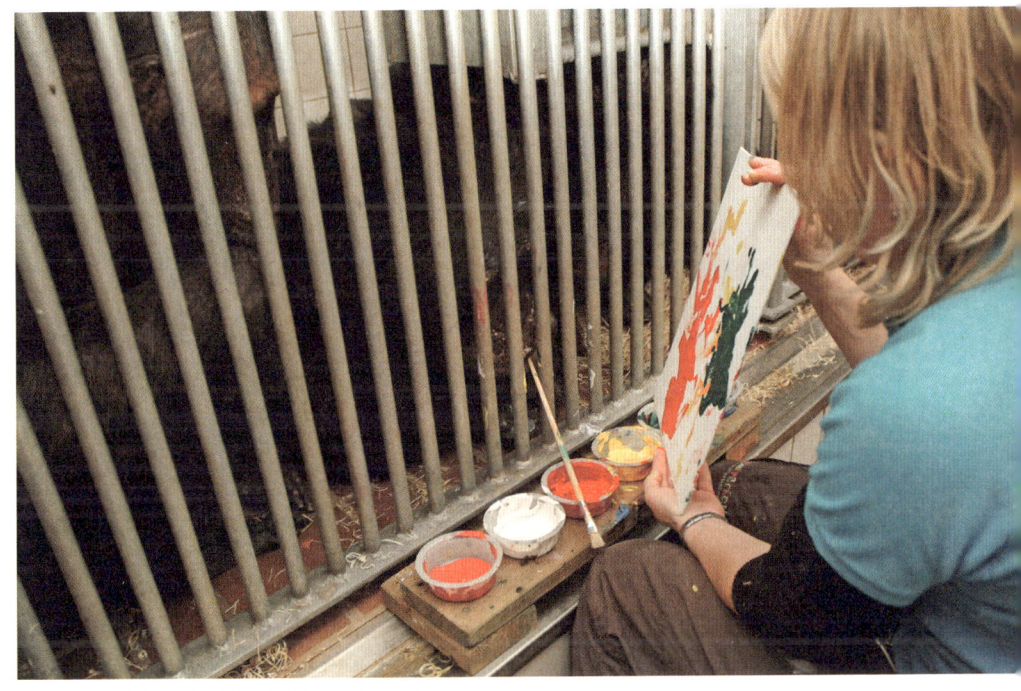

在饲养员珍奈特·勃洛斯的帮助下尤里乌斯在绘画

　　许多动物园的饲养员和工作人员都投身于类似项目之中。生活在安宁的挪威,很难了解野生黑猩猩正面临灭绝的危险。但这是一项耗资巨大的工作,不得不依靠一些私人募捐。动物园突发奇想:能否利用尤里乌斯为这样的项目募捐呢?为什么不让尤里乌斯画一些油画,然后举办售卖会,所得收入统统捐给珍·古道尔呢?尤里乌斯小时候住在爱德华·莫赛德家期间,同两个女孩一起坐在地板上,学过用手拿画笔作画。艺术家彼得·沃雷尔和饲养员奥瑟·逊德波开始引导尤里乌斯画画。他们坐在圈舍栅栏前,举起画布,准备好画笔和油彩,尤里乌斯自己选择颜色,开始作画。通常他用三至五分钟画完一幅画,有时长达一刻钟。他更愿意在一张画布上用两三种颜色,但是对什么时候算是画完不大有感觉。彼得·沃雷尔觉得时机合适时,就叫他停下来。

有几天，尤里乌斯对品尝油彩比画画更感兴趣。又过了几天，他看起来更爱做其他活动。动物园邀请媒体前来观看尤里乌斯画画，尤里乌斯反而心不在焉，对周围的陌生人更感兴趣，忘记画画。他不喜欢彼得·沃雷尔，沃雷尔为了启发他的灵感，在他身边吹口簧琴。尤里乌斯讨厌别人这样做，他认为那是噪音，于是他用硕大的身躯撞击栅栏以示抗议。[248]

到了二〇〇四年复活节，尤里乌斯已画了很多画，数量足够举办他的第一次展览。濯足节这天（复活节前的星期四）进行了预展。格来弗·维德尔广场拍卖行的著名拍卖商汉斯·理查德·埃尔格海姆对尤里乌斯的画作赞不绝口。他说："给我的第一印象是这些画富有创造性，不可思议。"[249] 动物园希望树立起尤里乌斯的画家形象。严格控制画作的数量，所有画作都编上号码，并出具签名的证书。这些画具有潜在的升值空间，却容易仿制，因此防伪工作必须做到位。第一张画拍出一万零五百挪威克朗（约合一千三百美元）的高价，在一年的时间里，共售出二十三张画，尤里乌斯为他的非洲同类朋友募集了七万挪威克朗（约合九千美元）。[250]

尤里乌斯并不是世界上第一只会画画的黑猩猩。在世界各地都可以找到圈养黑猩猩喜欢艺术活动的事例。这其中包括许多在没有人类给予奖励或鞭策的情况下进行绘画活动的黑猩猩。[251] 伦敦动物园里的黑猩猩甘果可能是它们中最杰出的黑猩猩画家，曾于一九五八年在英国皇家艺术馆——专为享有国际声誉的艺术家举办展览——举办过个人画展。他的画作一共售出四百幅，巴勃罗·毕加索也是买者之一。黑猩猩作画当然是在人的指导下进行，然而在自然界也可以看到类似例子，堪称艺术的早期阶段。[252] 比如大象可以用鼻子在沙滩上画画，新几内亚的园丁鸟被称为生物界艺术家的典范。雄性园丁鸟为了吸引异性，会自己搭建巢穴，他们搭建的鸟巢连人类都赞叹不已。鸟巢的直径大约两三米，高一米。园丁鸟常常在入口处铺上青苔，用上百种东西加以装饰，装饰品包括花朵、水果、树叶、蘑菇和彩蝶的翅膀等。它们将相同的颜色堆在一起，有些鸟巢甚至用彩色叶子进行装饰，或通过捣碎叶子获取颜色来作画。

尤里乌斯的画作

结构精巧的巢穴就是为了吸引雌鸟的注意力，非常有效。雌性园丁鸟如何选择雄性园丁鸟，从鸟巢就能做出判断。她会了解到他足够强壮，能搭建比他自己大数倍的建筑物；他具有娴熟的技能，可以将散乱的枝条编织成鸟巢；他有着聪明的大脑，能将不同的材料按照颜色区分开；他有着敏锐的观察力和超强的记忆力，能寻找到所需要的建筑材料。总而言之，他是一只生存能力强大的园

尤里乌斯的画作

丁鸟,在他有生之年已经将自己的技艺磨练得近乎完美。此外,她还知道他必须面对其他雄性园丁鸟的竞争,会耗费大量时间试图破坏竞争对手的巢穴。[253]

　　艺术在动物王国能够起到重要的作用,这也有进化方面的原因。有的动物能用色彩和一些可利用的东西装饰自己的巢穴,从人类的眼睛看去也是美丽的。是不是动物自己也觉得那是美丽的呢?是不是尤里乌斯也知道什么是美丽的呢?他能像人类画家一样欣赏自己的作品吗?帮助黑猩猩甘果绘画的饲养员称,甘果可以坐在那里画很长时间的画,如果把他的画笔和颜料拿走,他就会暴跳如雷。他的画作有明显的对称感,他能清楚地意识到何时算是完成了画作。[254] 尤里乌斯的绘画比较简单,可能他缺少黑猩猩甘果所具有的天赋。无论如何,负责照料尤里乌斯的饲养员确实感知到尤里乌斯在画画时很开心。同时,这是一次漂亮的公关。它对当代艺术进行了一次有力的讽刺,也提醒人们不要忘记尤里乌斯是多么聪明。

　　爱德华·莫赛德从非洲特意赶回来参加尤里乌斯的画展,看到尤里乌斯时,他不禁大吃一惊。在肯尼亚，爱德华遇到的都是体型瘦削的黑猩猩。他很长时间没有看到尤里乌斯了，觉得他的体重是大问题。爱德华在接受采访时直言不讳："他太胖了，在我看来，他胖得令人担忧。我知道我的话有些人会不爱听，但是与我在肯尼亚时接触到的黑猩猩相比，他的体重是正常体重的两倍。我本人就患有心脏疾病，所以我必须说出来，他不该这么胖。"[255]

动物园并没有忽视前任园长的批评。"试图为尤里乌斯的肥胖进行辩解是没有用的，我们必须着手解决这个问题。"阿尔纳·玛格纳·罗伯斯塔承认，并且宣布将为尤里乌斯提供健康饮食。[256] 尤里乌斯现在的体重大概八九十公斤，超出正常体重二十公斤。今后不能再为他提供香蕉。他的早餐要吃酸奶，午餐吃添加富含维他命和矿物质的固体食品，晚餐只给他吃蔬菜。

他体重超标与儿子小尤里乌斯密切相关。比妮哺乳儿子需要多吃，目前小尤里乌斯除了母乳以外也要吃些固体食物，他们仨一同在尤里乌斯山洞里进食。如果分开进食的话，每天都要将他们分离数次，人们担心这会对他们之间相互适应造成困难。而一起吃饭的问题是，尤里乌斯每次都吃掉过多食物，于是为他们仨提供的食物就更多，反过来尤里乌斯吃得更多，体重增长更快。在野外生活的黑猩猩通常都将猎取的食物与其他黑猩猩分享，只有水果会独自享用，很少分给其他黑猩猩。这可能是因为捕获较大猎物时需要众多黑猩猩同心协力。狩猎时，他们有明确分工，有的负责围攻猎物，有的负责固守猎物可能的逃跑道路，有的负责捕捉猎物。一只黑猩猩若要召集一些黑猩猩，形成一支具有战斗力的狩猎团队，他必须懂得，所有参与狩猎的黑猩猩都有获得一份猎物的权利。而水果在野外随处可见，无需这种集体合作就能摘取，所以也不需要建立分享的习惯。[257] 如今尤里乌斯可以拿到大量的食物，但是他不觉得食物应该分享或遵循其他公平原则，尽管是他的儿子，他也不想分点食物给他。尤里乌斯除了吃就是吃，所以变得越来越胖。饲养员对于这种发展趋势也很担忧，但是也不知如何纠正他的饮食习惯。在进行了半年的健康饮食后，动物园给他称体重，发现体重毫无变化，还是那么胖。[258]

尤里乌斯体重超标二十公斤

尤里乌斯虽然胖，却十分快乐。在外人看来，他在画画方面取得了成功，与比妮相处和睦，更不用说小尤里乌斯的出生，他的生活发生了可喜的转折。尤里乌斯终于有了自己的孩子。在经历过那么多挫折后，动物园终于取得了圆满结果。事实上，相比尤里乌斯这只动物，节食计划对于推广尤里乌斯这个品牌、树立虚拟的尤里乌斯形象方面更为重要。在黑猩猩的世界，父子关系并非占据主要地位，更重要的是要融入一个黑猩猩群体。黑猩猩是一种群居动物，可是过去数十年来，尤里乌斯一直都处于群体之外。尽管他有妻儿和充足的食物，但是他是一只被孤立的黑猩猩，不是一只真正的黑猩猩。尤里乌斯岛与其他黑猩猩所在的地方隔着水渠，尤里乌斯能够看到其他黑猩猩都生活在一个群体里，也能看到他的竞争对手查姆皮斯身边有好几只雌性黑猩猩。尤里乌斯肯定非常痛恨查姆皮斯。他们俩时常向对方吼叫。如果是在野外，他们早就会爆发激烈的争斗。而在动物园，不过是几米宽的水渠阻隔开他们，只能远远地怒目相视。

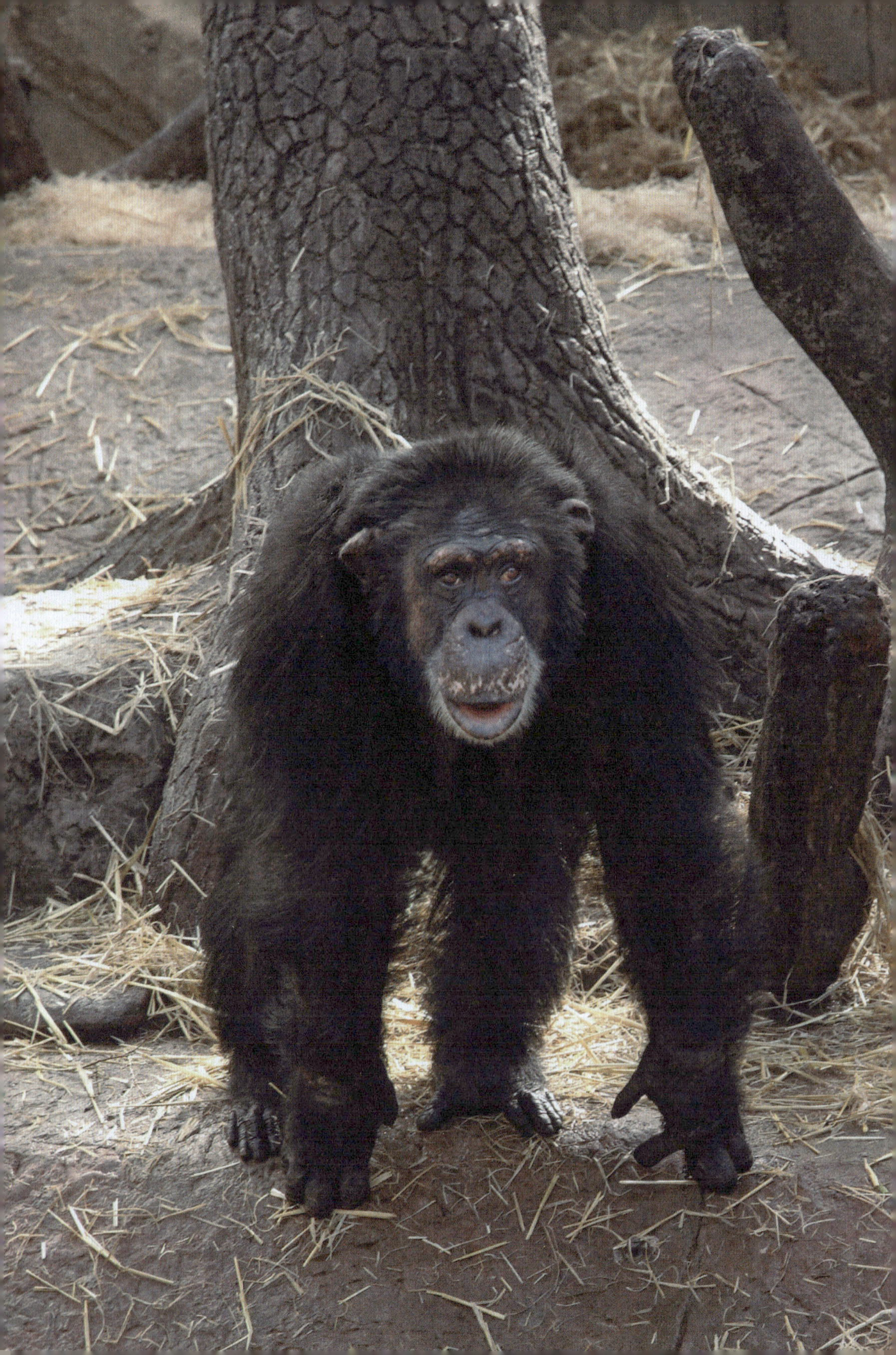

第十章

首领

欲戴王冠,必承其重。[259]

——威廉·莎士比亚

尤里乌斯在室内丛林

首领

尤里乌斯变得越来越强大，与此相反，查姆皮斯则每况愈下。强壮、吃东西很贪婪的查姆皮斯如今瘦得厉害。他才三十岁，牙齿就已经坏了好几个，尿液味道刺鼻，常常显得呼吸急促而微弱。一切症状表明他患有糖尿病。如果身体健康，他本来还有很长的寿命，可是现在他的身体越来越糟糕。那个强大的首领已不见踪影，动物园决定结束他的生命。这对尤里乌斯来说是个好消息，是难得的机会。黑猩猩首领的位置空出来了，所有其他成年雄性黑猩猩都不在了。谢尔、比利和查姆皮斯都死了，迪希的大儿子也是同样的命运。图比亚斯和克奈滕还太年轻，尚且没有竞争能力。尤里乌斯有伴侣比妮，又是小尤里乌斯的父亲，他处于十分有利的位置。他能否回归黑猩猩群体，当上首领呢？如果可以的话，他那混乱的生活将告终结，将会迎来一个幸福的结尾。

很多饲养员认为这并不现实，他们觉得尤里乌斯是一只极为特殊的黑猩猩，他经历了太多的挫折，脾气有些古怪，又被孤立了这么长时间，他不可能成为首领。他对于如何在群体里生活一无所知。饲养员鲁纳·兰多斯——最近成为室内丛林项目的负责人，却信任尤里乌斯，没有被周围的反对意见吓退。兰多斯掌握着极为丰富的有关动物的知识，从小便是与动物为伴。除了在动物园工作外，他在温纳斯拉还经营一家农场。兰多斯目前在照看那只两岁的小老虎婷卡，同时出任室内丛林的负责人。他无法继续忍受尤里乌斯一直被孤立，在黑猩猩群体之外独自生活的状态。尽管尤里乌斯山洞和尤里乌斯岛的设施不错，但是尤里乌斯不能接触其他黑猩猩。由于缺少正常的群体接触，尤里乌斯的情绪变得不稳定。鲁纳·兰多斯不能坐视聪明的尤里乌斯在未来十年仍然被排斥在黑猩猩群体之外。尤里乌斯必须回到黑猩猩群体中！他要以首领的身份回归。现在机会已经摆在眼前。[260]

兰多斯与兽医罗尔夫·阿尔纳·厄尔伯格一同制定了一个详细的方案。与此同时，对目前的圈舍进行适应性改造。秘密进行的回归计划使室内丛林关闭了一个多月。尤里乌斯面临着他所遇到过的最艰难的挑战。成为群体首领是一件困难的事，想保持首领地位更是难上加难。一个黑猩猩群体有着复杂的社会关系。在野外，一个黑猩猩群体一般包括二十至五十只黑猩猩。一个拥有五十只黑猩猩的群体，里面有着 1225 个一对一的亲属关系，可能还有数不清的其他社会关联。[261] 黑猩猩之间在不断地结盟，同时经常发生争夺和冲突事件。首领要做的就是维持群内的安宁和秩序，同时要保证能够得到全体黑猩猩的拥护。相比之下，克里斯蒂安桑动物园的黑猩猩群体很小，而且他们之间的关系清晰可见。尽管如此，对首领的要求亦有别于其他黑猩猩。首领必须恪守公平公正的原则，才能调解和制止冲突和矛盾。野生黑猩猩群体的首领一般都是雄性，原因之一在于雌性黑猩猩处理矛盾时总会袒护自己的孩子，而雄性黑猩猩难以辨认哪个是自己亲生，哪个不是，这反而让雄性黑猩猩可以摆脱血缘关系的束缚，可以较为公正地处理纠纷。而此时的问题是不知道其他黑猩猩是否拥戴尤里乌斯当首领。最坏的结果就是，几只成年雌性黑猩猩联合起来将他杀死。鲁纳·兰多斯认为，虽然雌性黑猩猩没有长像雄性那样锋利的獠牙，但几只联合起来仍然能轻而易举地结束尤里乌斯的生命。[262]

尤里乌斯、比妮和小尤里乌斯近几年一直生活在尤里乌斯山洞。融入群体的第一步，是将他们仨放进室内丛林，让他们熟悉里面的环境，在此期间其他黑猩猩暂时隔离在外。上一次尤里乌斯进入室内丛林已是十年前。黑猩猩是一种领地意识很强的动物。尤里乌斯进去后，通过嗅闻和观察，很快就明白自己进入了其他黑猩猩的领地。他显得烦躁，具有攻击性，四处巡视。鲁纳·兰多斯事先在各处放置了许多水果和坚果，希望能减少他们仨的紧张感。小尤里乌斯立刻爬到比妮的背上，而尤里乌斯则身体直立，站在中央大声吼叫。过了一会儿，他们都平静下来，开始探索四周。食物可以尽情享用，攀爬一切可以攀爬的设施。他们就这样自由自在地玩耍了六天，直到第七天时，另外两只黑猩猩放了进来。[263]

逐一进入

迪希和她的女儿珍妮是第一批被放进来的。鲁纳·兰多斯和罗尔夫·阿尔纳·厄尔伯格都是那种思考问题缜密的南方人，可是现在也不禁十分紧张。厄尔伯格手拿麻醉枪站在外面，做好应急准备。迪希是一只十分强壮的黑猩猩，比尤里乌斯年长两岁，来到克里斯蒂安桑动物园快二十年了，是该黑猩猩群体的元老。当她们进来后，尤里乌斯起初还试图躲避，消极应对，随后积蓄勇气，变得具有攻击性，甚至对比妮和自己的儿子小尤里乌斯也是如此。这种反应是合情合理的。要想成为群体的领袖，就要向其他黑猩猩展现自己的力量。尤里乌斯试图与迪希交配，这天她正好处于发情期，尽管动物园方面在制定尤里乌斯回归群体的计划时并没有考虑到这一点。尤里乌斯对迪希产生极大兴趣，迪希也对尤里乌斯表现得顺从，没过多长时间他们就进行了第一次交配。与此同时，珍妮开始与小尤里乌斯一起玩耍。这样的经历对小尤里乌斯来说十分新鲜，他很快地适应并主动接触年纪比他大的黑猩猩，这是一个可喜的开端。[264]

第二天，另一双母子被放进来，他们是"前妻"米芙和她的儿子克奈滕。比妮主动与米芙进行身体接触，而迪希突然向尤里乌斯发起进攻。前一天，迪希对尤里乌斯尚且俯首帖耳，可是现在黑猩猩数量发生变化，迪希选择向尤里乌斯发起挑战。她四处追赶尤里乌斯，而米芙呆站在那里，想知道到底发生了什么，而后选择站到迪希一边，与迪希一起追赶尤里乌斯。米芙咬中尤里乌斯的脚。看起来尤里乌斯已经颜面扫地。可是转瞬间，一切又恢复了平静。饲养员很难理解眼前的局势，她们放弃了对尤里乌斯的攻击，尤里乌斯取得最终的胜利。

图比亚斯是倒数第二个被放进来的。他是迪希和查姆皮斯的儿子，严格来说，他有权继承王位，是一名潜在的竞争对象。但是他刚满十二岁，社交经验不足，但比丹尼斯和查姆皮斯出任黑猩猩群体首领时的年龄要大。如果图比亚斯进来后选择战斗的话，可能会掀起暴动的浪潮，因为此前米芙咬过尤里乌斯的脚趾，其他几只黑猩猩也会加入反抗的暴动。可是图比亚斯天生胆小怕事，他进到一个已经显现出等级的黑猩猩群体，情绪比较低落。兰多斯与兽医罗尔夫·阿尔纳·厄尔伯格给每只黑猩猩划分了等级，一次只放入一只黑猩猩而且越往后越是等级更低一级的黑猩猩。这样的话，后面新进来的很难发起对尤里乌斯的挑战。当所有的黑猩猩都进来以后，就等于是全体接受了尤里乌斯。整个回归方案按计划进行着。图比亚斯灰溜溜地进来，找到一个属于自己的位置，没有进行反抗。八只黑猩猩都已先后进入，需要一段时间适应这个新形势。

现在只有尤瑟芬娜还在睡觉的圈舍里。让她最后一个进来是有意安排的。尤瑟芬娜是兰多斯与兽医罗尔夫·阿尔纳·厄尔伯格最担心的。所有其他黑猩猩都已进来，并且找到了自己的位置，这时放她进来，她就很难掀起一轮反抗的浪潮。人为地降低她的等级，是为尤里乌斯创造机会。尽管如此，她仍然有能力推翻一个月里所取得的回归进展和一个酝酿了二十年的梦想。

动物园的饲养员密切注意着整个过程。甚至在用餐和茶歇时也通过闭路电视关注室内丛林里的动静。每次他们觉得里面的气氛骤然紧张，就立刻带着消防水龙带赶过去。斗争激烈，普通的喷水龙头已经不起作用。克里斯蒂安桑动物园之前没有对黑猩猩使用过消防水龙带，这是其他动物园介绍的经验，因为其中含有二氧化碳粉末，能够迫使打斗双方彻底分离。

尤瑟芬娜的进入，改变了群体里的势力平衡。黑猩猩很快地分成两派。尤里乌斯、比妮和小尤里乌斯对阵其他所有的黑猩猩，也就是新的对阵老的群体。从领土的角度看，是尤里乌斯山洞派对阵室内丛林派。老群体成员多，占据主场优势，他们团结一致冲向三个新来的黑猩猩，尤里乌斯、比妮和小尤里乌斯一退再退，一直被逼到墙角，无路可退，只能站在那里大声吼叫。尤里乌斯转身绝望地看着站在游客位置上的鲁纳·兰多斯，同时高声吼叫。如果尤里乌斯再不进行反击，等于是他承认了失败。一旦他显露自己感觉害怕，也就无法领导黑猩猩群体。兰多斯和厄尔伯格没有准备第二套方案。将尤里乌斯带出黑猩猩群，让他重新回到尤里乌斯山洞孤独地过活的想法已经行不通。尤里乌斯必

尤里乌斯重返黑猩猩群

须自己面对这个局面。如果其他黑猩猩发现尤里乌斯是一只懦弱的黑猩猩，那么他以后就再也没有机会了。这是决定他余生走向的最关键的一刻。珍妮、图比亚斯和克奈滕支持尤瑟芬娜对尤里乌斯的攻击。尤里乌斯突然坚定了决心，呲着牙向对面冲去，逐一挑战对手，逼迫他们后退。尤瑟芬娜失去了几只黑猩猩的支持，发现自己孤零零的，被尤里乌斯追赶得退到了墙角。再没有其他黑猩猩上来挑衅，而尤里乌斯已准备好捍卫自己的位置。他展现出了勇气，并且赢得了其他黑猩猩的尊重。此后不久他就与所有黑猩猩达成和解。经历了漫长的等待，尤里乌斯终于成为黑猩猩群体的首领。[265]

生命的顶峰

兰多斯和厄尔伯格完成了很多人认为不可能完成的任务。整个黑猩猩群都接受了尤里乌斯为新首领。所有的黑猩猩不再争吵、骚乱，可以和平相处。尤里乌斯明白外界对他的期望。自他成年以后始终处于"失业"的状态，现在突然变成了"黑猩猩集团有限公司"的执行董事了。这一年的十二月二十六日，他将作为黑猩猩社群的首领庆祝自己二十六岁生日。这真是双喜临门。《日报》写道："尤里乌斯终于成为首领。"[266] 原来的尤里乌斯山洞和尤里乌斯岛成为历史。一群蜘蛛猴将迁居那里。从此以后，在克里斯蒂安桑动物园只有一个黑猩猩群体，尤里乌斯是这个群体的首领。尤里乌斯刚当上首领，有很多要学习的东西，但是他凭直觉知道在平息纠纷时，如何维护其他黑猩猩的尊严，同时不会过于凶狠。他能够在出现争斗的苗头时，就有效地予以化解，防止演变成全面冲突。

现在他过着天堂一样的生活。他高高在上，没有谁能够支配他。他的食物被准备妥当，没有外敌威胁他的领地，身边还有五只雌性黑猩猩。图比亚斯和克奈滕已被阉割，小尤里乌斯还是个孩子。黑猩猩在交配时没有害臊的意识，经常在黑猩猩群体的其他成员面前进行。在黑猩猩群体中，不管是在野外生活的还是圈养的，都有一种奇怪的现象，就是当成年黑猩猩交配时，小黑猩猩总是试图干涉。比如，小黑猩猩会爬到他们的后背上，使劲把他们分开。这种行为是常见的，只能用进化原因来解释，这种举动可以增加幼儿的存活率，通过减少新个体出生的几率，避免与可能会出生的婴儿争夺有限资源和母亲的关爱。更令人惊讶的是，雄性黑猩猩表现得十分容忍。雄性黑猩猩会把小黑猩猩小心翼翼地背在背上，然后将"事情"进行完。他们为何能如此容忍，可能是因为一旦采取粗暴行为，就会引起母黑猩猩的反抗，很容易在群体内引发更大的矛盾。[267]

小尤里乌斯的表现和其他小黑猩猩一样，当父亲接近一只正在发情的母黑猩猩时，立刻会爬到他的后背上。老尤里乌斯与其他黑猩猩父亲一样，容忍小尤里乌斯，但是也很坚决，将儿子抱下来，将自己的事完成。无论如何，这种事不会持续很长时间。到了二〇〇六年三月，迪希怀孕了。十一月五日，星期天，饲养员发现她生了一只小黑猩猩。在饲养员赶到之前，所有的黑猩猩都围着迪希，好奇地看着新生儿。[268] 尤里乌斯再次当上父亲，这次仍然是个男孩。迪希对小黑猩猩照顾得很好。征集名字这次在网上进行，公众可以为自己选中的名字投票。具有男孩特色的名字林奥斯得的票数最多，排在第二位的名字是丹尼斯，这也是他祖父的名字。[269]

作为父亲，尤里乌斯表现得非常出色。在黑猩猩世界，性别的分工是非常明确的。雌性黑猩猩负责照看和抚养孩子，雄性黑猩猩则要争取当上首领，负责保卫领土不被外敌入侵。但也有很多实例证明，性别的分工不是绝对的，如果形势需要，分工可能发生变化。研究者观察到，雄性黑猩猩对失去母亲的小黑猩猩承担起"养母的职责"。[270] 但是总体而言，黑猩猩的组织结构并不像人类的家庭结构。人们甚至观察到，黑猩猩在玩耍时也有性别之分。雌性小黑猩猩和雄性小黑猩猩都能将寻找来的树枝当玩具玩耍，但是只有雌性小黑猩猩能像抱着小娃娃一样抱着树枝走来走去。野外的雌性黑猩猩会在白天带着树枝四处行走，到了晚上用这些树枝做个小巢，方便过夜，但是从未见过雄性小黑猩猩有类似的行为。[271]

当然，从黑猩猩如何组织起来，到人类应该怎样组织起来，两者之间不能得出必然的结论。先且不论其他原因，有另一种黑猩猩从基因和进化等方面也与人类相近，而他们的社会组织形式却完全不同。这种黑猩猩更矮小，学名叫倭黑猩猩，也有侏儒黑猩猩之称。最早于一九二九年被发现，与普通黑猩猩一样是人类的近亲。但在一些关键方面，他们的行为举止与普通黑猩猩迥异。倭黑猩猩是一种温顺、不好斗的动物，决定内部事务的不是雄性；他们很少外出狩猎，也很少争斗，他们花大量的时间交配。虽然他们也生活在刚果河流域，却是在黑猩猩和大猩猩的对岸，因此也被称为"左岸黑猩猩"，还因为他们的

林奥斯被抱在迪希的怀里

社会结构带有一些民主色彩。倭黑猩猩与黑猩猩一样都是群居动物，但是由雌性管理群体事务，有多名雌性组成领导层。在黑猩猩的世界里，雄性生活在一种两面派的联盟之中，一方面他们要团结合作，寻觅食物和捍卫本群体的领土，另一方面又不得不在群体内部为了争夺更高的地位进行斗争，才能获得交配权。相比之下，雄性倭黑猩猩之间并不是竞争者。倭黑猩猩性格温和，是具有同情心的动物。对大脑的最新研究结果支持早前对倭黑猩猩所做的观察，即倭黑猩猩大脑负责记录其他个体遭受痛苦的部分，要比普通黑猩猩的大。倭黑猩猩就是一种富有同情心的动物。[272]

倭黑猩猩交配采取的姿势类似人类，但是也有许多怪异的姿势，例如会倒挂在树干上进行交配。与黑猩猩一样，他们交配不仅仅是为了繁衍后代。倭黑猩猩在非受孕期也会常常交配，同性之间亦是如此。研究人员始终没有搞清他们到底是异性恋还是同性恋。他们统统都是双性恋。这种融洽的性选择，使得成年倭黑猩猩能够较为和睦地相处。性一直是引起成年黑猩猩之间争斗的原因，而倭黑猩猩则排除了这种可能。更重要的是，这也能使小倭黑猩猩的成长环境更加安全。研究人员曾观察到，在很多种类的动物中，当一只雄性当上新首领后，便开始对群内的幼儿大开杀戒，或者杀害全体没有自己血统的幼儿。倭黑猩猩则不是这样群体，大家都生活在一起，原则上无法分清哪些是自己的孩子，哪些是别人的孩子。因此他们一起抚养幼儿成长，一直将他们抚育到性成熟的年龄，这样对大家都有好处。黑猩猩、大猩猩及人类历史上都有杀婴的记载，可是在倭黑猩猩世界中却没有发生过。无论在自然界，还是圈养的倭黑猩猩群中，都不曾有过。[273]

动物解放运动

尤里乌斯比常见的黑猩猩爸爸做得更好，在这一点上，又让人大吃一惊。他十分愿意与小黑猩猩一起玩，特别是与儿子小尤里乌斯，小尤里乌斯刚刚三岁，正是活蹦乱跳的年纪。小尤里乌斯常常坐在父亲面前，以黑猩猩特有的长胳膊搂着父亲的脖子。比起其他黑猩猩父亲，尤里乌斯对孩子更有耐心，更愿意满足他们的要求。这是不是因为他还记得他小时候在两位养父比利·格拉德和爱德华·莫赛德家生活时的经历？[274]

从来没有过这样好的时候。尤里乌斯在群体中是受尊重的首领，也终于建立了自己的家庭，有两个健康的儿子，而且看起来他们能够茁壮成长。他在泰国还有一个二十岁的兄弟，这个兄弟的生活状况却远不如他。

大多数挪威人可能已经忘记了那只黑猩猩，而到了二〇〇七年，数家挪威报纸都刊登了文章，提醒人们关注。这个兄弟是尤里乌斯的母亲桑娜于一九八七年生的，在克里斯蒂安桑动物园时给他取名叫马尔东，现在仍然在世，住在泰国。当时，克里斯蒂安桑动物园将他和巴斯蒂安一同送往瑞典的厄兰动物园，以换取尤瑟芬娜。在瑞典，他的名字改成了奥拉。他在瑞典过着与尤里乌斯一样比较动荡的生活。当他一岁半的时候，厄兰动物园将他租借给斯德哥尔摩国家剧院，让他在剧作家奥格斯特·斯特恩贝格的戏剧《古斯塔夫三世》中演出。由于这个原因，他被寄养在艺术家露易丝·蒂尔贝格和演员斯蒂凡·卡尔森家，他们家还有三个孩子。斯蒂凡·卡尔森每晚都开车将奥拉送到剧院，给他画妆、穿衣，领他到舞台侧翼候场。在还差二十分钟演第三幕时，演员英瓦尔·希德沃尔扮演的古斯塔夫三世会牵着奥拉走上舞台。观众见状发出阵阵惊叫。之后奥拉被带下舞台，搭车回到卡尔森家。[275] 他出现在舞台上令观众印象深刻。奥拉尽职尽责，一共参加了八十一场演出。后来又在两部电影和几个广告里出演角色，最后才被送还给厄兰动物园。从一九八八年九月三十日到一九八九年五月二十五日，他一直住在蒂尔贝格-卡尔森夫妇家。夫妇二人用自家摄像机记录了与奥拉一起生活的点点滴滴，后来瑞典国家电视台以此为蓝本制作出十集儿童电视节目。露易丝·蒂尔贝格还出版了一系列儿童读物，主人公就是"黑猩猩奥拉"。一时间，奥拉成为电视明星，被写成了儿童故事，就像哥哥尤里乌斯一样。但是在一九九五年，他八岁时，厄兰动物园决定将他卖给泰国的一家动物园。奥拉要生活的新环境非常糟糕。他被关在水泥垒的圈舍里，面积只有十四平方米的圈舍，又住了另外三只黑猩猩。这纯粹是在虐待动物，蒂尔贝格-卡尔森夫妇为改善奥拉的生活条件而四处奔走。他们先后两次到泰国探望奥拉，此事引起瑞典媒体的极大关注。为了声援奥拉，瑞典人举行了游行，连瑞典外交部和瑞典王室也表示支持奥拉，但是收效甚微。而后，挪威动物保护组织（NOAH）关注到此事，迅速注意到奥拉和尤里乌斯、克里斯蒂安桑动物园有关联，再次掀起一股媒体报道的热潮。挪威动物保护组织负责人希莉·玛蒂森说："克里斯蒂安桑动物园在推卸责任，没有担负起照顾奥拉的责任。"[276] 该组织的目的是将奥拉送到非洲的黑猩猩庇护所，就像珍·古道尔创建的那种，使受虐待的黑猩猩获得自由。

奥拉被卖给泰国时，鲍利斯·布拉文是厄兰动物园的负责人，他认为支持奥拉的民众是夸大其词："照片显示的是奥拉睡觉时的圈舍，到了白天，他和其他黑猩猩可以在七八十平方米的笼子里活动。按照挪威的标准，这样的条件当然不够好，但是比起其他国家的动物园，条件还算不错。"[277] 挪威各大媒体都详细报道了奥拉的遭遇。《世界之路报》立刻派记者前往泰国曼谷，了解奥拉的生活环境。可是到那里以后，看到的是一个空空的笼子，动物园也没人愿意为这家挪威报纸提供任何信息。《世界之路报》记者在曼谷停留数日，最终也没能获取有关奥拉命运的任何信息，空手而归。[278]

克里斯蒂安桑动物园新任园长派尔·阿恩斯滕·奥莫特听到奥拉的遭遇感到很悲伤，他说："这是二十年前的事情，我们一直想了解他生活怎样，得知他过得不怎么样，感到很难过。"克里斯蒂安桑动物园是欧洲动物园和水族馆协会（EAZA）成员，该协会的宗旨是促进动物园之间进行动物交换，并且确保加入协会的动物园里的动物生活条件维持高标准。[279] 如果是加入了该协会的动物园，还允许黑猩猩生活在如此糟糕的环境，协会是绝对不能容忍的。

对任何一家要求严格的动物园来说，给动物适合的照料、满足动物的需求成了他们的首要任务。如果奥拉一直在克里斯蒂安桑动物园里生活的话，一定会生活得更好。但是无论动物园里的设施多么好，一想到黑猩猩一生都要在圈舍里度过，还是有人感到无法忍受。尤里乌斯小时候的"养母"玛丽特·爱斯珀尤德（她与爱德华·莫赛德离了婚，又再婚）就是这样，她说，每次来动物园看尤里乌斯，心里都很难受。她虽然没有在公开场合说过，但是她觉得将尤里乌斯关在动物园里是错误的。对于她来说，不应当在动物园里看到尤里乌斯。他不适合被关在里面，尽管他终于回归黑猩猩群体，成为群体的一员，而且还是首领。她觉得尤里乌斯如此聪明，如今活着却只是为了供人类的孩童观赏，太可悲了。当然也没有其他出路可选择，因为他是在动物园出生的。[280] 他也不可能与人类生活在一起。如果放归丛林，他无法生存。

很多人都同意这个观点，即黑猩猩不属于动物园。美国动物权利律师斯蒂芬·怀斯（Steven Wise）在《笼子嘎嘎作响》（*Rattling the Cage*）一书中提出，为什么像黑猩猩这样具有超强认知能力的动物，不能在法律意义上从"东西"变成"人"呢？一九九三年，澳大利亚学者彼得·辛格（Peter Singer）和意大利动物权益保护者保拉·卡瓦列利（Paola Cavalieri）发起"大猿计划"。相关项目持续至今，旨在为黑猩猩、大猩猩等灵长类动物争取权益，比如生存权、自由权和免受殴打和遭受虐待的权益等，还包括禁止动物园利用这些动物做科研，禁止使用这些动物做演出。早在一九七五年，辛格就认为"动物的解放运动"会是继妇女解放和黑人解放之后的运动。辛格说，甚至"动物"这个概念也并不是在澄清事实，反而是在混淆事实："对于大多数人来说，'动物'这个词用来指从黑猩猩到生蚝之间所有的生物，这等于在人与黑猩猩之间划了一道鸿沟，尽管人与黑猩猩的关系要比与生蚝之间的关系亲近得多。"[281]

面对不同的意见，克里斯蒂安桑动物园也希望能通过不懈努力，挽救在

为了声援尤里乌斯的兄弟奥拉，瑞典人举行了示威游行

大自然濒临灭绝的物种。黑猩猩主要分布在非洲中部和西部地区，刚果河以北，从几内亚到乌干达的广袤原始森林之中。但是近一百年，黑猩猩的数量急剧减少，黑猩猩已被列为"世界濒危物种红色名录"中，也就是说将来遭受灭绝的危险最大。黑猩猩面临最大的威胁是非法狩猎、致命的疾病和栖息地遭到破坏。

人们也不能将黑猩猩的日常生活浪漫化。珍·古道尔很早以前就是这样认为的，现在她终于承认并非如此。起初，她生活在野生黑猩猩周围，观察黑猩猩的日常生活，她觉得与人类相比，黑猩猩是更高贵的生物。她相信黑猩猩性格温和，能够协同合作，互相关照，每天用大量时间相互梳理皮毛，在一起玩耍。这就是她观察到的。直到观察进行了十年，古道尔才有了惊人的发现，引起了全世界黑猩猩研究人员的关注。

从一九七〇年开始，她在贡贝自然保护区跟踪观察的黑猩猩群开始走向分裂。到了一九七二年，就领地和社会关系而言，已经明显分裂成两个社群：一个在北部的卡萨科拉（Kasakela），另一个在南部的卡哈玛（Kahama）。两个黑猩猩群所占有的领地之间有一块重叠区，但是他们都会回到自己的地盘过夜。随着时间流逝，两个社群的成员互动的机会越来越少。一九七四年初，古道尔和她的研究团队观察并记录下他们爆发的第一次冲突。后来，他们发现冲突已经演变成持久性的战争。卡萨科拉社群黑猩猩数量多、更强壮，拥有八只成年雄性黑猩猩，控制的领地面积多达十五平方公里。卡哈玛社群只有六只雄性黑猩猩，所占地盘面积为十平方公里。一九七四年一月，卡萨科拉社群的六只雄性黑猩猩、一只快成年的黑猩猩和一只正在发情的雌性黑猩猩南下入侵卡哈玛社群控制的地盘。他们首先遇到黑猩猩格迪，格迪试图逃跑，但为时已晚。他被他们拖住了腿，一只黑猩猩将他死死地摁在地上，其他黑猩猩一拥而上，用尽全身力气殴打。这持续了十分钟，最后他们用一块大石头狠狠地砸向格迪，才扬长而去，留下身受重伤的格迪躺在地上。此后，格迪就消失了，再也没被看到过。[282] 一个月后，又观察到一次同样的袭击。此后几年里，类似的袭击发生过多次。他们是曾经同属一个社群的黑猩猩，多年来情同手足，结伴巡游、狩猎，夜间在一起睡觉。过去他们花了大量时间互相梳理皮毛，如今却无情地痛下狠手。他们发动袭击不是为了觅食，不是为争夺有限的资源，而是进行一场纯粹的、旷日持久的领土争夺战。几年之内，卡萨科拉社群将卡哈玛社群的黑猩猩统统消灭了。他们的攻击非常血腥。哪怕挨打的黑猩猩不再反抗，蜷缩着身体只求保命，攻击方也不停手。一九七五年二月，卡哈玛社群成员格利亚特被他的昔日朋友杀害。他衰老了，疲惫不堪，无力抵抗，只是用手臂护着自己的头，却无法抵挡卡萨科拉的黑猩猩。一直到一九七八年，这场战争才宣告结束。卡萨科拉黑猩猩社群取得最终胜利，卡哈玛社群所有雄性黑猩猩都惨遭杀害，雌性黑猩猩或被杀害，或逃到其他社群，或归顺取得胜利的卡萨科拉社群。[283] 从一九七八年开始，卡萨科拉的黑猩猩们可以在卡哈玛社群早先的领地睡觉过夜了，这标志着他们在这场战争中取得最终胜利。

　　这样的战争并不是个例。不同的黑猩猩社群为争夺领土而引发的战争在其他地方也被观察到了。此外，珍·古道尔和她的研究团队还观察到同一社群内雌性黑猩猩袭击雌性黑猩猩的场面，亦令人震惊。他们注意到母猩猩帕申和女儿普姆合作，将社群内其他雌性黑猩猩的幼儿偷走并将其吃掉。从一九七四年到一九七七年，一共观察到三起小黑猩猩被她们吃掉。但是根据其他能搜集到的证据，这几年间，她们一共捕获了十只小黑猩猩。[284]

　　珍·古道尔和她的研究团队对类似的偷袭事件有详细的记载。一九七六年十一月的一天，帕申对雌性猩猩麦莉萨和她三周大的黑猩猩宝宝格涅发起攻击。那是下午五点十分，帕申和女儿普姆总是相互配合，帕申将麦莉萨摁倒在地上，足有十分钟之久，同时撕咬她的脸和手，普姆企图趁乱抢夺她怀里的孩子。两分钟后，麦莉萨的上嘴唇流出了血，帕申终于将格涅抢出来。麦莉萨奋力反抗，咬了帕申的手，将格涅又抢夺回来。帕申起身绕到麦莉萨的背后，发起新一轮的攻击，狠狠地咬了麦莉萨的屁股。麦莉萨不顾伤痛，死命抵挡普姆的攻击。帕申盯上了麦莉萨的手，紧抱着小黑猩猩的手，她一个手指一个手指咬过去，与此同时，普姆来抢夺格涅。麦莉萨始终没松手，帕申从背后一个抱摔，将麦莉萨摔个四脚朝天，又用脚踩住麦莉萨的胸膛，帕申终于将小黑猩猩抢到手。普姆带着"战利品"迅速离开，爬到了树上，帕申紧随其后，受伤的格涅可能已经死亡。麦莉萨想站起来，因伤势过重又瘫倒在地上，此时帕申和普姆坐在树上开始啃食她的孩子。

　　三分钟后，麦莉萨终于能够站了起来，爬到树上找到帕申、普姆和已经死去的孩子。她遭到帕申和普姆的抵制，但并没有对她进行攻击。麦莉萨不得不退了下来，而后又多次试图往树上爬。麦莉萨被咬伤的屁股流血不止，脸部也肿胀起来，然而她试图与帕申进行接触。在黑猩猩的世界存在一种奇特的行为，在发生激烈冲突后，他们很快就会寻求和好。她爬上树，和帕申手拉手，而后麦莉萨退了下来。又过了十二分钟，麦莉萨再次爬到树上，帕申查看麦莉萨受伤的手，目光关切。[285]

　　自然界就是这样残酷。黑猩猩可以在绝望的母亲面前吃掉她的孩子。黑猩猩能够为了争夺领土发动战争，他们能做到有计划、有预谋，长时间折磨对方，甚至屠杀昔日的朋友、亲属。尤里乌斯躲过了所有这些残酷的现实。在自然界，战争、冲突不断，在动物园里却永远是一派和平景象。尤里乌斯生活在设有围栏的世界里，在这里他比自然界的黑猩猩经历少得多的恐惧和伤痛。他也避免了自然界黑猩猩首领迟早会经历的被降级、被废黜的残酷斗争。尤里乌斯永远不会感到饥饿，一切准备妥当后，他才会进食。他还能及时得到医生的诊治，在必要的情况下，还会为他进行麻醉。他能参加各种活动，接触新奇的事物。他根本不知道在非洲的丛林中还自由地生活着其他黑猩猩。他从来没有离开过挪威西阿格德尔郡。他可能是快乐的。

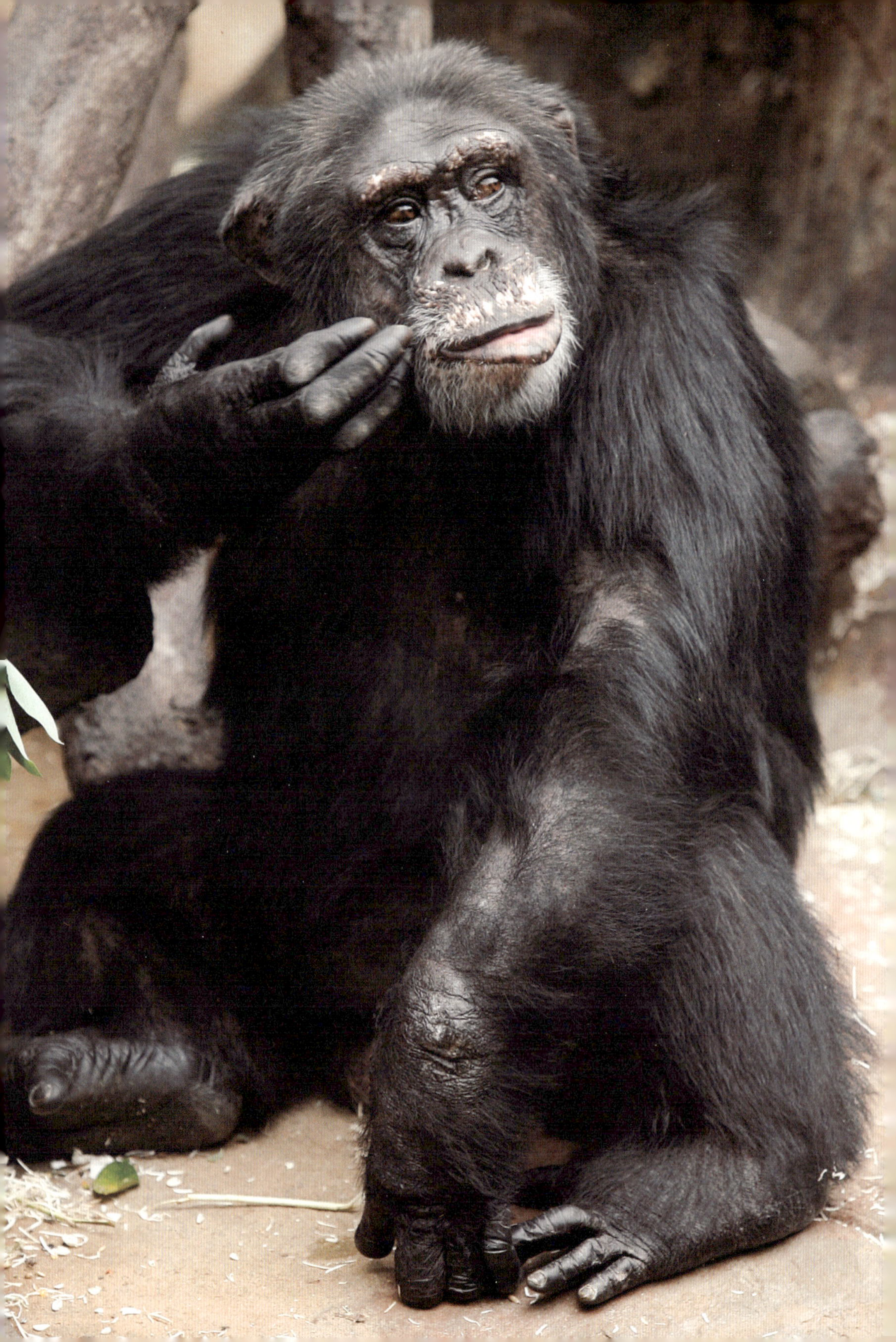

第十一章

最后一幕

黑猩猩永远不做任何未经思考的动作。[286]

——弗朗斯·德·瓦尔

最后一幕

二〇〇九年十二月二十六日，是尤里乌斯三十岁生日。庆祝他的生日已经成为动物园维护品牌的重要手段，可是此时正值圣诞节家庭团聚期间，从商业角度看这不合时宜。因此，尤里乌斯的生日庆祝活动提前到十月八日进行，天气不算太凉，黑猩猩们仍可在户外活动。除了在本地区邀请了四百名儿童外，还有来自全国各地的孩子，总共有一千四百名儿童出席庆生活动。根据惯例，尤里乌斯会得到生日蛋糕、橘子汽水和生日礼物。孩子们每人会获赠小圆面包、汽水和尤里乌斯故事图书。[287] 这次生日庆祝活动让人回想起从前广受青睐但又存在争议的"黑猩猩茶会"。伦敦动物园举办的黑猩猩茶会最出名。黑猩猩们都要穿上人类的服装，坐在摆放着精美茶具的桌前，装作喝茶。[288] 这个传统始于一九二六年，一直持续到一九七二年，也就是只比尤里乌斯出生早七年。尽管现在的庆生活动与过去的茶会有区别，但是尤里乌斯明显对这样的活动特别感兴趣。糖果和众人的关注是他最喜欢的。当他从室内来到室外的黑猩猩岛上，看到到处布置的是举行庆祝活动的样子，立刻大声呼叫。黑猩猩感到开心时发出的呼叫声非常尖锐，但是熟悉黑猩猩的观众听得懂他是在表达开心。他跳上桌子，大口吃杏仁泥蛋糕，足足喝了几升橘子汽水，并逐一撕开礼物的包装纸。礼物里有油画布、图片和衣服等。[289] 尤里乌斯展示着他的技巧：其他黑猩猩要喝橘子汽水时，只知道用牙咬开瓶子盖，而尤里乌斯则会用手轻松一拧就将瓶盖打开。

圣诞节前夕，也就是尤里乌斯的生日即将到来之际，动物园又为他举行一次庆生聚会，参加聚会的只有他最亲近的人和照顾过他的饲养员。他仍然记得他们的面孔，分辨得出他们说话的声音。有一年夏天，爱德华·莫赛德站在一百多人后面喊了一声尤里乌斯的名字，他立刻就听到了，并且知道是谁在叫他。尤里乌斯甚至认得出来黑猩猩岛看他的、已经是成年人的安娜和丝芙，他住在爱德华家时，安娜和丝芙分别只有四岁和两岁。他一看到她们，就想与她们一起做小时候玩过的游戏——他站在水渠边上，摆出要赛跑的样子。他移动着重心，仿佛在等待比赛开始的信号，仍然像小时候一样，如果有人抢跑就会特别生气。[290]

  总体来说，黑猩猩有着很强的记忆力。实验证明他们的记忆是影像记忆，他们对人脸的识别能力尤其令人感到惊讶。[291] 黑猩猩对声音的辨别能力更强。黑猩猩生活在雨林中，茂密的林木会遮挡他们的视线，而一个大社群需要成员之间相互配合，主要就是靠声音传递信息，确认对方所处的位置。尽管尤里乌斯如今已是社群内的成员，而且是首领，二十五年来没有出过动物园，他却仍然记得所有曾对他有着特殊意义的人的模样和声音。每当老朋友前来看望他时，他都显得十分激动。与他关系最近的人来看他时，尤里乌斯常常会有奇怪的举

动。如果来访的人已经两个月未曾来过，尤里乌斯见到他时马上会露出生气的样子。他会背对着来访者坐下，独自生闷气，之后会突然转变心情，站起来兴奋地跑来跑去。接着，尤里乌斯会尽可能地靠近来访者，紧贴着玻璃或栅栏。人们几乎怀疑他是在假装生气，好让来访者意识到长久没来探望他应该感到内疚。

黑猩猩其实很会表演。作为群居的、可以认知自己的形象的动物，黑猩猩明白在其他黑猩猩面前应该如何表现才能获取最大利益。黑猩猩的表现，其他黑猩猩都看在眼里。荷兰阿恩海姆动物园里的两只雄性黑猩猩耶鲁恩和尼基曾经结盟，相互配合，将对手鲁伊特杀害。此后他们之间又发生了争斗。尼基咬伤耶鲁恩的手臂，耶鲁恩因此跛行了几天。后来研究人员发现，即使在耶鲁恩伤势痊愈后，他再看到尼基时，还是会跛行。尼基一旦离开，耶鲁恩就马上恢复原形，活动自如。人们对此产生兴趣，组织了观察团队观察耶鲁恩的表现。耶鲁恩每次见到尼基时，都会假装受了伤，可能是为了博得同情，可能是为了避免暴力行为升级，也可能是提醒尼基，伤害朋友的行为是不仗义的。[292] 如果耶鲁恩能够乔装受伤，尤里乌斯每次看到人类老朋友来访，会假装生气也就不难理解。毕竟他小时候过得是那样动荡不安，如今见到老朋友，他可能是想唤起他们的同情。

雨中产崽

三十岁生日庆祝活动也是在提醒大家，尤里乌斯在人类世界中的地位。而实际上，如今的他所表现出来的人类特征比以往任何时候都少。尤里乌斯同群体中的其他成员都相处和谐。与珍妮的关系尤为亲密，珍妮的名字就是按

左图：庆祝尤里乌斯三十岁生日

珍·古道尔的名字起的，她已接近成年。每当珍妮发情时，尤里乌斯就会与她交配，而小林奥斯会爬到他的后背上竭力阻止。珍妮怀孕了，但是生了个死婴。不久后，她再次怀孕，二〇〇一年九月六日星期二，这天天气恶劣，下着瓢泼大雨，她在室外生产了。她爬到黑猩猩岛上的一棵树，那里有个树屋。珍妮认为在这里分娩最合适，饲养员们却不这样认为。挪威的黑猩猩从来没有在九月的户外产过崽。小黑猩猩太小，很容易患肺炎。尽管分娩过程顺利，但是大雨下个不停，珍妮带着孩子始终待在小树屋里。饲养员一直在查看天气预报，密切关注着天气变化。预报称雨不久就会停止，他们便等待雨停，希望不需要等待太久就能去支援珍妮。他们打算用麻醉飞镖射中珍妮，然后进入黑猩猩岛将小黑猩猩抱进暖和的室内。天气预报灵验了，大雨转为淅淅沥沥的毛毛细雨，珍妮抱着小黑猩猩从树上跳了下来。[293] 原来这是一只雌性小黑猩猩，根据当时的天气状况，给她起了名字，叫伊尔毛毛雨。

　　具有讽刺意味的是，尤里乌斯同比妮、迪希和珍妮都生了孩子，那两只在报纸和周刊上正式与尤里乌斯"结婚"的雌性黑猩猩，尤瑟芬娜和米芙却没能和尤里乌斯生儿育女。珍妮和尤里乌斯都是在动物园里出生的，因此伊尔毛毛雨是克里斯蒂安桑动物园出生的第二代黑猩猩了。在伊尔毛毛雨的四个祖父母桑娜、丹尼斯、查姆皮斯和迪希中，现在只有迪希还活在世上。在这个小小的黑猩猩社群里，关系很容易变得复杂。迪希是林奥斯和珍妮的母亲，是伊尔毛毛雨的祖母，尤里乌斯是林奥斯和伊尔毛毛雨的父亲，因此林奥斯既是伊尔毛毛雨的叔父，又是她同父异母的哥哥。

　　这次产崽比以往各次产崽引起的关注要小。现在的尤里乌斯已不再是从前的明星。此外，尤里乌斯的第三个孩子出生时，正值二〇一一年七月二十二日于特岛恐怖袭击事件发生之时，整个挪威尚未从震惊中恢复。[译注6] 整个社会都

译注6　2011年7月22日，挪威极右翼分子安德斯·贝林·布雷维克伪装成警察，先到政府办公大楼前引爆威力巨大的汽车炸弹，然后又到奥斯陆以西40公里的于特岛，用机枪向那里正在举行的工党青年团夏令营的年轻人射击，这次恐怖袭击一共导致77人丧生，300多人受伤。这是挪威自二战以来发生的最严重的恐怖袭击事件。

珍妮和伊尔毛毛雨

发生了巨大的变化。公众不关注黑猩猩产崽，与恐怖袭击相比，那是一件微不足道的新闻。

  在仅仅一年的时间里，尤里乌斯已成为三个孩子的父亲。伊尔毛毛雨茁壮成长，但是她不得不忍受其他黑猩猩在做游戏时的粗暴动作。克奈滕和小尤里乌斯觉得与一只小黑猩猩一起玩儿非常开心，他们围着她转来转去，把她当作一个玩具布娃娃。伊尔毛毛雨感到十分疲惫，得不到充足的睡眠，珍妮看到眼里，认为这对她很不利，于是叫尤里乌斯出面干预年轻黑猩猩的活动。然而尤里乌斯并不是严厉的首领，他对年轻的黑猩猩不够凶狠。小尤里乌斯和克奈滕好像在借此试探尤里乌斯的容忍底线，结果表明他的底线非常有弹性。[294]

伊尔毛毛雨出生以后，林奥斯有些失宠，五年他一直是关注的焦点。二〇一二年五月三日傍晚，他突然不见了。饲养员鲁纳·兰多斯看着黑猩猩一只接着一只，默默地通过栈桥进入室内，感觉不大对头，林奥斯没有出现。鲁纳·兰多斯找遍了黑猩猩岛也没发现林奥斯。他担心林奥斯掉到水渠里淹死了。他想到林奥斯常常玩耍的地方，岸边的草皮比较湿滑，是不是从那里滑进水渠的呢。兰多斯穿上防水裤，在水中四处寻找，一直持续到很晚也没找到，只得先回家。第二天早晨，他穿上防水裤再次下水寻找，用脚在水底探索，突然在木屋旁的水下触到一团软东西，是林奥斯。他弯腰将林奥斯的尸体捞了上来。鲁纳·兰多斯站在那里，手捧黑猩猩的尸体，感到非常失落。他没有再多想，轻轻地抚摸林奥斯，把林奥斯装进一个编织袋，抱了出去。[295]

生出死婴、幼儿无法存活，是这个黑猩猩群常常发生的事。但是林奥斯的死与以往不同。五年来，林奥斯一直是关注的中心，这些黑猩猩日日夜夜都相处在一起。突然间，他消失了。没有任何一只黑猩猩看到他的尸体，但他们可能懂得他已经死了，也许有黑猩猩看到他落入水中。第二天，黑猩猩们从室内来到黑猩猩岛上，大家仍然在寻找林奥斯。尤里乌斯呆坐在那里，眼睛一直盯着水渠。随后的几天，整个黑猩猩群表现得异常安静。无论是尤里乌斯，还是群体其他成员，都是这样。据鲁纳·兰多斯觉得整个黑猩猩群笼罩在忧伤的情绪中。迪希常常独自坐在室内，不肯到外面去。[296]

尤里乌斯的一生中已经历了好多次死亡事件。丹尼斯、博拉、罗塔、桑娜、谢尔、耶斯波、比利和查姆皮斯都死了，只有尤里乌斯存活下来。此外，他还经历了莫赛斯、他的长子以及林奥斯这几只小黑猩猩的死。还有几只年轻的黑猩猩，例如弟弟奥拉，被送到别处，永远地消失了。如前所述，黑猩猩显然懂得死亡是怎么回事，至于他们是否意识到自己也有一天会死去则不能下明确的结论。日本京都大学灵长类动物研究所里的黑猩猩瑞欧患了脊髓炎，颈部以下都是瘫痪的。他日夜都有人照顾，能像以前一样吃喝，只是身体不能活动。如果是在野外，他必死无疑。如今看起来他的病情并没有影响他的心情。他还是像以前一样乐观、好脾气。他还是会用嘴喷水，像以前一样爱把嘴里的水喷向周围的实习学生，以此取乐。他对自己的未来没有表现出恐惧和不安。[297] 这样的行为举止不禁让研究人员猜测，瑞欧不理解自己会死，即使看到周围有黑猩猩死去，也不会想到自己有一天也会死去。

类似地，我们也只能猜测尤里乌斯对自己的未来和自己的生活有何想法。我们知道黑猩猩是一种社交关系发达的群居动物，他们有自知能力和比较发达的大脑。根据动物的体重与大脑的比重，人们推测黑猩猩的大脑重量为一百五十克，事实上黑猩猩的大脑重量可能达四百克。黑猩猩发达的智商与他们每天要为食物进行争夺是分不开的。因为黑猩猩是群居动物，必须处理好和其他黑猩猩的关系，时而结成联盟，时而发生争斗，他们不得不进行策略性的思考，包括仔细揣摩对方的意图、隐蔽自己的想法和制定以后的行动计划。这种现实状况练就了他们的大脑。至于黑猩猩能否利用自己的大脑去思考自己的死亡，尤里乌斯是否明白自己的心脏有一天会停止跳动，可能我们永远无法真正知晓。

比妮走了

在伊尔毛毛雨出生以后，对所有雌性黑猩猩都采取了节育措施，她们将不会再怀孕。这个黑猩猩群体不会扩大，尤里乌斯依然担任首领。他的生命已经进入最后一个阶段，就像在棋盘上按照常规步伐移动的国王，调解争端，尽可能长久地维持首领的位置。

二〇一三年十月，比妮不得不离开这个黑猩猩群。DNA测试结果显示克里斯蒂安桑动物园的其他黑猩猩都是不同亚种的黑猩猩杂交的后代，只有比妮是纯粹的西非黑猩猩亚种的后裔。克里斯蒂安桑动物园加入了国际繁殖合作组织，要求将比妮送到荷兰一家动物园，因为那里的黑猩猩与比妮属于同一亚种。她现在三十九岁，仍然有能力在那里生儿育女。

比妮被实施麻醉，先后搭乘汽车和轮渡去了荷兰。她的离开使黑猩猩和饲养员都感到伤心，但是这种事情要比大家想象的自然得多。在野外，成年雌性黑猩猩经常会在不同的黑猩猩社群间走动，这是大自然的一种防止乱伦和近亲生育的措施。现在比妮要加入一个新的黑猩猩社群，如果一切顺利的话，将与那里的雄性黑猩猩结合，养育新的小黑猩猩。唯一显得不那么自然的是她乘现代交通工具迁徙到另一个黑猩猩社群。

自从比妮离开和林奥斯死了以后，这个黑猩猩社群只剩下九只黑猩猩了，分别是尤里乌斯、迪希、尤瑟芬娜、米芙、珍妮、图比亚斯、克奈滕、小尤里乌斯和伊尔毛毛雨。克奈滕、图比亚斯和小尤里乌斯已长大，理论上讲他们仨具备向首领尤里乌斯发起挑战的资格。小尤里乌斯最好战，颇具挑衅性，随时可能挑起争斗。然而，他多年所依靠的比妮走了，等于失去了母亲的支持。在黑猩猩社群里争权夺利的斗争中没有自己的同盟，没有母亲的支持，小尤里乌斯夺权的可能性很小。克奈滕和图比亚斯的母亲都在社群里，米芙和迪希这两个母亲也常常争斗。比妮走了以后，她们俩争当社群里的"第一夫人"。她们谁能胜出也间接影响着谁能继承尤里乌斯的位置。[298] 二〇一六年五月，她们之间爆发了一场激烈的殴斗。那发生在黑猩猩岛上，饲养员无法介入，尤里乌斯和小尤里乌斯也都卷入其中。米芙和迪希互相追打，局势迅速失控。尤里乌斯竭力将双方分开，他自己的嘴唇也被狠狠咬了一口。这倒令她们停止了打斗，转而关心起尤里乌斯的伤势来。

尤里乌斯嘴唇被咬的伤口很深，不得不被注射麻醉剂后进行缝合。饲养员唐雅·敏臣之前多次训练过尤里乌斯如何接受打针。她让尤里乌斯将胳膊伸出栅栏，她便可以给他注射，完成一次注射就会给他一些奖励。她的训练终于得到回报，没费吹灰之力，就在尤里乌斯的胳膊上注射了麻醉剂。罗尔夫·阿尔纳·厄尔伯格为他嘴唇的伤口进行了缝合，同时为他进行了一次全面体检。又

最后一幕

目前这个黑猩猩社群除了尤里乌斯以外,还有下列八个成员:

迪希,1987年来自德国慕尼黑

尤瑟芬娜,1987年来自瑞典厄兰

米芙,1996年来自丹麦哥本哈根

伊尔毛毛雨
（母亲：珍妮，父亲：尤里乌斯）

珍妮，（母亲：迪希，父亲：查姆皮斯）

图比亚斯，（母亲：迪希，父亲：查姆皮斯）

右图：克奈滕
（母亲：米芙，
父亲：查姆皮斯）

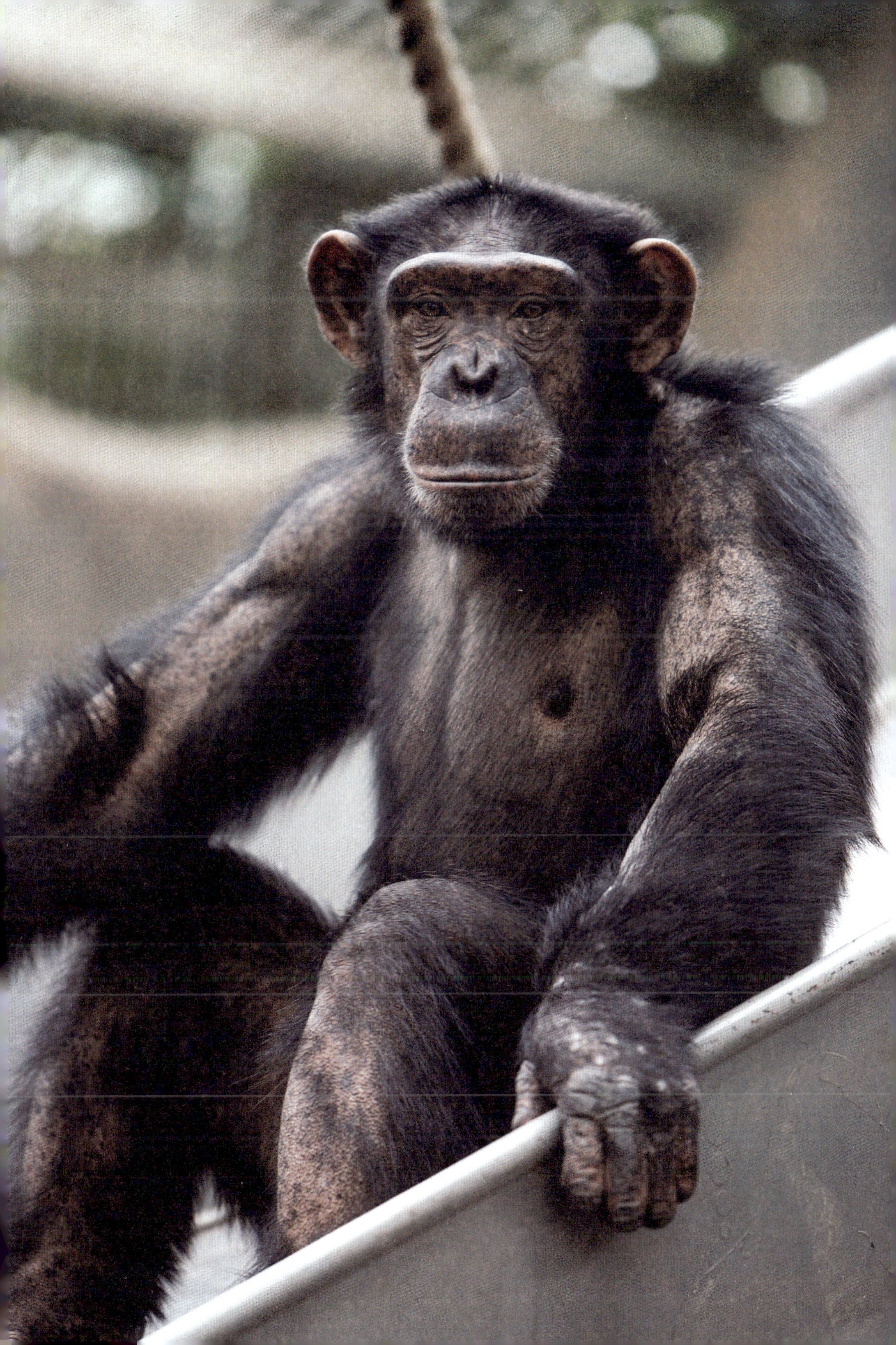

小尤里乌斯
(母亲：比妮，父亲：尤里乌斯)

利用这次机会，为他拔掉一颗困扰多时的蛀牙。还为他的手指涂上了彩色指甲油，为的是当他苏醒过来时可以注意到自己的指甲，转移对疼痛的关注。[299]

手术后，尤里乌斯回到群里，继续担任首领。可是二〇一六年十月二十五日，星期二，又发生了冲突事件。这次发生在睡觉的圈舍里，饲养员没有看见整个过程。可能仍然是迪希和米芙之间发生冲突，尤里乌斯介入，又一次受伤。他的左腿被咬了一道大口子，再次需要被麻醉后进行缝合。这次卡尔·克里斯蒂安·格拉德（老格拉德的儿子）来为尤里乌斯进行治疗，他已经是一位四十八岁的牙医了，利用这个机会又检查了尤里乌斯的牙齿。作为牙医，卡尔为动物园里的好几只动物都看过牙，这是第一次为自己的老朋友看牙。[300] 他的牙齿很好，尤里乌斯进行手术后，回到社群，继续担任首领。几次冲突事件表明，在紧急时刻，尤里乌斯仍然有能力介入并能平息冲突。

这次被麻醉后，为他进行了血液化验，做基因检测。二〇一七年复活节期间，检测结果出来了。结果表明他与比妮一样都属于西非黑猩猩亚种。这是世界上罕见的黑猩猩亚种，国际繁殖合作组织特别希望他能够繁殖更多的后代。

如果四年前就知道的话，就不会把比妮送走。他们共同孕育的儿子小尤里乌斯也不会被阉割。只能考虑在未来几年，想尽一切办法，让尤里乌斯与同一亚种的雌性黑猩猩孕育更多孩子。动物园乐意促成这一任务。可能会引进新的黑猩猩，公开或秘密地为尤里乌斯引进新的配偶。一切需要等待时机。直到目前为止，尤里乌斯仍然尽职尽责地履行黑猩猩社群的首领职务。

如果是野外，到了尤里乌斯的年纪，想保住首领位置已经很难了。而在圈养的黑猩猩社群里，他在未来的数年里仍然能继续担任首领。最理想的情况应该是逐渐地、小心谨慎地退位。在有些动物园里，当黑猩猩首领年事已高时，会降到副首领的位置。

这样的话，尤里乌斯还能继续存活数十年。或者可能像他的父亲一样，突发心力衰竭，迅速死去。对于未来，没有什么计划可言。该发生的总会发生。时至今日，尤里乌斯仍然掌控着一切。

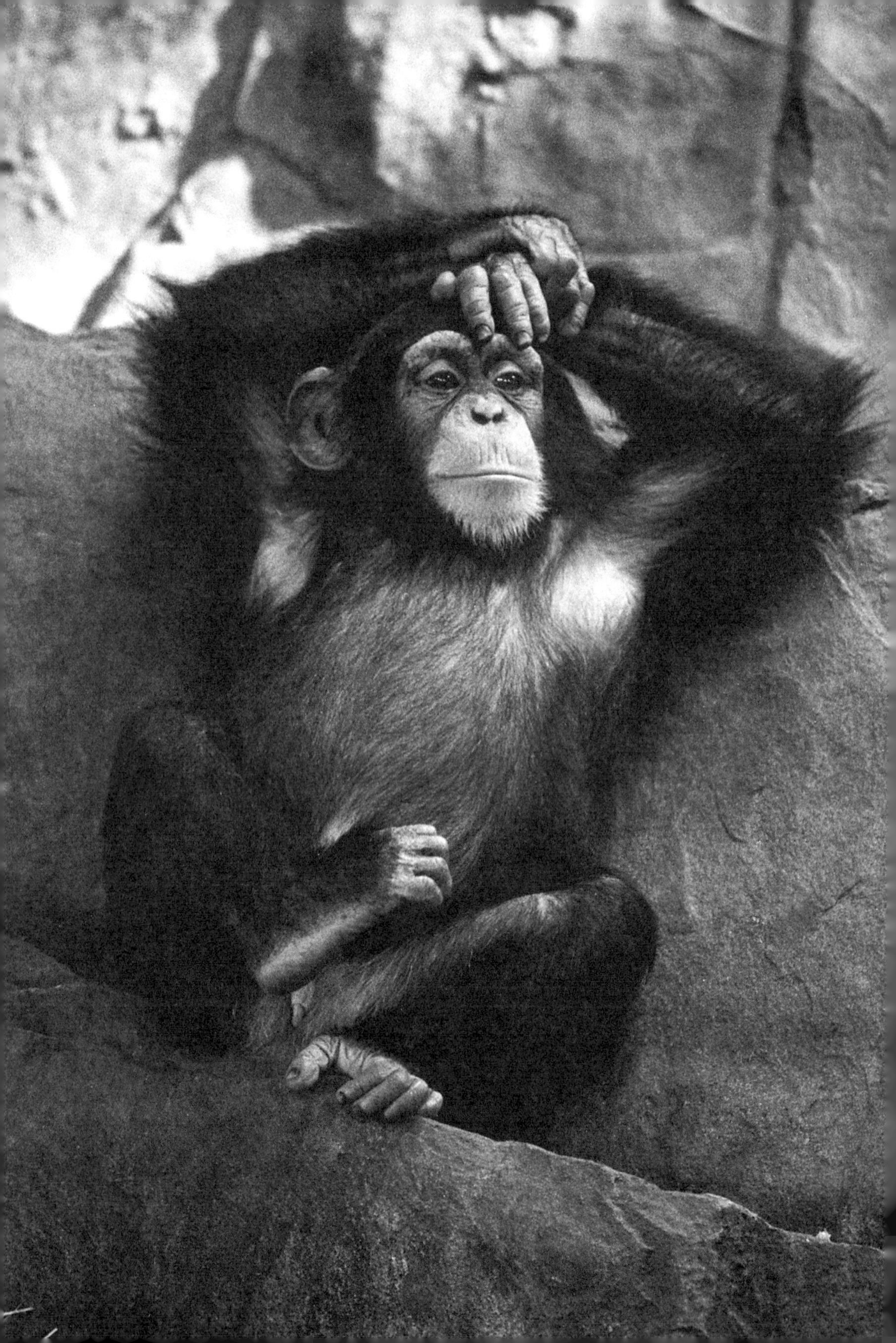

第十二章

这双
眼睛

动物的眼睛有着强大的语言表达能力。单纯透过眼睛就能表达，不需要声音、手势的辅助。那样的眼睛震人心魄，它们传递着秘密信息。[301]

——马丁·布伯

年轻时的尤里乌斯在沉思中

这双眼睛

从尤里乌斯出生至今，克里斯蒂安桑动物园的动物生存条件有了很大的提升。当动物园于一九七六年引进第一只黑猩猩时，饲养员对如何饲养一无所知。他们尽最大努力尝试、摸索前行，同时要饲养不同种类的动物，忙得不可开交。现在动物园拥有了专职黑猩猩饲养员，他们的主要任务是调动黑猩猩运动的积极性，激发黑猩猩多多动脑。安排黑猩猩参与形式多样化的活动，让他们常常能遇到新的挑战，借此促进和激励他们的发展。黑猩猩的餐食比以前也有很大改善，水果量减少了，增加了蔬菜的比例，此外还从国外进口了营养素，富含黑猩猩所需的各种重要营养成分。现在的黑猩猩比以前更健康。米芙的双下巴已经不见了，尤里乌斯的体重也减轻了二十公斤。他们的生活习惯和规律也改变了。饲养员不再强迫黑猩猩每晚回各自的圈舍里睡觉，现在他们可以在公共活动区域一同睡觉。会发给每只黑猩猩一块毛毯，像在野外一样，可以搭建自己的"窝棚"，因此他们之间的关系变得更加融洽。[302] 过去每到冬天，他们只能在室内活动，饲养员担心他们无法忍受挪威冬季寒冷的天气而生病。如今对设施进行了改造，一年四季他们都可以去室外活动，但是有一种情况除外，就是环绕黑猩猩岛的隔离水渠结冰时不能让他们出来活动，否则他们会大摇大摆地从冰面上走出去。到了冬天，黑猩猩可以自愿选择到外面去还是留在室内、什么时候出去、在外面停留多长时间。当他们感到寒冷或潮湿了，就可以赶紧回到暖和的室内丛林。此外，动物园还修建了一个通向屋顶的通道，他们随时可以爬上去呼吸那里的新鲜空气。特别是米芙，特别喜欢爬上去捧些雪玩。他们并没有因为近距离接触雪而生病。相反，他们的身体状况比以前任何时候都健康。八十年代，为了保持群体安静曾给他们服用一些药物，现在看来是不可思议的。[303]

这几十年间，非洲中部野生黑猩猩的生存状况却不容乐观。种群的数量急剧下降。尤里乌斯刚出生时，野生黑猩猩数量高达一百万只，可是现在已经不足二十万只了。如果仍然以同样的速度继续减少，如果尤里乌斯活得很久，能成为最长寿的黑猩猩，那么最后一只野生黑猩猩会在他之前灭绝。不止是黑猩猩有灭绝的危险。其他物种数量也在急剧减少。在尤里乌斯生活的这几十年间，地球上的动物数量减少了一半；人类活动所造成气候变暖，导致覆盖北极的冰帽融化了一半。[304] 每当尤里乌斯欢庆一次生日，就有相当整个丹麦国土面积一样大的雨林消失。

全世界一半以上的动物种群都生活在雨林中。存在我们还没来得及了解就已经灭绝的物种。一九六〇年夏天，珍·古道尔冒着生命危险走进坦桑尼亚的热带雨林，研究、考察野生黑猩猩的日常生活，她打开了一扇通往一个新世界的大门。可是我们对野生黑猩猩的认知还远远不够。自从珍·古道尔进行开创性研究以来，研究者发现黑猩猩有着自己的文化，在不同地区，不同社群的黑猩猩为了解决各种实际问题，会采取不同的方法。这便是不同的文化，与他们的生理条件无关。例如一些黑猩猩社群狩猎时已经采用顶部尖尖的木棍，而另一些地方的黑猩猩只会凭借四肢狩猎。在非洲西部，黑猩猩会用石头砸开坚果，可是在非洲东部就从来没有观察到类似现象。[305] 这些实践代代相传，就会形成传统。最近，一组科研人员对八个黑猩猩社群里的雄性黑猩猩的Y染色体进行对比分析，从而推断出这些社群与共同的远古祖先之间的代际距离，即推测这些文化行为延续的时间。研究发现，这八个黑猩猩社群延续的时间有一百年的，也有两千年以上的。[306] 也就是说，热带雨林中的黑猩猩存续了数千年。然而，黑猩猩的文化传统可能会永远消失。

在动物园里从事黑猩猩饲养的人越来越少，更多人投身拯救野生黑猩猩的战斗之中。珍·古道尔讲述过她在一九八六年出席的一次关于黑猩猩的研讨大会，全世界的黑猩猩研究专家聚集一堂，在会上宣读了研究报告，详细分析了野生黑猩猩的生存环境如何受到人类活动的破坏。珍·古道尔说，她以黑猩猩研究员的身份出席了当年的大会，而回到家后就真的行动起来，以实际行动来保护黑猩猩的生存地。她必须改变自己的工作重心，不能只被动地记录所观察到的情况。克里斯蒂安桑动物园许多饲养员也投身在刚果设立的野生黑猩猩康复计划。他们中很多人意识到这是他们的责任，这也是尤里乌斯和室内丛林里所有其他黑猩猩所期待的。从他们那充满神秘感的眼睛里就能体会到。

所有与黑猩猩近距离接触过的人都会谈起黑猩猩那双灵动的眼睛。直视黑猩猩的眼睛不会引起他的反感——如果与一只大猩猩对视，他会理解为挑衅。如果你可以直视一只黑猩猩的眼睛，你会感觉到不同寻常的东西。在黑猩猩的眼睛深处闪烁着生命的活力和智慧，这在其他动物身上很难见到。那很难用语言文字表达出来。就好像透过面具去解读里面的眼睛一样——既熟悉又陌生。

比利·格拉德的日记从尤里乌斯出生一直记录到今天，书写风格严谨而客观。只有一次，他打破了这种惯例，当时他第一次描述尤里乌斯的目光。"我把你抱在膝盖上，"格拉德直接对尤里乌斯说，"你那明亮的、浅棕色的大眼睛看着我。你的脸显得很严肃，我的小伙伴，简直像个老头儿。你看起来那么聪明、那么渴望探索，你的目光又是如此清澈、辽远。"[307] 观察过许多黑猩猩的弗朗斯·德·瓦尔写道："如果我们盯着黑猩猩的眼睛，我们就会感觉到一双睿智、自信的眼睛在回望着我们。"[308] 那些曾与尤里乌斯密切接触过的人仍然能隔着栅栏，与尤里乌斯相对而坐，目光对视。安娜·莫赛德每次来探望尤里乌斯时，他总会与她一起玩小时候的游戏，他们坐在栅栏的两侧，一方嘴里叼着一根草秆，另一方试图抢夺，这个时候她就能凝视着他那双深邃的眼睛。[309]

黑猩猩的这种目光仿佛是一种呼唤。过去，我们捉到一只稀有动物，将其关进笼子里欣赏，以这种方式来宣扬人类是自然的主宰。如今，笼子里的动物反过来凝视着我们，徒劳地提醒我们应对共同生存的大自然承担责任。也许这就是黑猩猩的眼睛里蕴含的秘密？我们在黑猩猩的目光里看到了一种义务、一种责任，我们要对尤里乌斯在自然界的亲属们和所有其他种类的动物负有责任，它们的生活环境正在遭受人类的摧毁。我们作为人类，有义务为未来着想，新的奇迹也许会在非洲的热带雨林继续发生——在尤里乌斯死去、被遗忘的数百年后。新的电子脉冲传达至黑猩猩胎儿尚未成型的心室，那与一九七九年五月尤里乌斯的心脏接收到的一样：跳动，小心脏，跳动！

ETTERORD

尤里乌斯是一个极为特殊的传记对象。获取素材的渠道多种多样,从周刊的闲话专栏、电视台儿童节目到医学解剖报告和兽医的记录。最重要的档案材料来自克里斯蒂安桑市档案馆"D/1360克里斯蒂安桑动物园"卷宗。所有具体的档案材料和报纸文章都在注释部分注明出处。参考书目亦整体列出。

写这本传记是我本人的主意,我很早便与克里斯蒂安桑动物园取得联系,告知他们我的写作计划,动物园方面立刻表示我可以随时查阅他们保存的资料,可以采访动物园内任何工作人员,而且没有提出任何附加条件,比如写出的书稿需要先给他们审阅等等。莫赛德和格拉德两家也向我敞开大门,给予我无法估量的巨大帮助,提供了宝贵的素材。我虽然不是研究黑猩猩的专业学者,却阅读了与此相关的重要研究成果,在此我深表感激。我也借用了罗伯特·耶尔克斯(Robert Yerkes)经典著作《几乎是人》(*Almost Human*)作为本书的书名。

本书手稿已请生物学家达格·欧·海森、动物学教授图尔芬·厄尔曼、生

后　记

物学家及动物园饲养员海莲娜·阿克赛尔森和唐雅·敏臣审阅，还有重要素材提供者卡尔·克里斯蒂安·格拉德、安娜·莫赛德和爱德华·莫赛德，此外还有编辑哈康·库曼斯库格和语言学专家奥斯明·弗尔凡。他们都提出了非常宝贵的建议，本书若存在疏漏之处，则是我个人的责任。

此外，很多文字资料和视频资料来源于对以下人士的采访，我深表感谢：海莲娜·阿克赛尔森、玛丽特·爱斯珀尤德（爱德华·莫赛德前妻）、克里斯汀·法尤萨、奥德瓦尔·伊沃森、卡尔·克里斯蒂安·格拉德、雷顿·格拉德、威廉·R.格拉德、厄斯滕·格拉德、派尔·霍尔特、希尔德-贡·约翰森、唐雅·敏臣、鲁纳·兰多斯、安娜·莫赛德-沃尔胡斯、爱德华·莫赛德、奥瑟·古恩·莫斯沃尔德·霍嘎、古恩·雷纳森、阿尔纳·玛格纳·罗伯斯塔、古恩·霍伦·罗伯斯塔、汉斯·马丁·斯文达尔、奥瑟·逊德波、克努特·奥普斯塔和派尔·阿恩斯腾·奥莫特。

照片来源

12页，挪威国家广播公司

17、74、93和139页，《祖国之友报》

8、18、20、24、28、41、42、44和56页，比利·格拉德

2、4、37、46、52、54、56、60、64、68、69、72、77、88、134、146、149、214和封面照片，阿瑞尔德·雅克布森

39页，莫瑞斯·特莫林从Science & Behavior Books Inc. 出版社获得授权，将该照片提供给本书。

51页，《晚邮报》社

80、91页，奥瑟·古恩·莫斯沃尔德·霍嘎的私人收藏照片

101、124、158、168、178、198、209-212页，动物园提供

96、106、107页，克努特·奥普斯塔／《世界之路报》／挪通社图片服务中心

27、109页，雷顿·格拉德

118、132页，海尔格·密卡尔森／《世界之路报》／挪通社图片服务中心

170页，克瑞斯汀·恩格赛特

162、167、176、188页，尼古拉·普赖本森／《世界之路报》／挪通社图片服务中心

171、173、174、185和202页，汉斯·马丁·斯文达尔

193页，弗莱德利克·桑伯格／TT通讯社／挪通社图片服务中心

205页，乌拉·马丁·布恩

注 释

第一章：先天遗传与后天养育

1、威廉·格拉德日记，1980年2月12日，私人保存。
2、摘自网络，网址略。
3、对奥瑟·古恩·莫斯沃尔德·霍嘎的采访，2016年9月19日。斯凯耶摘自其观察记录，1996：27。
4、对奥瑟·古恩·莫斯沃尔德·霍嘎的采访，2016年 9月19日。
5、克里斯蒂安桑市档案馆，D/1360，22盒，文件夹：K.密勒与农业部的信件往来，1974-1977。农业部兽医司雷达·沃兰致克里斯蒂安桑动物园克努特·密勒的信函，1976年1月13日。
6、对爱德华·莫赛德的采访，2016年10月21日，文件存于克里斯蒂安桑市档案馆，D/1360，22盒，文件夹：K.密勒与农业部的信件往来，1974-1977。农业部兽医司雷达·沃兰于1976年1月13日致克里斯蒂安桑动物园克努特·密勒的信函，以及克里斯蒂安桑动物园克努特·密勒于1977年3月8日致农业部兽医司的信函，提出从国外引进黑猩猩的申请。
7、对奥瑟·古恩·莫斯沃尔德·霍嘎的采访，2016年9月19日。
8、古道尔（Goodall）1986：231，基于1980年朗海姆（Wrangham）和斯密特（Smut）二人的观察。他们观察到黑猩猩在白天有47%的时间在吃东西，其中13%的时间在四处游荡寻觅食物。
9、电视台专访。
10、《祖国之友报》，1980年8月9日，私人保存；威廉·格拉德的日记，1980年2月12日，私人保存；对雷顿·格拉德和威廉·格拉德的采访，2016年2月1日。
11、德·瓦尔（de Waal）2007：65。
12、2016年9月29日对古恩·雷纳森、2016年9月19日对奥瑟·古恩·莫斯沃尔德·霍嘎的采访。威廉·格拉德的日记，1980年2月12日，私人保存。日记中准确、详细记录了这期间尤里乌斯与人一起生活的情况。这篇日记是本章节内容最重要的档案基础。
13、
14、摘自对威廉·格拉德的采访，2016年2月1日。
15、摘自对雷顿·格拉德的采访，2016年2月1日。

第二章：快乐的日子

16、德·瓦尔（de Waal）2007：3。
17、威廉·格拉德的日记，1980年2月12日，私人保存。
18、威廉·格拉德的日记，1980年2月12日，私人保存，以及于2016年2月1日对雷顿·格拉德和威廉·格拉德的采访。
19、哈拉利（Harari）2016：332。
20、威廉·格拉德的日记，1980年2月13日，私人保存。
21、《灵长类动物的交流方式》，esciencenews.com，2016年5月24日。
22、古道尔（Goodall）1986：16 f.；《人类如何演化出色彩视觉》，esciencenews.com，2014年

12月19日。

23、威廉·格拉德的日记，1980年2月21日，私人保存。

24、威廉·格拉德的日记，1980年2月27日，私人保存。

25、摘自对玛丽特·爱斯珀尤德（莫赛德前妻）的采访，2016年4月27日；对安娜·莫赛德-沃尔胡斯的采访，2017年1月29日，和对爱德华·莫赛德的采访，2016年10月21日。

26、德·瓦尔（de Waal）2016：25。

27、对爱德华·莫赛德的采访，2016年10月21日。

28、对威廉·格拉德的采访，2016年2月1日，保存于克里斯蒂安桑市档案馆，D/1360，17盒，文件夹：K.密勒，《1976年至1978年间关于克里斯蒂安桑动物园的动物种群的年度报告》。

29、德·瓦尔（de Waal）2007。

30、德·瓦尔（de Waal）2007。

31、德·瓦尔（de Waal）2007：70

32、德·瓦尔（de Waal）2007：166、72f。

33、克里斯蒂安桑市档案馆，D/1360，33盒，文件夹：3.0 1970-1985，对灵长类动物问题（黑猩猩）的讨论以及1980年3月12日至14日去苏黎世、巴塞尔和阿恩海姆的旅行记录。

34、威廉·格拉德的日记，1980年3月31日，私人保存。

35、斯文达尔（Sveindal）2006：176。

36、威廉·格拉德的日记，1980年4月14日，私人保存。

37、威廉·格拉德的日记，1980年4月16日，私人保存。

38、摘自对玛丽特·爱斯珀尤德（莫赛德前妻）的采访，2016年4月27日；对安娜·莫赛德-沃尔胡斯的采访，2017年1月29日；对爱德华·莫赛德的采访，2016年10月21日，《温纳斯拉邮报》，1983年6月8日，斯文达尔（Sveindal）2006：69 f。

39、古道尔（Goodall）1986：11。

40、古道尔（Goodall）1986：34，特莫林1975：120。黑猩猩瓦舒在之后的岁月里又学会一些新词。到2007年去世前已经掌握了350个词。关于瓦舒能将"水"和"鸟"连在一起组成"天鹅"一词，研究者并非广泛接受。质疑理由是，瓦舒看到的是两个部分，她可能认为"那就是水"以及"那就是鸟"。需进行更精准的测试才能确定瓦舒想表达的意义。德·瓦尔（2006：98-106）对黑猩猩研究领域广泛进行的手语训练提出了批评。

41、特莫林（Temerlin）1975：49。

42、迪亚蒙德（Diamond）2014：251 f。

43、萨瓦格-鲁鲍格（Savage-Rumbargh）和勒文（Lewin）1994：40

44、参见维基百科相关词条。

45、《祖国之友报》，1980年8月9日

46、摘自对玛丽特·爱斯珀尤德（莫赛德前妻）的采访，2016年4月27日；克林斯海姆（Klingsheim）2009；斯凯耶（Skeie）1996：47。

注　释

47、对奥瑟·古恩·莫斯沃尔德·霍嘎的采访，2016年9月19日；对爱德华·莫赛德的采访，2016年10月21日；对玛丽特·爱斯珀尤德（莫赛德前妻）的采访，2016年4月27日；对安娜·莫赛德 - 沃尔胡斯的采访，2017年1月29日；威廉·格拉德的日记1980年9月2日，私人保存；《祖国之友报》，1980年8月17日；斯凯耶（Skeie）1996：50；斯文达尔（Sveindal）2006：85。

第三章 自己的房间

48、科勒（Köhler）1948：282。

49、古道尔（Goodall）2000。

50、节选自古道尔（Goodall）2000：67。

51、古道尔（Goodall）1986：581 f。

52、挪威国家广播公司四集电视节目《黑猩猩尤里乌斯》第一集。

53、对玛丽特·爱斯珀尔德（莫赛德前妻）的采访，2016年4月27日。

54、威廉·格拉德的日记，1980年10月3日至5日，私人保存。

55、威廉·格拉德的日记，1980年9月20日，私人保存。

56、威廉·格拉德的日记，1980年10月25日，私人保存。

57、威廉·格拉德的日记，1980年11月6日，私人保存。

58、威廉·格拉德的日记，1980年11月17日，私人保存。

59、威廉·格拉德的日记，1980年11月19日，私人保存。

60、对爱德华·莫赛德的采访，2016年10月21日。

61、威廉·格拉德的日记，1980年12月9日，私人保存。

62、威廉·格拉德的日记，1980年12月16日，私人保存。

63、德·瓦尔（de Waal）2003：67f。除了哺乳动物，还有一些其他动物，同样具有这种自我认知能力，在照镜子的测试中，乌鸦科的几种鸟都表现得同样出色。还有海豚、逆戟鲸、大象都通过了这样的测试。

64、德·瓦尔（de Waal）2007：128。

65、古道尔（Goodall）1986：35，基于Gardner和Gardener1969。

66、古道尔（Goodall）1986：36，基于Hayes和Hayes 1951。

第四章 回家欢度圣诞节

67、《祖国之友报》，1981年12月23日。

68、利斯特鲁普（Lystrup）2016：50。

69、挪威国家广播公司四集电视节目《黑猩猩尤里乌斯》第二集。

70、威廉·格拉德的日记，1981年3月8日，私人保存。

71、威廉·格拉德的日记，1981年3月8日，私人保存。

72、《世界之路报》，1981年7月20日。

73、对爱德华·莫赛德的采访，2016年10月21日。

74、挪威国家广播公司四集电视节目《黑猩猩尤里乌斯》第三集。

75、对爱德华·莫赛德的采访，2016年10月21日。

76、祖国之友报，1978年8月3至4日；南方《日报》1978年8月3日；《现代》杂志，1987年8月12日；克里斯蒂安桑市档案馆，D/1360，17盒，文件夹：K.密勒，《1976年至1978年间关于克里斯蒂安桑动物园的动物种群的年度报告》。

77、克林斯海姆（Klingsheim）2009。

78、斯凯耶（Skeie）1996：69。

79、克里斯蒂安桑市档案馆，D/1360，35盒，《关于克里斯蒂安桑动物园雄性黑猩猩"丹尼斯"之死的报告》。

80、对比利·格拉德的采访，2016年2月1日；对爱德华·莫赛德的采访，2016年10月21日；对奥瑟·古恩·莫斯沃德·霍嘎的采访，2016年9月19日。

81、《黑猩猩如何面对死亡：研究新发现》，esciencenew.com，2010年4月26日。

82、德·瓦尔（de Waal）2003：56。

83、对爱德华·莫赛德的采访，2016年10月21日；对玛丽特·爱斯珀尤德（莫赛德前妻）的采访，2016年4月27日；对安娜·莫赛德-沃尔胡斯的采访，2017年1月29日。

84、对比利·格拉德的采访，2016年2月1日。

第五章 猴子交易

85、耶尔克斯（Yerkes）1925：25。

86、汉考克（Hancocks）2007：95。

87、罗斯福尔斯（Rothfels）2002：12，古道尔（Goodall）1986：6。

88、罗斯福尔斯（Rothfels）2002：19，汉考克（Hancocks）2007：96。

89、罗斯福尔斯（Rothfels）2002。

90、斯文达尔（Sveindal）2006：12。

91、弗林特鲁德（Flinterud）2012：97。

92、斯文达尔（Sveindal）2006：46-49。

93、克里斯蒂安桑市档案馆，D/1360，196盒，《1982年克里斯蒂安桑动物园动物生存状况报告》。

94、格拉德（Glad）和涅斯兰（Nesland）1986。

95、克里斯蒂安桑市档案馆，D/1360，196盒，《1983年黑猩猩生存状况报告》。

96、古道尔（Goodall）1986：415。

97、古道尔（Goodall）1986：75。

98、对奥瑟·古恩·莫斯沃尔德·霍嘎的采访，2016年9月19日。

99、《祖国之友报》，1982年4月21日。

100、威廉·格拉德的日记，1982年5月18—20日，私人保存。

101、对奥瑟·古恩·莫斯沃尔德·霍嘎的采访，2016年9月19日。

102、《世界之路报》，1983年4月23日。

103、《世界之路报》，1983年5月10日。

104、《晚邮报》，1984年7月27日。

105、《晚邮报》，1984年8月2日。

106、《晚邮报》，1984年8月3日。

107、《晚邮报》，1984年3月12日；斯文达尔（Sveindal）2006：74 f，《阿格德尔邮报》，2015年1月10日；《晚邮报》，1992年8月2日；《晚邮报》，1992年12月30日。

108、《世界之路报》，1983年7月30日。

109、《世界之路报》，1983年7月30日。

110、挪威国家广播公司四集电视节目《黑猩猩尤里乌斯》第四集。

111、最典型的的作品有：弗兰茨·卡夫卡《致科学院的报告》；丹麦作家彼得·赫格风靡一时的小说《女人和猴子》，这部作品也是世界上第一部侦探小说；美国作家埃德加·爱伦·坡的小说《莫格大街凶杀案》，该书于1841年出版发行，书中描述了一只出逃的黑猩猩是两起谋杀案凶手的故事。

112、勒威（Lever）2009，这部自传当然并不是自传，也不是试图描写黑猩猩生活经历的书。它其实是詹姆斯·勒威创作的一本讽刺性小说，以契塔的口吻回顾自己的好莱坞表演生涯。事实上，契塔也是虚构的角色，在《人猿泰山》系列电影中，不止一只黑猩猩出演，有多只黑猩猩参演，它们都展示了各自掌握的技能。

113、哈尔斯·基尔塞特（Hals Gylseth）和图沃吕德（Tuverud），2001。朱莉亚·帕斯特拉娜的遗体一直在那里保存到2013年2月，之后被移交给墨西哥驻挪威大使馆，并运回到179年前她的出生地辛纳洛亚·德·勒乌亚（Sinaloa de Levya），在附近的天主教堂墓地予以安葬。

第六章 一个跨越自己足迹的逃亡者

114、古道尔（Goodall）1986：170。

115、《祖国之友报》，1984年5月3日。

116、克里斯蒂安桑市档案馆，D/1360，197盒，文件夹：黑猩猩工作组，《对幼小黑猩猩训练计划的设想》，威廉·R.格拉德。

117、《早期丧母会对黑猩猩的一生产生影响》，esciencenews.com，2015年11月11日。

118、《把黑猩猩当宠物或表演者一样饲养会对其行为举止产生长远的负面影响》，esciencenews.com，2014年9月24日。

119、克里斯蒂安桑市档案馆，D/1360，196盒，解剖报告，1985年10月2日：兽医研究所比扬·利尤姆致威廉·格拉德医生。
120、《阿勒什画报》，1986年第19期。
121、克里斯蒂安桑市档案馆，D/1360，197盒，文件夹：黑猩猩工作组，《对幼小黑猩猩训练计划的设想》，威廉·R.格拉德。
122、克里斯蒂安桑市档案馆，D/1360，197盒，文件夹：黑猩猩工作组，工作小组会议记录，1985年10月29日。
123、克里斯蒂安桑市档案馆，D/1360，197盒，文件夹：黑猩猩工作组，工作小组多个会议记录，1985年、1986年。
124、《晚邮报》，1986年7月12日。
125、《祖国之友报》，1987年2月27日。
126、《祖国之友报》，1987年2月27日。
127、德·瓦尔（de Waal）2007：x-xi，科勒（Köhler）1925。
128、对克努特·奥普斯塔的采访，2017年2月2日。
129、德·瓦尔（de Waal）2005：138，德·瓦尔（de Waal）2013：152。
130、对奥瑟·古恩·莫斯沃尔德·霍嘎的采访，2016年9月19日；《世界之路报》，1987年7月1日。
131、威廉·格拉德的日记，1987年6月5日，私人保存。
132、德·瓦尔（de Waal）2007：79。
133、德·瓦尔（de Waal）2007：105。弗朗斯·德·瓦尔认为再没有比"和解"更恰当的词可以用来描述这种普遍存在并被广泛观察到的行为。虽然这一词语在黑猩猩研究界引起争议，因为它首先指人类的行为。由于这种行为被越来越多的研究者观察记录，"和解"一词也逐渐被接受。黑猩猩研究者，以及撰写黑猩猩书籍的作家仍然会受到批评，人们觉得他们将黑猩猩拟人化，换句话说，作家是在用人类的术语解释动物的行为。弗朗斯·德·瓦尔则提出了不同的意见。他认为，传统的黑猩猩研究者害怕受到将动物拟人化的指责，因此错过了有价值的发现。研究与人类如此近似的黑猩猩，却如条件反射般排斥使用所有人类的术语来描述黑猩猩，德·瓦尔认为并不妥当。德·瓦尔认为当人们研究与人类全然不同的生物时，使用人类术语的确会有误导倾向，例如在分析蚂蚁时用"士兵"、"王后"和"劳工"这样的词语。但是如果拒绝谈论黑猩猩之间相互拥抱、亲吻或结成长久的友谊，就是在无视广泛存在的事实——黑猩猩的确像人类一样，有上述行为，拒绝使用"拥抱""亲吻""友谊"等词不会产生更加客观的科学分析，恰恰相反。坚持称黑猩猩的吻是"嘴对嘴的接触"，来避免把黑猩猩拟人化，实际上会导致无法真正理解黑猩猩的行为举止。这就好像把月球的引力与地球的引力错误地看作两码事一样，因为我们把地球当作特殊的存在（德·瓦尔2016：22—28）。德·瓦尔认为，这种对将黑猩猩拟人化的恐惧实际上是前达尔文主义思维方式的残余，好像在人类与大自然的其他组成部分存在巨大的鸿沟，以至于无法运用人类的语言去理解动物。
134、德·瓦尔（de Waal）2007：107。

135、《挪威周刊》，1987年第25期。

136、《日报》，1987年7月20日。

137、《挪威周刊》，1987年第25期。

138、《挪威周刊》，1987年第25期；《家杂志》，1987年第25期。

139、迪亚蒙德（Diamond）2014：80 f。

140、德·瓦尔（de Waal）2007：152。

141、古道尔（Goodall）1986：483 f。

142、德·瓦尔（de Waal）2007：172。

143、德·瓦尔（de Waal）2007：154 f。

144、迪亚蒙德（Diamond）2014：84。

145、古道尔（Goodall）1986：448。

146、《阿格德尔邮报》，2002年10月22日；对奥瑟·古恩·莫斯沃尔德·霍嘎的采访，2016年9月19日；对爱德华·莫赛德的采访，对玛丽特·爱斯珀尤德（莫赛德前妻）的采访，2016年4月27日。

147、《晚邮报》，1987年8月1日。

148、《世界之路报》，1988年7月30日；《北极光报》，1988年8月1日；《阿勒什画报》，1988年第36期。

149、对奥瑟·逊德波的采访，2016年9月16日。

150、对爱德华·莫赛德的采访，2016年10月21日。

151、斯文达尔（Sveindal）2006：151 f；《祖国之友报》，1991年5月31日；《卑尔根时报》1991年7月3日；《世界之路报》1991年7月3日；《日报》1991年7月3日。

152、对克里斯汀·法尤萨的采访，2016年10月11日。

153、《祖国之友报》，1989年5月25日；对克里斯汀·法尤萨的采访，2016年10月11日；《挪通社》援引《哈玛尔工人报》，1989年5月31日。

154、《像人一样游泳》，安德烈亚斯·R.克拉文，forskning.no，2003年8月18日。

155、《晚邮报》，1990年4月19日。

第七章 犯罪与惩罚

156、《世界之路报》，1982年7月7日。

157、《晚邮报》，1990年1月6日。

158、《世界之路报》，1991年6月26日；《视与听杂志》，1990年第33期。

159、《晚邮报》，1991年4月23日。

160、《世界之路报》，1991年5月23日。

161、《祖国之友报》，1991年5月23日。

162、《祖国之友报》，1991年5月23日。

163、挪威国家广播公司电视台，晚间新闻，1991年5月22日；《祖国之友报》，1991年5月23日；《阿格德尔邮报》1991年5月23日；《日报》，1991年5月23日。
164、挪威国家广播公司电视台，晚间新闻，1991年5月23日。
165、对古恩·霍伦·罗伯斯塔的采访，2016年10月14日。
166、挪通社，1991年6月25日；《祖国之友报》，1991年6月25日；《晚邮报》，1991年6月26日；《卑尔根时报》，1991年6月26日；《地址报》，1991年6与26日；《世界之路报》，1991年6月26日。
167、《世界之路报》，1991年6月26日。
168、对奥瑟·逊德波的采访，2016年9月16日；《祖国之友报》，1991年9月10日。
169、对奥德瓦尔·伊沃森的采访，2017年2月5日。
170、对奥德瓦尔·伊沃森的采访，2017年2月5日。
171、《日报》，2009年10月8日。
172、德·瓦尔（de Waal）2013：187。阿恩海姆动物园里的黑猩猩群，每晚都必须回到室内，等所有的黑猩猩都回来后才会喂食。一天傍晚，外面天气很好，两只雌性黑猩猩拒绝回到室内，以至于其他黑猩猩的进餐时间推迟了好几个小时。后来这两只黑猩猩终于回来了，像其他黑猩猩一样被关进睡觉的圈舍里。第二天，所有黑猩猩来到室外后，全都追打这两只雌性黑猩猩，对她们前日破坏规矩的行为予以惩罚。他们想教训这两只猩猩要遵守制度，尽管那是人为制定的。这天傍晚，当大门打开时，两只雌性黑猩猩最先乖乖地跑进了室内。
173、德·瓦尔（de Waal）2013：128。规则在被打破时往往变得最明显。黑猩猩最不能接受的是违反互惠原则。在阿恩海姆动物园，研究者观察到一只黑猩猩帮助了另一只黑猩猩，却受到欺骗，没有得到相应的回报。雌性黑猩猩普伊斯特帮助雄性黑猩猩鲁伊特对抗另一只雄性黑猩猩尼基。不久，尼基对普伊斯特进行报复，她便反过来请求鲁伊特帮忙，可是鲁伊特没有伸出援手。与尼基的争斗结束后，她向鲁伊特发泄怒火，对他大声吼叫，在园区里追打路易特。更详细的讲述参看德·瓦尔（de Waal）2003：97。
174、德·瓦尔（de Waal）2003：60。
175、特莫林（Temerlin）1975：164 f。
176、德·瓦尔（de Waal）2013：46 f。
177、德·瓦尔（de Waal）2005：151。
178、对古恩·雷纳森（Gunn Reinertsen）的采访，2016年9月29日。
179、特莫林（Temerlin）1975：122 f。
180、图怒万（Donovan）和安德森（Andersen）2006：190。
181、《世界之路报》，1992年6月10日；挪威国家广播公司，1992年6月10日。
182、《世界之路报》，1992年6月12日。
183、《世界之路报》，1992年7月7日。
184、对奥德瓦尔·伊沃森的采访，2017年2月5日。

第八章 四次婚礼和一次葬礼

185、《祖国之友报》，1996年7月23日。

186、对奥瑟·逊德波的采访，2016年9月16日。

187、《日报》，1993年6月5日；《世界之路报》，1993年6月5日。

188、《世界之路报》，1993年6月21日。

189、布洛滕（Bråten）1998：239。

190、《晚邮报》，1994年6月25日和7月2日。

191、弗林特鲁德（Frinterud）2012：210 f。

192、《阿格德尔邮报》，1994年6月25日。

193、《祖国之友报》，1994年12月24日。

194、利斯特鲁普（Lystrup）2016：129。

195、斯凯耶（Skeie）1996：92。

196、对古恩·霍伦·罗伯斯塔的采访，2016年10月14日。

197、对奥瑟·逊德波的采访，2016年9月16日。

198、克里斯蒂安桑市档案馆，D/1360，盒10，截止1995年12月31日的动物数量。

199、对阿尔纳·玛格纳·罗伯斯塔的采访，2016年10月14日。

200、《阿格德尔邮报》，1996年3月6日和5月6日；《祖国之友报》，1996年3月6日。

201、《祖国之友报》，1996年4月16日。

202、《祖国之友报》，1996年4月24日；《世界之路报》，1996年4月25日。

203、《世界之路报》，1996年4月25日。

204、丹麦《贝林时报》，1996年4月24日。

205、丹麦《贝林时报》，1996年4月24日；《阶级报》，1996年5月7日。

206、《祖国之友报》，1996年5月31日。

207、《日报》，1996年5月6日。

208、《阿格德尔邮报》，1996年5月6日。

209、挪威通讯社，1996年5月5日。

210、《世界之路报》，1996年5月6日。

211、《阿格德尔邮报》，1996年5月11日；《世界之路报》，1996年5月7日。

212、《阿格德尔邮报》，1996年5月25日。

213、《世界之路报》，1996年5月31日。

214、斯凯耶（Skeie）1996：96。

215、《祖国之友报》，1996年6月1日；《阿格德尔邮报》，1996年6月1日。

216、《日报》，1996年6月1日。

217、《阿格德尔邮报》，1996年6月1日。

218、对爱德华·莫赛德的采访，2016年10月21日。

219、挪威通讯社，1996年5月31日。

220、《世界之路报》，1996年6月1日。

221、《世界之路报》，1996年6月1日。

222、德·瓦尔（de Waal）2007：160 f；古道尔（Goodall）1986：470。雄性黑猩猩可能会消失几天，因为成功地吸引正在发情的雌性黑猩猩，他们会结伴同行。从1966年到1983年，在坦桑尼亚贡贝自然保护区一共观察到258对这种短时间的"一夫一妻制"黑猩猩伴侣，成年雄性黑猩猩可能是其性伙伴的父亲的占比是18%。

223、《世界之路报》，1996年6月2日。

224、《阿格德尔邮报》，1996年6月5日；《我们的国家报》，1997年1月3日。

225、《阿格德尔邮报》，1996年7月13日。

226、对阿尔纳·玛格纳·罗伯斯塔的采访，2016年10月14日。

227、迪亚蒙德（Diamond）2014：304。

228、埃雅（Eia）和伊赫拉（Ihle）2010。

229、《日报》，1996年7月14日。

230、《日报》，1996年7月19日。

231、《祖国之友报》，1996年7月23日。

232、《祖国之友报》，1997年12月27日；《阿格德尔邮报》，1997年12月27日；对阿尔纳·玛格纳·罗伯斯塔的采访，2016年10月14日。

233、《阿格德尔邮报》，1998年1月2日。

234、《阿格德尔邮报》，1998年1月2日。

235、《阿格德尔邮报》，1998年1月2日。

第九章 小黑猩猩

236、德·瓦尔（de Waal）2007：158。

237、《晚邮报》，1999年11月10日；挪威通讯社同一天报道中写道："尤里乌斯前妻尤瑟芬娜体内长了囊肿，令她极为暴躁。她自认为是雄性，要废黜尤里乌斯。"

238、https://news.mongabay.com/2016/10/jane-goodall-on-zoos-and-tech-as-conservation-tools/。

239、对爱德华·莫赛德的采访，2016年10月21日。

240、《松莫斯邮报》，2001年8月22日。

241、《阿格德尔邮报》，2000年12月27日。

242、《祖国之友报》，2002年4月18日；电视四台，2002年4月18日；《阿格德尔邮报》，2002年4月19日。

243、对阿尔纳·玛格纳·罗伯斯塔的采访，2016年10月14日。

244、德·瓦尔（de Waal）2005：43-47。

245、对阿尔纳·玛格纳·罗伯斯塔的采访，2016年10月14日；对古恩·霍伦·罗伯斯塔的采访，2016年10月14日；对奥瑟·逊德波的采访，2016年9月16日；对威廉·格拉德的采访，2016年2月1日。

246、《阿格德尔邮报》，2003年6月4日；挪威国家广播公司地方节目，2003年6月4日；挪威通讯社，2003年6月4日；电视四台，2003年6月4日；《斯塔万格晚报》，2003年6月4日；《世界之路报》2003年6月4日。

247、《世界之路报》，2002年12月29日。

248、对奥瑟·逊德波的采访，2016年9月16日。

249、《日报》，2004年4月7日。

250、《日报》，2004年4月13日；《每日报》，2005年10月14日。

251、古道尔（Goodall）1986：25。

252、在视频网站YouTube上，有关大象用鼻子作画的视频不胜枚举。那些生动的自画像严格来说不过是一种表演的技巧，没有理由认为大象能够观察到自己全身，以及看得出画作与自己本身有基本的相同之处。

253、迪亚蒙德（Diamond）2014：189 ff.。

254、迪亚蒙德（Diamond）2014：186。

255、电视四台，2004年5月3日。

256、电视四台，2004年5月3日。

257、德·瓦尔（de Waal）2003：140 f.。

258、电视四台，2004年8月27日。

第十章 首领

259、莎士比亚著《亨利四世》，第三幕。

260、对鲁纳·兰多斯的采访，2016年10月20日。

261、哈拉利（Halari）2016：35。

262、对鲁纳·兰多斯的采访，2016年10月20日。

263、电影《尤里乌斯回归黑猩猩群》，制片人斯文·塔拉克森和卡勒·弗斯特；对鲁纳·兰多斯的采访，2016年10月20日。

264、电影《尤里乌斯回归黑猩猩群》，制片人斯文·塔纳克森和卡勒·弗斯特；对鲁纳·兰多斯的采访，2016年10月20日。

265、电影《尤里乌斯回归黑猩猩群》，制片人斯文·塔拉克森和卡勒·弗斯特；对鲁纳·兰多斯的采访，2016年10月20日。

266、《日报》，2005年12月23日。

267、德·瓦尔（de Waal）2007：158。通过多年在坦桑尼亚贡贝自然保护区的观察，只发现一例，一只雄性黑猩猩没有遵循这项原则。雄性黑猩猩果布林对所有干扰他交配的小黑猩猩具有攻击性，甚至对那些在他附近活动，导致他不能完成交配的小黑猩猩大打出手。（古道尔

1986：368）。

268、《阿格德尔邮报》，2006年11月11日。

269、《世界之路报》，2007年2月5日。

270、德·瓦尔（de Waal）2003：124。

271、《不同性别的黑猩猩使用树枝作为玩耍工具时表现出的差别类似人类儿童》，理查德·W.朗海姆和松雅·M.卡伦博格，《现代生物学》，2010年12月12日。又可参见《把树枝当作玩偶》一文，比扬纳尔·宪斯利，forskning.no，2010年12月22日。

272、德·瓦尔（de Waal）2013：80。基于詹姆斯·瑞林研究团队的工作。

273、德·瓦尔（de Waal）2005：109。为了保护幼儿的成长环境的另一个进化策略就是人类的恋爱与一夫一妻制。这样的话，父亲一方才会相对确定孩子是他与伴侣所生，拥有他的基因，会对孩子加以呵护而非杀害。

274、对鲁纳·兰多斯的采访，2016年10月20日。

275、蒂尔伯格（Tillberg）1990，蒂尔伯格（Tillberg）2017，和https://www.youtube.com/watch?v=RnbQMc9ZoUE.

276、《晚邮报》，2007年10月11日。

277、《世界之路报》，2007年10月12日。

278、《世界之路报》，2007年10月13日，2007年10月16日。2017年2月，路易丝·蒂尔伯格（Tillberg）出版了一本关于乌拉的书，可是她也没能确定乌拉是否活着。在她多次催问泰国动物园后，得到了一个让人感到困惑的答复："自从乌拉来到我们的动物园，他的'病'得到了最好的照顾"。（蒂尔伯格2007：186）。

279、《阿格德尔邮报》，2007年10月12日。

280、对玛丽特·爱斯珀尤德（莫赛德前妻）的采访，2016年4月27日。

281、辛格（Singer）2002：xv，尼古莱·赛沃鲁德的译文。

282、古道尔（Goodall）1974：506 f。

283、古道尔（Goodall）1986：508 f。

284、古道尔（Goodall）1986：78 f。

285、古道尔（Goodall）1986：351 f。

第十一章 最后一幕

286、德·瓦尔（de Waal）2007：30。

287、《祖国之友报》，2009年10月7日；挪威国家广播公司电视台，2009年10月7日。

288、汉考克（Hancocks）2007：102。

289、挪威通讯社，2009年10月8日。

290、对安娜·莫赛德-沃尔胡斯的采访，2017年1月29日。

291、很多实验都证明了黑猩猩的记忆力。日本学者松泽太郎曾经教一只雄性黑猩猩阿尤姆从1

注 释

数到9。数字会在电脑屏幕上停留几秒钟,然后数字消失,取而代之的是空格,阿尤姆要根据自己的记忆数出数字。在这个实验中,阿尤姆的表现比人类好。后来屏幕上数字出现的时间越来越短,他依然能顺利通过测试,这使研究人员感到非常惊讶。他只需要210毫秒,也就是五分之一秒的时间就能记住这些数字的位置。(德·瓦尔2016:119—128)。另外一些实验显示,黑猩猩能够记住多年前教给他的技能,即使这些技能此后再未使用过。丹麦进行过一项实验,在黑猩猩的笼子外面放上好吃的食物,但是他即使伸长手臂也够不到。经过短暂的思考、不断的尝试,黑猩猩最后想出一个办法,可以利用能拿到的木棍,用木棍把食物弄到手。三年后,又进行了这项实验,黑猩猩们马上就想到用木棍将食物弄过来——虽然在这期间从未使用或提起过,但是黑猩猩仍然记得这一技能。(更详细的介绍可参见《黑猩猩记得很久以前的事情》,esciencenews.com,2013年7月18日)

292、德·瓦尔(de Waal)2005:235;德·瓦尔(de Waal)2007:34 f.。

293、对鲁纳·兰多斯的采访,2016年10月20日;《阿格德尔邮报》2011年9月9日。

294、对鲁纳·兰多斯的采访,2016年10月20日。

295、对鲁纳·兰多斯的采访,2016年10月20日;电视二台《动物饲养员》第四季第一集。

296、电视二台《动物饲养员》第四季第一集;挪威通讯社,2012年5月7日。

297、在德·瓦尔(de Waal)2013:207中有过论述,基于松泽太郎的研究成果。

298、对唐雅·敏臣的采访,2016年12月2日。

299、对唐雅·敏臣的采访,2016年12月2日;
https://www.fvn.no/nyheter/lokal/Julius-36-matte-opereres-443666b.html。

300、《祖国之友报》,2016年11月3日。

第十二章 这双眼睛

301、布伯((Buber)2003:86,海德威格·威格兰的译文。

302、对海莲娜·阿克赛尔森和希尔德贡·约翰森的采访,2016年1月13日。

303、这曾在克里斯蒂安桑动物园对黑猩猩进行过测试。奥斯陆大学行为科学研究所的派尔·霍尔特教授做了一项实验,他在尤里乌斯的圈舍里安放了两台榨汁机。两台榨汁机启动以后,黑猩猩自己可以通过拉下控制栓让果汁或奶昔流出。让黑猩猩们理解这台机器花了一阵时间。霍尔特教授可以在奥斯陆的办公室远程监视和控制两台榨汁机。在第一阶段,当黑猩猩靠近控制栓时,他就让果汁流出。等所有黑猩猩都明白了这台机器的作用后,实验就开始逐步增加难度。后来,黑猩猩必须将两台榨汁机的控制栓同时拉下才能让果汁流出,又将两台榨汁机分别安放在相距较远的地方,要想让果汁流出来,两只黑猩猩必须进行精准的合作。告诉黑猩猩榨汁机已经开启、可以随意享用果汁的信号,是通过扩音喇叭播放泰利耶·弗尔莫演唱的歌曲《尤里乌斯之歌》。尤里乌斯仍然记得这首歌,他很清楚这首歌是为谁唱的。他听得出歌里唱到自己的名字,他始终渴望被关注。让霍尔特教授最惊讶的是黑猩猩懂得为了群体的利益而要协同合作,也许这种合作精神就是文化形成的基本先决条件。霍尔特之前也用老鼠做过类似实验，老鼠破解密码并让榨汁机流出果汁所用的时间更短。在克里斯蒂安桑动物园，黑猩猩比妮破解这个开关秘密用时最短，而尤里乌斯用时长得惊人。其实，是克奈腾教尤里乌斯如何使用榨汁机，就好像年轻人教老年人如何使用新技术。起初，克奈腾负责操纵榨汁机的控制栓，而尤里乌斯只管坐在那里咕咚咕咚地喝果汁。尤里乌斯逐渐明白了机器该如何操纵，尽管机器变得更复杂，需要两个黑猩猩合作才能让果汁流出。他特别喜欢与米芙或迪希一起合作。但是尤里乌斯很清楚，榨汁机安放在自己的圈舍里，自己才是主导者。他严格控制着谁能够进入他的圈舍，谁可以喝果汁，谁必须离开。小尤里乌斯是学会操纵控制栓最快的，但是他几乎不被允许进入尤里乌斯的圈舍。当大部分拥护尤里乌斯的黑猩猩进入尤里乌斯的圈舍后，尤瑟芬娜和图比亚斯才被允许进来，因为他对他们俩最不感兴趣。

304、库尔伯特（Kolbert）2015：141。
305、德·瓦尔（de Waal）2016：80。
306、朗格拉布（Langergraber）2014。
307、威廉·格拉德的日记，1980年3月6日，私人保存。
308、德·瓦尔（de Waal）2007：3，作者的译文。
309、对安娜·莫赛德-沃尔胡斯的采访，2017年1月29日。

Bråten 1998: *Kommunikasjon og samspill. Fra fødsel til alderdom*, Stein Bråten, Tano Aschehoug, 1998

Buber 2003: *Jeg og du*, Martin Buber, De norske Bokklubbene, 2003

Børresen 1996: *Den ensomme apen. Instinkt på avveie*, Bergljot Børresen, Gyldendal, 1996

Dawkins 2013: *Det egoistiske genet*, Richard Dawkins, Humanist forlag, 2013

Diamond 2014: *Den tredje sjimpansen. Menneskets evolusjon og framtid*, Jared Diamond, Spartacus, 2014

Donovan og Anderson 2006: *Anthropology & Law*, James Donovan og Edwin Anderson, Berghahn Books, 2006

Eia og Ihle 2010: *Født sånn eller blitt sånn? Utro kvinner, sjalu menn og hvorfor oppdragelse ikke virker*, Harald Eia og Ole-Martin Ihle, Gyldendal, 2010

Flinterud 2012: *A Polyphonic Bear. Animal and Celebrity in Twenty-first Century Popular Culture*, Guro Flinterud, Unversitetet i Oslo, Humanistisk fakultet, 2012

Freuchen og Tenningen 2016: *Game of Life III. Juliusvariasjonene*, Jan Freuchen og Sigurd Tenningen (red.), Lord Jim Publishing og Kristiansand kunsthall, 2016

Gardner og Gardner 1969: «Teaching sign language to a chimpanzee», R.A. Gardner og B.T. Gardner, i *Science* 165: 664–672, 1969

Glad og Nesland 1986: «Focal Epithelial Hyperplasia of the Oral Mucosa in Two Chimpanzees (Pan troglodytes)», William R. Glad og Jahn M. Nesland, i *American Journal of Primatology* 10: 83–89, 1986

Goodall 1972: *I skyggen av mennesket*, Jane van Lawick-Goodall, Gyldendal, 1972

Goodall 1986: *The Chimpanzees of Gombe. Patterns of Behavior*, Jane Goodall, The Belknap Press of Harvard University Press, 1986

Goodall 2000: *Reason for Hope. An Extraordinary Life*, Jane Goodall og Phillip Berman, Thorsons, 2000

Hals Gylseth og Toverud 2001: *Julia Pastrana. Apekvinnen*, Christopher Hals Gylseth og Lars O. Toverud, Forlaget Press, 2001

Hancocks 2007: «Zoo Animals as Entertainment Exhibition», s. 95–118 i *A Cultural History of Animals in the Modern Age*, Randy Malamud (red.), Berg, 2007

Harari 2016: *Sapiens. En innføring i menneskehetens historie*, Yuval Noah Harari, Bazar Forlag, 2016

Hayes 1951: *The Ape in Our House*, Cathy Hayes, Harper and Brothers, 1951

Hayes og Hayes 1951: «The intellectual development of a homeraised chimpanzee», Keith Hayes og Cathy Hayes, *Proc. Am. Phil. Soc*, 95: 105–109, 1951

Hessen 2007: *Natur. Hva skal vi med den?*, Dag O. Hessen, Gyldendal, 2007

Hessen 2013: «Hvor unikt er mennesket?», Dag O. Hessen, s. 57–77 i *Hvem er villest i landet her? Råskap mot dyr og natur i antropocen, menneskets tidsalder*, Ragnhild Sollund, Morten Tønnessen og Guri Larsen (red.), Scandinavian Academic Press, 2013

Hylland Eriksen og Hessen 1999: *Egoisme*, Thomas Hylland Eriksen og Dag O. Hessen, Aschehoug, 1999

Jonas 1993: *Das Prinzip Verantwortung. Versuch einer Ethik für die technologische Zivilisation*, Hans Jonas, Suhrkamp Verlag, 1993

Kolbert 2015: *Den sjette utryddelsen. En unaturlig historie*, Elisabeth Kolbert, Mime Forlag, 2015

Klingsheim 2009: *Julius*, Trygve Bj. Klingsheim, Cappelen Damm, 2009

Köhler 1948: *The Mentality of Apes*, Wolfgang Köhler, Routledge & Kegan Paul, 1948

Langergraber et al. 2014: «How old are chimpanzee communities? Time to the most recent common ancestor of the Y-chromosome in highly patrilocal societies», Kevin E. Langergraber, Carolyn Rowney, Grit Schubert, Cathy Crockford, Catherine Hobaiter, Roman Wittig, Richard W. Wrangham, Klaus Zuberbühler og Linda Vigilant, s. 1–7 i *Journal of Human Evolution*, Volume 69, april 2014

Lever 2009: *Meg, Cheeta. En selvbiografi*, James Lever, Font Forlag, 2009

Lindahl og Kuhn 2016: *Julius – et apeliv*, Lena Lindahl og Camilla Kuhn, ena forlag, 2016

Lystrup 2016: *Dyrehviskeren. Edvard Moseid og Dyreparken*, Marianne Lystrup, Portal forlag, 2016

Malamud 2007: «Famous Animals in Modern Culture», Randy Malamud, s. 1–26 i *A Cultural History of Animals in the Modern Age*, Randy Malamud (red.), Berg, 2007

Marks 2002: *What It Means to Be 98 % Chimpanzee. Apes, People, and Their Genes*, Jonathan Marks, University of California Press, 2002

Oakley 1949: *Man the tool-maker*, Kenneth Oakley, Natural History Museum Publications, 1949

Rothfels 2002: *Savages and Beasts. The Birth of the Modern Zoo*, Nigel Rothfels, The John Hopkins University Press, 2002

Savage-Rumbaugh og Lewin 1994: *Kanzi. The Ape at the Brink of the Human Mind*, Sue Savage-Rumbaugh og Roger Lewin, John Wiley & Sons, 1994

Shakespeare 1997: *Kong Henrik IV, Annen del*, William Shakespeare, gjendikta av Torstein Bugge Høverstad, Aschehoug, 1997

Short 1979: «Sexual selection and its component parts, somatic and genital selection, as illustrated by man and great apes», *Adv. Stud. Behav.*, 9: 131–158, 1979

Singer 2002: *Dyrenes frigjøring*, Peter Singer, Spartacus, 2002

Skeie 1996: *Julius. En omvendt jungelbok*, Eyvind Skeie, Orion, 1996

Sveindal 2006: *40 dyrebare år. Historien om Dyreparken*, Hans Martin Sveindal, Kristiansand Dyrepark ASA, 2006

Sveindal og Amtrup 2016: *Den levende parken. Dyreparken gjennom 50 år*, Hans Martin Sveindal og Jon Amtrup, ena forlag, 2016

Temerlin 1975: *Lucy: Growing up Human. A Chimpanzee Daughter in a Psychoterapist's Family*, Maurice K. Temerlin, Science and Behavior Books, 1975

Tillberg 1990: *Ola! Schimpansen Ola Norman*, Louise Tillberg, Fischer & co, 1990

Tillberg 2017: *Schimpansen Ola! Vem bryr sig om en apa?*, Louise Tillberg, Gidlunds Förlag, 2017

Zapffe 1996: *Om det tragiske*, Peter Wessel Zapffe, Pax Forlag, 1996

de Waal 2003: *Good Natured. The Origins of Right and Wrong in Humans and Other Animals*, Frans de Waal, Harvard University Press, 2003

de Waal 2005: *Our Inner Ape*, Frans de Waal, Riverhead Books, 2005 de Waal 2007: *Chimpanzee Politics. Power and Sex among Apes. 25th Anniversary Edition*, Frans de Waal, The John Hopkins University Press, 2007

de Waal 2013: *The Bonobo and the Atheist. In Search of Humanism Among the Primates*, Frans de Waal, W.W. Norton & Company, 2013

de Waal 2016: *Are we smart enough to know how smart animals are*, Frans de Waal, W. W. Norton & Company, 2016

Wise 2001: *Rattling The Cage: Toward Legal Rights For Animals*, Steven M. Wise, Da Capo Press, 2001

Woolf 1999: *Flush. En biografi*, Virginia Woolf, Pax Forlag, 1999

Wrangham og Smuts 1980: «Sex differences in behavioural ecology of chimpanzees in Gombe National Park, Tanzania», R.W. Wrangham og B. Smuts, i *J. Reprod. Fert.*, 28: 13–31, 1980

Yerkes 1925: *Almost Human*, Robert M. Yerkes, The Century & Co, 1925

著作权合同登记号 图字 01-2019-6596

Alfred Fidjestøl
Nesten menneske: Biografien om Julius
Copyright© Det Norske Samlaget, Oslo,2017
Norwegian edition published by Det Norske Samlaget, Oslo
Published by agreement with Hagen Agency, Oslo
All rights reserved.

图书在版编目(CIP)数据

人猿之间：黑猩猩尤里乌斯传 /（挪）阿尔弗莱德·费德斯蒂尔著；梁友平译．— 北京：人民文学出版社，2021
（我的动物朋友）
ISBN 978-7-02-015579-8

Ⅰ．①人… Ⅱ．①阿… ②梁… Ⅲ．①散文集－挪威－现代 Ⅳ．① I533.65

中国版本图书馆 CIP 数据核字 (2019) 第 175513 号

责任编辑　卜艳冰　邰莉莉
装帧设计　钱　珺

出版发行　人民文学出版社
社　　址　北京市朝内大街166号
邮政编码　100705

印　　刷　上海盛通时代印刷有限公司
经　　销　全国新华书店等

字　　数　120千字
开　　本　700毫米×1000毫米　1/16
印　　张　15
版　　次　2021年6月北京第1版
印　　次　2021年6月第1次印刷

书　　号　978-7-02-015579-8
定　　价　88.00元

如有印装质量问题，请与本社图书销售中心调换。电话：010-65233595